O plano infalível

Lynn Schnurnberger

O plano infalível

tradução de
JULIANA ROMEIRO

EDITORA RECORD
RIO DE JANEIRO • SÃO PAULO
2013

CIP-BRASIL. CATALOGAÇÃO NA FONTE
SINDICATO NACIONAL DOS EDITORES DE LIVROS, RJ

S388p

Schnurnberger, Lynn Edelman.
O plano infalível / Lynn Schnurnberger; tradução de Juliana Romeiro.
– Rio de Janeiro: Record, 2013.

Tradução de: The Best Laid Plans
ISBN 978-85-01-09339-4

1. Romance americano. I. Stanton, Juliana Romeiro de Carvalho. II. Título.

13-9145 CDD: 813
CDU: 821.111(73)-3

TÍTULO ORIGINAL EM INGLÊS:
The Best Laid Plans

Copyright © 2011 by Lynn Schnurnberger

Texto revisado segundo o novo Acordo Ortográfico da Língua Portuguesa.

Todos os direitos reservados. Proibida a reprodução, no todo ou em parte, através de quaisquer meios. Os direitos morais da autora foram assegurados.

Editoração eletrônica: Livros & Livros | Susan Johnson

Direitos exclusivos de publicação em língua portuguesa somente para o Brasil adquiridos pela
EDITORA RECORD LTDA.
Rua Argentina, 171 – Rio de Janeiro, RJ – 20921-380 – Tel.: 2585-2000, que se reserva a propriedade literária desta tradução.

Impresso no Brasil

ISBN 978-85-01-09339-4

Seja um leitor preferencial Record.
Cadastre-se e receba informações sobre nossos lançamentos e nossas promoções.
Atendimento e venda direta ao leitor:
mdireto@record.com.br ou (21) 2585-2002.

Para Martin e Alliana
A decisão mais inteligente de minha vida
foi ter ido àquele encontro às escuras.
Vocês dois são incríveis e maravilhosos,
e eu me levanto todas as manhãs
agradecendo minha sorte.

Um

A festa para acabar com todas as festas

— Será que as múmias de marzipã são um exagero?

Ansiosa, dou uma olhada ao redor, no Templo de Dendur — o panteão egípcio de 2 mil anos de idade, reconstruído, pedra por pedra, no Metropolitan Museum of Art, e que, nesta noite, vamos transformar em salão de festas para os ricos e famosos de Nova York. O local parece adequado. Diane von Fürstenberg, o prefeito Bloomberg, Jay-Z e todos os clientes ricaços do banco de investimentos de meu querido marido, Peter, provavelmente se sentirão à vontade entre as estátuas de Cleópatra, Tutancâmon e Rá, o poderoso deus do Sol — embora eu esteja torcendo para que eles não encontrem muito significado nas pinturas de abutres nas paredes. As velas tremeluzem, e as letras em topiaria falsa, que formam o tema da noite de arrecadação de fundos — CORRIDA CONTRA O AQUECIMENTO GLOBAL —, estão impecavelmente aparadas e organizadas. Meus pesadelos de que fossem arrumadas na ordem errada e que dissessem algo como COMBATE DO CARRO LUNÁTICO — ou, em um dos piores anagramas que passaram pela minha mente, GAROTA DO BURACO MORNO — não foram mais do que o produto de uma imaginação muito fértil. Ou do Zolpidem.

Um pelotão de jovens voluntários vestidos de preto circula pelo salão, distribuindo os cartões de identificação com sua caligrafia impecável. Passei meses aflita com a organização dos lugares dos convidados, mas a confirmação de Rosie O'Donnell na última hora deixou todo mundo histérico. Eu sabia que Hulk Hogan não gostava dela, mas, agora que os leitores da revista *Parade* a elegeram a "Celebridade mais irritante dos Estados Unidos", eu tinha que me preocupar em não colocá-la perto de nenhum deles, e a revista tem mais de 30 milhões de leitores.

E, ainda por cima, tem esse marzipã. Cada uma das oitenta mesas de seis lugares foi coberta com uma toalha dourada — algodão egípcio com seiscentos fios, é claro — e decorada com arranjos de papiros de chocolate e imponentes múmias de marzipã que os convidados poderão saborear como sobremesa. Mas, embora eu nem mesmo os tenha provado, aqueles sarcófagos de açúcar estavam me dando azia. Será que são muito "Hollywood do Nilo"? Por que eu não escolhi algo mais seguro, jarros com peônias, por exemplo, ou as orquídeas verdes pelas quais todos parecem enlouquecidos ultimamente?

— Temos tempo — digo, olhando as árvores no Central Park, logo atrás das paredes de vidro do museu, depois que uma rápida conferida no relógio me informa que ainda faltam 26 minutos para a chegada do primeiro convidado. — A gente pode cortar alguns galhos e espalhar umas folhas no centro das mesas.

— Cortar árvores? Não combina muito com o tema da noite.
— Minha amiga Sienna Post ri, um som vibrante que se espalha pelo salão como um raio de sol.

Toda tarde ainda me surpreendo quando ligo o jornal das seis e vejo Sienna ocupando o posto de âncora, embora depois de todo esse tempo eu já devesse ter me acostumado. Ela é inteligente e obstinada, nascida para ser repórter. Além do mais, é linda. Tem uma pele de porcelana, olhos azuis tão intensos quanto o céu noturno de um quadro de El Greco e curvas de parar o trânsito. Eu fui batizada em homenagem a Truman Capote, um escritor baixinho e rechonchudo que terminou a vida sem amigos. A mãe de Sienna, porém, escolheu o nome dela por causa de uma cidade italiana conhecida pela topografia suave e a luz radiante — e ela faz jus à descrição.

— Não se preocupe — me diz Sienna, olhando ao redor com um sorriso satisfeito. — As múmias são um toque inspirado. Você fez um ótimo trabalho, está tudo perfeito!

— Não, não diga isso! — respondo, correndo para bater na estrutura de um dos sofás com estampa de oncinha que trouxemos especialmente para a festa. Provavelmente sem verniz, devia ser a coisa mais próxima de uma casca de árvore por ali. — Nunca diga "perfeito"!

— Eu juro, Tru, você é a pessoa mais supersticiosa que conheço. Se usasse o tempo que gasta jogando sal por cima do ombro para treinar seu arremesso no beisebol, você se tornaria o próximo Derek Jeter.

— Bem, eu preciso ter alguma coisa em que acreditar. Ter sido criada pela diva da beleza Naomi Finklestein não me ajudou a cultivar um senso de autoestima.

— E a Miss Metrô de maio de 1959 ainda aperta suas bochechas quando a encontra? — Sienna gargalha, ajeitando um guardanapo.

— Claro. "Tru, olha a sua cor, você parece um salmão morto", ela chia. E você lembra a história do dia em que nasci?

— E como eu ia esquecer? — Sienna ri.

Era manhã de Páscoa e a enfermeira tinha arrumado as extremidades felpudas do lençol cor-de-rosa que me cobria imitando as orelhinhas de um coelho. Naomi olhou horrorizada e me devolveu imediatamente.

— Esse não é o meu bebê! — gritava ela, recusando-se a me olhar durante três dias seguidos. — Meu marido e eu somos bonitos!

Ainda assim, acho que algo de bom veio disso tudo, porque contar essa história a Sienna quando estávamos nos últimos anos do ensino fundamental foi o que nos uniu para sempre.

— Tenho certeza de que você era linda naquela época e estará linda hoje! — diz ela, passando um pouco de gel no meu cabelo para tirar as mechas malcortadas de minha testa.

Foi Sienna quem me ensinou a importância de usar condicionador, quem convenceu a própria mãe a pagar pelo meu aparelho ortodôntico e quem, depois de crescidas, me apresentou, literalmente, ao mundo da beleza internacional: depilação brasileira, massagem tailandesa e alisamento japonês. Com a ajuda dela, acabei superando o fato de que Naomi me chamava de patinho feio. Hoje, consigo até rir disso. Na maioria das vezes. Sienna também me fez rir do motivo pelo qual minha mãe me deu o nome de Truman. Não porque adorasse *Bonequinha de luxo*, mas porque Capote organizou a festa mais exclusiva de todos os tempos, o famoso Baile Preto e Branco.

— Aquilo é que foi festa. Todo mundo importante estava lá — dizia Naomi, com ar sonhador, como se, não fosse pelo inconveniente de estar no Queens preparando o jantar para meu pai, ela estaria no Plaza Hotel, bebericando mimosas com Frank Sinatra... ou com George Hamilton.

Observar Naomi era uma lição contra a arte de caçar arco-íris, de se sentir amargurada por aquilo que não se tem e de não valorizar o que se tem. É claro que ser coroada Miss Metrô e ter sua foto colada em todos os trens subterrâneos de Nova York durante um mês inteiro poderia fazer com que ela recebesse o chamado que mudaria sua vida — a ligação de um caça-talentos, de uma agência de modelos ou, pelo menos, de um pretendente rico. Como o telefonema não chegou, Naomi se casou com meu pai, um operário — e, até o dia em que ele morreu, há quatro anos, ela nunca o deixou esquecer de que ele não passava de um prêmio de consolação, um anel de plástico desses que vêm com uma bala e que ela o aceitara apenas porque a vida de anéis de brilhante que ela esperava nunca se materializou.

Eu não. Se aprendi alguma coisa na vida, foi com os erros de Naomi. Quando Peter Newman, meu sexy, engraçado, maravilhoso, fiel e apaixonado namorado dos tempos de universidade, me pediu em casamento, eu sabia que tinha tirado a sorte grande. Mesmo que Sienna tivesse algumas restrições quanto ao sobrenome dele.

— Eu sei que ele é inteligente e ambicioso, e que tudo que você mais quer agora é se jogar em cima dele. Mas você tem noção de que se vocês se casarem seu nome será "Truman Newman"? — Sienna brincou comigo. — Você acha que pode viver com isso?

Dois meses depois eu tinha a resposta. Peter e eu caminhávamos pelo Washington Square Park em direção aos dormitórios para enfiar a cara nos estudos para as provas finais quando ele se ajoelhou e me pediu em casamento.

— Aceito! — gritei, quase derrubando meu futuro marido ao me jogar em cima dele num longo beijo, na grama iluminada pelo sol.

Suspiro.

— Terra para Tru — chama Sienna, balançando a mão diante do meu rosto. — Onde você estava?

— Desculpe, estava pensando em como me tornei Truman Newman. — Sorrio, mexendo no pequeno brilhante da aliança que Peter economizou durante meses para comprar e que agora, mesmo podendo pagar por algo mais extravagante, eu jamais a trocaria.

Preocupada, volto minha atenção à festa e às milhares de coisas que ainda precisavam ser resolvidas. Pego o guardanapo de uma das mesas e começo a esfregar vigorosamente as reentrâncias de uma escultura.

— Ei, moça, tire as mãos da bunda da Cleópatra! — grita o segurança do outro lado do salão. Sienna arranca o pano da minha mão e o acena como uma bandeira branca.

— Pare de se preocupar — declara ela.

— Não posso, tem um monte de detalhes que podem dar errado. Será que as pessoas vão notar que as toalhas estão dobradas como se fossem pirâmides? Será que vão gostar da música, da iluminação, da comida? Ai, Deus, você não sabe como os membros do comitê já brigaram por causa da comida! Eu tive que lidar até com *locavores*, gente que não consome nada que não tenha sido produzido nos arredores. Isso sem falar no pessoal da comida crua, que insistia para que não fosse servido nada aquecido acima de 70 graus.

Sienna vai até o bar e pede um gim-tônica.

— Você teve que lidar com algum daqueles adeptos da redução de calorias? Meu produtor jura que comer o mínimo possível ajuda a chegar aos 100 anos. — Sienna tira o limão de dentro da bebida e toma um gole. — Francamente, não acho que uma vida sem álcool valha a pena.

— Olha, nem vou falar dos talheres e dos copos. Uma mulher insistiu que não podíamos usar copos de papel porque eles terminam em aterros sanitários. E outra disse que gastaríamos uma energia absurda lavando louça se usássemos copos de vidro. Acabamos optando por copos descartáveis feitos de amido biodegradável e pratos de cana-de-açúcar. Só estou rezando para que nenhum dos convidados seja diabético.

Sienna ri:

— É só uma festa.

— Não, é uma festa para fazer alguma coisa a respeito do aquecimento global — revido, na defensiva. — Você não está preocupada que o nosso país seja o maior emissor de dióxido de carbono do mundo? Eu estou! Troquei todas as nossas lâmpadas comuns por lâmpadas LED. Faço Peter e as meninas desligarem o computador durante a noite. E estou em campanha para que o nosso condomínio encontre soluções usando energia limpa, embora o síndico esteja resistente; ele insiste em dizer que "colocar painéis solares no lindo prédio Beaux-Arts seria o mesmo que enrolar a *Pietà* em papel-alumínio". Mas eu estou tentando. Isso aqui não é "só uma festa"!

— Tudo bem, tudo bem, não precisa ficar nervosa. Uma vez, fiz uma entrevista de trinta segundos com o George Clooney sobre aque... — Sienna para. — Isso não é porque eu tenho um emprego e você não, é?

— Não, claro que não. Nunca tive um emprego de que gostasse, e Molly e Paige são as melhores coisas que aconteceram na minha vida. Adoro ser uma dona de casa. Sei que é um luxo e sou grata por Peter receber um bom salário. E se isso faz de mim uma M&M, visto a camisa.

— Uma o quê?

— Uma M&M, uma mulher que é Mãe & Manutenção. Quando eu era criança, nunca teria imaginado que um dia saberia reconhecer uma cadeira Eames original, ou que um "alfa-beta peel" não tem nada a ver com o alfabeto, ou que me preocuparia o suficiente comigo mesma para saber disso. Além do mais — continuo, bem-humorada —, nem todo mundo consegue ser uma famosa apresentadora de TV.

— Eu sou âncora de um jornal local, e já existe muita competição nesse meio. Você tem ideia de quantas garotinhas de 20 e poucos anos com o cabelo da Katie Couric estão no meu encalço, tentando me tirar daquela cadeira? — Com um ar desafiador, Sienna joga para trás os volumosos cachos ruivos, cortados na altura dos ombros.

— Eu acho o cabelo da Katie Couric *horrível* — digo, solidária.

— Obrigada. E fico feliz que você tenha se casado. Você consegue me ver organizando um jantar de Ação de Graças? Além do mais, como uma senhora casada, você ainda se empolga com minhas histórias de solteira. — Ela abre o estojinho de maquiagem para retocar o gloss.

— E quem não se empolgaria? O bilionário russo. O acidental magnata dono de uma mansão, aliás, me explica isso de novo: Como alguém se torna proprietário de oitenta prédios e de uma pequena ilha na Grécia "acidentalmente"?

— Pôquer. Um flush.

— De qualquer forma, meu preferido era o Alonzo, o professor-assistente do jardim de infância.

— O meu também. A gente fazia amor de um modo carnal e apaixonado, depois ele lia uma historinha até eu dormir. Não, decididamente, casamento não é para mim — afirma Sienna, fechando o estojo com um clique. — Mas parece que combina bem com você. Você e Peter, o casamento, é tudo perf... muito bom — diz ela, lembrando-se de não usar a palavra amaldiçoada. — Só que agora eu estou sozinha, portanto, nem ouse dizer que vocês ainda têm aquele fogo do início de namoro, está bem?

Ultimamente não, eu penso, coçando a cabeça e tentando me lembrar de quando foi a última vez que eu e meu lindo marido fizemos amor. Tenho andado ocupada com a organização da festa, e Peter parece distraído nos últimos dias. O lado bom é que ele vem passando bastante tempo conosco. Ele mal conseguia chegar a tempo de dar um beijo de boa-noite nas meninas, e agora, no entanto, sempre chega antes das seis da tarde e se senta ao nosso lado no sofá enquanto assistimos ao jornal da Sienna. Bom para ele. Talvez meu maridinho macho alfa esteja finalmente aprendendo a delegar para os corretores mais jovens alguns daqueles probleminhas que o prendiam no escritório a semana toda até tarde da noite. Quanto ao sexo, assim que essa história de festa beneficente terminar, será minha próxima prioridade. Talvez eu compre algumas camisolas sexies ou escolha um daqueles óleos de massagem pelos quais minha manicure é tão fanática (primeiro preciso checar se o de jasmim e rosas é afrodisíaco ou diurético). Tenho certeza de que consigo esquentar as coisas entre os lençóis. Além do mais, abro um largo sorriso só de pensar neles; amo Peter e nossas filhas, Paige e Molly, gêmeas de 14 anos. E, então, antes que pudesse pensar, as palavras saem meio atrapalhadas de minha boca.

— Gosto da minha vida. Estou feliz.

Isso é o que eu chamo de desafiar o destino! Alguém diz: "Que vaso lindo", e, logo em seguida, ele se quebra. Um elogio à sua roupa nova? Pode estar certa de que você vai manchá-la com café. É só dizer que a sua vida vai bem e...

— Não, não — deixo escapar, e, para afastar o mau-olhado, acrescento em iídiche: — *Kain-nehore*. Alho, preciso de um alho — peço ao garçom —, e talvez uns ovos crus.

— Ah, meu bem, relaxe, está tudo bem, você tem direito. Merece ser feliz — diz Sienna com firmeza. Ela fica em silêncio por um instante, e percebo uma pausa que não é própria de sua voz de seda de apresentadora de TV: — Todas nós merecemos.

— Aconteceu alguma coisa?

— Não. Nada que a gente precise conversar agora. — Sienna volta a si.

Então, ela vai até a chapelaria e volta com uma caixinha de veludo. Ao abri-la, retiro um lindo colar com um pingente turquesa em formato de escaravelho.

— Como você sabia?

— Que os egípcios acreditavam que os besouros eram um bom presságio? Ah, por favor, você acha que eu não sei o motivo pelo qual seu primeiro carro foi um Fusca? — ela caçoa de mim.

— É lindo.

— Para dar sorte — afirma Sienna, dando um passo para colocar o colar em meu pescoço.

— Para dar sorte — repito. Fecho os olhos e seguro a pedra fria do amuleto com uma das mãos. Pela primeira vez no dia, me sinto quase calma. Um pequeno tumulto se forma no corredor de entrada quando os convidados mais pontuais começam a chegar. Inspiro profundamente, jogo a cabeça para trás e caminho confiante até a entrada do museu. Então, assim que assumo meu lugar na fila para receber os convidados, ouço um leve estalo. Olho para baixo a tempo de ver o escaravelho de pedra escorregando do cordão de ouro e acertando o chão.

❧❧❧

A iluminação é reduzida, criando uma luz mais suave, e um show de raios laser brinca sobre as estátuas egípcias. Sob os feixes azuis e amarelos, o jovem faraó Tutancâmon e a deusa Ísis tornam-se os verdadeiros donos da festa. No entanto, desesperado para atrair um público mais jovem, o *New York Times* certamente irá coroar um casal milhares de anos mais jovem. A orquestra de 18 integrantes dá início a um apanhado de músicas de Sondheim, e os belos garçons, com uniformes azul-marinho desenhados pelo vencedor da terceira edição de *Project Runway*, tomam conta do salão carregando bandejas forradas com papiros — o chef tinha preparado *wraps* de wasabi com abacate, *carpaccios* de salmão e canapés de frango com estragão sobre fundos de alcachofra, que, segundo me disseram, são uma delícia.

Por 17 abençoados minutos, tudo corre bem. Mas então, como se tivesse hora marcada, o céu adota um tom negro e azul agourento, e um raio corta a noite. Em segundos, a chuva desaba torrencialmente contra as paredes de vidro do museu, cuja frágil aparência me faz imaginar inundações de proporções bíblicas. Tento pensar que a chuva pode ser um sinal de sorte, mas essa regra só vale para casamentos, já que, fora isso, o que mais se poderia dizer para a noiva? *Você acabou de gastar uma fortuna no que deveria ser o dia "mais mágico da sua vida" e vai parecer ter contratado o mesmo cabeleireiro do Art Garfunkel.* E por falar nele, onde estará o parceiro menos conhecido da dupla de Paul Simon?

Esse evento era um dos mais esperados da temporada, os ingressos tinham se esgotado havia meses, mas agora não vejo uma pseudocelebridade sequer. Nem os clientes endinheirados do Peter, que prometeram dar uma passadinha, ou os funcionários do escritório, exceto duas secretárias para quem ele separara alguns ingressos. Nem Peter, aliás. Sem falar que, a julgar pelos trajes dos convidados, só os ambientalistas parecem ter tido coragem de desbravar a tempestade.

Avisto uma mulher de calças pretas e blusa turquesa com o slogan Isto é orgânico estampado no peito.

— Uma pergunta. — Sienna suspira dramaticamente: — Quando, oh, Deus, quando Carolina Herrera vai produzir vestidos sustentáveis? Será que Karl Lagerfeld nunca vai inventar uma linha de roupas de noite que seja socialmente consciente? É louvável que essas mocinhas estejam dispostas a salvar o planeta, mas será que também não podiam reduzir a pegada de carbono com um par de Jimmy Choos?

— Eu vim de Louboutins, não é melhor ainda? — pergunta minha amiga Olivia, animada.

Olivia é mais uma das M&M do bairro com quem me encontro todas as manhãs para tomar um *latte*, e fico muito feliz ao ver que ela trouxe o grupo completo.

— Que bom que vocês vieram — digo, abraçando as quatro calorosamente.

Melissa, mãe de uma colega de classe de Paige e Molly, segura minha mão.

— Estamos aqui por você, Tru — declara ela, solenemente.

— Isso mesmo — completa Pamela, presidente da associação de pais e mestres e líder não oficial do grupo. — Para o que der e vier.

Ela segura Melissa pelo braço e conduz minhas amigas na direção oposta.

O que foi isso?, fico pensando. Estou feliz que estejam aqui, mas por que todo esse tom emotivo? Pego o celular para chamar Joan Rivers — *ela* não deixaria de presenciar a abertura de um envelope nem que houvesse um tornado —, mas uma mulher se inclina sobre mim, segurando a seda do meu Escada entre os dedos.

— Uma pena — diz ela, alisando o tecido com o mesmo brilho no olhar de uma mãe urso que está prestes a devorar a cria. — O vestido é lindo. É muito azar que azul seja uma péssima escolha para você.

Ela própria está usando um vestido de lamê dourado justo demais, um colar de bijuteria e uma peruca preta curtinha. Nos olhos, um delineador preto, à la Cleópatra.

— Oi, mãe — respondo, nervosa, enquanto Naomi me abraça e crava as unhas em minhas vértebras.

— Truman, ombros para trás! — Para variar, minha mãe está ereta como um poste, e se vira para o centro do salão feito um míssil teleguiado. — Estou muito, muito feliz por estar aqui hoje — diz, olhando para um grupo de observadores perplexos, que estava atrás de mim. — Faço qualquer coisa para ajudar minha filha, organizadora deste evento maravilhoso. E claro, qualquer, qualquer coisa mesmo, para ajudar na causa do aquecimento global.

Tal como ligar o seu ar-condicionado? Naomi pensa que mudança climática é o que acontece quando você pega um avião de Nova York para Miami. Olho ao redor tentando encontrar um voluntário para afastá-la dali, quando um ronronar grave distrai minha atenção. Ao virar, me deparo com Avery Peyton Chandler e seus cabelos volumosos, a esposa troféu de um magnata texano do petróleo. Ela tinha se candidatado para ser a organizadora do evento de arrecadação de fundos para o movimento contra o aquecimento global e, quando o comitê me escolheu, ficou furiosa.

Avery Peyton (a quem ninguém nunca se refere usando menos do que dois nomes) está em um vestido de cetim rosa-shocking muito decotado, tão chamativo quanto o traje de minha mãe, embora o dela seja da Donatella Versace, e não de uma loja de fantasias. Para meu horror, Avery Peyton Chandler e Naomi trocam um olhar de reconhecimento instantâneo de indivíduos da mesma espécie, ou de um competidor em potencial, e uma aliança entre as duas é algo que cheira a Eixo do Mal. Então, droga, ouço aquele ronronar grave de novo. Por mais que ela esteja sorrindo feito o gato de Alice, o barulho não vem de Avery Peyton.

— Para você, Tru — fala Avery Peyton, com a voz arrastada, enquanto tira um singelo presente de sua enorme bolsa, símbolo de seu apreço.

Um gato — muito, muito preto — que ela conseguiu trazer para dentro do museu.

Os egípcios antigos gostavam de gatos pretos, os egípcios antigos gostavam de gatos pretos, os egípcios antigos gostavam de gatos pretos, entoo para mim mesma — embora eu seja uma norte-americana moderna e esteja paralisada de medo. Para piorar, minha garganta começa a se fechar. Avery Peyton Chandler tenta empurrar o felino para cima de mim, e eu dou um salto de uns 15 metros.

— Qual o problema, Tru? — pergunta Avery Peyton numa voz tão melosa que Rachael Ray poderia ter feito um merengue com ela.

— *Ahn, ahn, ahn!* — engasgo. — Não posso falar. Gatos atacam meus, *ahn*, pulmões!

— Bobagem, ele é antialérgico. É um gato egípcio sem pelos, não é simplesmente uma gracinha? Eu tinha que trazer para você!

Eu já tinha lido sobre esses gatos. Não tenho a menor ideia se cumprem a promessa de não provocarem espirros e chiados no peito. O preço deles, no entanto — uns 4 mil dólares —, é suficiente para tirar o fôlego de qualquer um.

— Ah, deixa de ser dramática — diz Naomi, a rainha do drama. — Foi muito gentil da parte de Avery Peyton Chandler lhe trazer um presente tão cortês.

— Você não está com medo de que ele traga azar para a sua festinha da esfinge, está? — murmura Avery Peyton.

— Claro que não — diz Naomi, pegando o gato e aninhando-o em seus braços com o carinho que ela reserva apenas para alguns bichinhos pequenos e... ela própria, é claro. — Tão bonitinho!

Dou dois passos para trás e respiro fundo. Avery Peyton veio disposta a me amedrontar, mas eu não vou lhe dar esse gostinho.

— É lin-do — digo, ainda afastada o máximo possível e esticando a mão num carinho à distância. — Gostaria que mais pessoas tivessem pensado em trazer seus bichinhos de estimação.

Avery Peyton Chandler olha ao redor e exclama:

— Pois é, uns gatinhos e cachorrinhos a mais e este lugar ficaria um pouco mais animado. Onde está todo mundo, Tru? Achei que a festa estaria *lotada* com os clientes importantes do Peter. E aquele tal de P. Diddly, ou qualquer coisa assim, não tinha de estar aqui? Não foi por isso que o comitê colocou você como organizadora? Acho que, às vezes, as coisas não saem como a gente imagina, não é, meu bem?

Sienna está do outro lado do salão, lidando com o petulante do florista (o mesmo que tentou me vender as orquídeas verdes. Quando deixei os dois, *monsieur* René estava agarrado ao braço de Sienna, alternando entre a afronta e as lágrimas: "A *senhorra* Newman cometeu um terrível *erra*."). Notando minha aflição, ela dispensa o homem transtornado e corre para meu lado. Como sou alérgica a álcool, ela me traz um copo robusto de cerveja de gengibre, não alcoólica. E, então, uma garçonete com uma bandeja nos oferece a especialidade da casa. Meu estômago dá um nó, não consigo comer nada, mas, pelo menos, Avery Peyton Chandler não está mais me torturando.

— Minha sugestão é o frango com estragão — diz a garçonete.

— O frango é caipira? A alcachofra foi cultivada em Manhattan? — Avery Peyton, a mais agressiva defensora dos *locavores* do comitê, interroga a moça com o vigor próprio da carnívora que eu sei que ela é.

— Claro — responde a garçonete com eficiência. — Nenhum ingrediente veio de fora do estado.

Avery Peyton Chandler coloca um canapé de alcachofra na boca e, num entusiasmo apressado, diz que está delicioso.

— Quero dizer, adequado — ela se corrige e fisga mais dois.

Naomi pega três e dá um para o bichano, que ainda está aninhado em seu colo.

Até agora, Naomi só tinha se preocupado em alisar o gatinho. Mas, de repente, como um grande urso-negro cheio de energia acumulada após um longo período de hibernação, ela desperta.

Com um brilho nos olhos, sua cabeça gira pelo salão, de um lado para o outro, e cada centímetro de seu corpo parece em estado de alerta. Posso prever o desastre de trem se aproximando — só não sei como sair do vagão.

— Realmente, *está* um pouco quieto aqui — comenta Naomi, mirando os convidados. — Hora de agitar esta festa.

Sem que eu tenha tempo de dizer *Alguém segura essa maluca antes que ela me envergonhe de verdade*, Naomi coloca o gato de pé em seu colo, sobre as patas traseiras, e segura as dianteiras, fazendo do felino seu Fred Astaire involuntário. E então, aos 68 anos, em seu vestido de lamê dourado, minha mãe, louca por uma festa, sai requebrando até a pista de dança.

— Vamos lá — grita ela para o maestro surpreso. — Isso aqui é o Templo de Dendur! Todo mundo agora, "Walk Like an Egyptian"!

Não sei o que é pior: o par de dança de apenas 25 centímetros de Naomi ou a visão dela contorcendo os lábios e movimentando os braços e a cabeça — feito uma pintura egípcia — em todas as direções. Não imagino que Cleópatra teria conseguido muito com Marco Antônio se isso fosse o melhor que pudesse fazer. Naomi, no entanto, ganhou a atenção de pelo menos um admirador: Dr. Barasch, ph.D., como ele gosta de referir a si mesmo, diretor da escola particular que minhas filhas frequentam.

— *Walk like, walk like an Egyptian* — canta Naomi enquanto puxa a cintura normalmente tesa do Dr. Barasch, ph.D., para o centro da pista.

Ela fecha os olhos e rebola os quadris para o diretor graduado em Harvard, que se deixa conduzir por suas mãos diabólicas. O Dr. Barasch não é um grande dançarino, mas até que se mexe bastante. Perplexa, olho para o homem a quem confiei a educação de minhas filhas, o homem que eu esperava um dia escrever as cartas de recomendação delas para Princeton, balançando o quadril sugestivamente contra o da minha mãe. O gato — preso entre os dois — vê uma oportunidade e pula no chão, permitindo que Naomi se aproxime e jogue os braços em volta do pescoço do Dr. Barasch.

— É isso aí! — Alguém entre os convidados a incentiva; não que ela precisasse.

— *Ai, oh, ei, oh!* — Naomi cantarola o refrão, fazendo com que eu me lembre da poesia da letra.

— *Ai, oh, ei, oh!* — O Dr. Barasch a acompanha no canto de acasalamento.

— *Ai, oh, ei, oh... ooh!* — faz Naomi. — *Ooh, ooh, ooh.*

— *Ooh, ooh, ooh* — repete o Dr. Barasch , sem perceber que ela retirou a mão de sua nuca e está apertando a própria barriga.

— Que enjoo — reclama ela. Seu rosto fica pálido, os ombros tombam, e ela leva a mão à boca. — Essa comida... — murmura, correndo em direção ao banheiro.

Naomi é imediatamente seguida por Muffy, Dr. Barasch, o gato e pelo menos uns trinta outros convidados, todos vítimas dos canapés contaminados. Enquanto todo mundo se preocupava com a procedência do frango, ninguém reparou quanto tempo a maionese tinha ficado fora da geladeira. E os músicos da orquestra, tendo assistido a *Titanic* várias vezes, seguem tocando.

Naomi finalmente cambaleia para fora do banheiro com o delineador escorrendo pelas maçãs do rosto e a peruca de Cleópatra desalinhada sobre a cabeça. Sua aparência está um caos, assim como a festa — e, para ela, as duas coisas são culpa minha.

— Você manchou minha reputação e o nosso nome — afirma ela, puxando a franja de volta para o lugar. — Isso aqui não foi nenhum Baile Preto e Branco.

Os convidados, em diferentes níveis de intoxicação alimentar, continuam a entrar e a sair do banheiro. Enquanto correm para dentro, apertam a barriga e clamam por um médico. Depois que saem, pegam os casacos e resmungam qualquer coisa sobre seus advogados. Melissa, uma das quatro M&M, cruza o salão para me oferecer suas condolências. Mas o que ela me diz não é exatamente o consolo que eu esperava ouvir agora.

— Sinto muito por Peter — sussurra ela. — Nem sei o que dizer.

— Ah, o Peter é o menor dos problemas — respondo, categórica. — Ele provavelmente está preso com algum de seus clientes. É até melhor que não tenha participado deste fiasco.

— Não é isso que Melissa quer dizer, não é, meu bem? — diz Avery Peyton Chandler, que se aproximou para tripudiar.

Desconfortável, Melissa troca o peso de uma perna para a outra, enquanto eu e Sienna nos entreolhamos, confusas.

— O... o emprego dele — gagueja Melissa, voltando-se para a porta. — Eu quis dizer que sinto muito por Peter ter perdido o emprego.

— Você não *sabia*, Tru? — grunhiu Avery Peyton Chandler.

— Esbarrei com ele outro dia no Starbucks, no meio da tarde, há três semanas pelo menos, jogando no computador e bebendo um *mocaccino*. Copo alto, mas não do grande. Foi o que deu a dica. Achei que vocês dois já tinham começado a economizar.

Peter perdeu o emprego? O emprego perdeu Peter? Perdido, Peter, emprego? Reorganizo as palavras em minha cabeça, tentando dar sentido a elas. Fico congelada, semicerrando os olhos sob as luzes estroboscópicas, em pânico, incapaz de me mexer. E então, meu braço balança sem controle contra uma das mesas e meu corpo desaba debilmente contra o chão, carregando uma das múmias de marzipã. O doce derretido gruda por todo o meu vestido e cabelo, e o cheiro amargo de amêndoas toma conta do ambiente.

De algum lugar ao longe, identifico Rosie O'Donnell e o florista, *monsieur* René, parados juntos a mim.

— Estamos aqui para ajudá-la — diz Rosie, abaixando-se e limpando o marzipã de minha testa. Ela lambe o confeito dos dedos e diz: — Nada mau, nada mau mesmo. Mas, Tru, você devia ter escolhido as orquídeas verdes.

Dois

A casa do
sol nascente

Sienna me leva de táxi para casa, mas insisto em subir sozinha até o apartamento. Terrance, o porteiro, caminha alguns passos à minha frente para abrir a pesada e decorada porta do elevador. Com sua luva branca, ele estica a mão para apertar o botão que diz COBERTURA.

— Noite difícil, Sra. N?

— Eu diria que sim, acho.

Distraída, mexo em uma das luminárias de alabastro do elevador, importadas da Espanha. Correm boatos de que o preço delas chegava a, no mínimo, cinco dígitos cada.

— Todo mundo tem seus altos e baixos. Vai passar — diz Terrance, que anda tendo aulas de meditação com um dos ex-assistentes do professor de cabala da Madonna.

— Rápido? Será que vai passar bem rápido? Feito uma brisa no Saara? Ou as tentativas de reabilitação da Amy Winehouse? — pergunto, disposta a me agarrar a qualquer resquício de esperança.

— Não vai ser rápido — responde ele, enquanto a porta do elevador se fecha com um baque —, mas, ao final da jornada, a senhora estará num ponto diferente de quando a iniciou.

Procuro minhas chaves e abro a espessa porta de mogno de nosso espaçoso apartamento. Quantas vezes joguei a correspondência displicentemente sobre a mesa em estilo georgiano do hall de entrada e nem sequer notei o suntuoso buquê de copos-de-leite que é entregue pontualmente todas as semanas? Caminho na ponta dos pés ao longo do largo hall repleto de fotos da família: as meninas em sua primeira ida à escola, segurando minhas mãos e carregando lancheiras idênticas, com o desenho da Pocahontas; nós quatro nas ondas da praia de Easthampton; e — essa me faz parar por um instante — uma foto do ano em que Paige e Molly usaram grandes asas de penugem branca e auréolas para pedir doces no dia das bruxas, e Peter se vestiu de diabo.

Chamo meu marido, mas não obtenho resposta. Tentei ligar para o celular dele por mais de uma hora, mas ele não atendeu. Não que eu soubesse o que dizer. "Por que você não me avisou?", "Você está bem?", "Estou com raiva", "Irritada", "Preocupada" eram algumas possibilidades, assim como: "É só um emprego. Você vai arrumar outro" e "O que deu em você para comprar aqueles brincos antigos de filigrana em ouro incrivelmente caros na semana passada?"

No final do hall, paro diante da porta do quarto das meninas e dou uma olhada em meu relógio. Não quero acordá-las, mas preciso me certificar de que estão bem. Com cuidado, abro a porta e desvio de uma pilha de cadernos usados pela metade, materiais de arte, DVDs, mochilas, tênis, camisetas, roupas usadas (e roupas limpas que acabaram não sendo usadas, mas que nunca voltaram para o armário) e um exemplar de *O apanhador no campo de centeio* — intocado desde o dia de sua compra — que Paige, a mais desorganizada e tempestuosa das minhas filhas, acumulou em sua metade do quarto. Eu me abaixo para tirar os sapatos de salto alto. Meus pés descalços afundam no tapete flokati rosa-shocking; no escuro, perco o equilíbrio e bato o joelho na cadeira de rodinhas que desliza até topar na escrivaninha das meninas, fazendo o maior barulho.

— Tudo bem, mãe? — pergunta Molly, se virando sonolenta para mim e se apoiando em um dos cotovelos.

— Tudo bem, querida. — Beijo sua testa. — Desculpe tê-la acordado, pode voltar a dormir.

— Sem problemas — diz ela, aninhando-se debaixo das cobertas.

Como sempre, Paige, na cama ao lado, nem se mexe — igual ao pai, não acorda nem com um terremoto. Ainda me espanto como duas meninas que passaram nove meses juntas dentro da mesma barriga podem ser tão diferentes. Paige é loura, divertida e pronta para qualquer negócio, enquanto Molly, dois minutos mais velha, é uma morena de cabelos cacheados que gosta de estudar. Suspiro e dou-lhes mais um beijo antes de pegar os sapatos e fechar a porta. Passo na cozinha para beber um copo d'água. Deixo o líquido gelado lavar minha garganta e jogo um pouco no rosto. E então, incapaz de evitar o inevitável por mais tempo, entro no escritório de Peter.

Talvez Peter tenha esquecido a festa. Talvez tenha se distraído assistindo a um jogo do Mets ou ficado preso em alguma ligação internacional. Ou, quem sabe, está em sua poltrona de couro com uma pilha de papéis no colo, cansado, mas feliz por ter descoberto uma maneira de salvar nosso futuro financeiro. Mas todas as explicações possíveis para o fato de ele não ter aparecido são esmagadas assim que entro no cômodo revestido com folhas de teca e acendo a luz. Celulares, mensagens de texto, um casamento sólido e baseado em confiança — nenhuma das coisas das quais dependo para localizar meu marido é de qualquer utilidade agora. Peter normalmente me mantém informada de todos os seus movimentos. Ainda brinco com ele por causa da mensagem detalhada que deixou em minha secretária eletrônica antes do nosso segundo encontro: "Estou almoçando um sanduíche de queijo com presunto, vou devolver o livro do Samuelson na biblioteca e comprar uma fita nova para a máquina de escrever. Pego você às três da tarde." Pela primeira vez desde a faculdade, percebo, assustada, que Peter

— meu marido carinhoso, atencioso e incapaz de me causar qualquer preocupação — não pode ser encontrado em lugar algum.

Apesar de meu empenho em economizar energia, ele simplesmente não consegue se habituar a desligar o monitor do computador, e a pequena luz que pisca me atrai até a ampla escrivaninha de cerejeira. Pilhas de pastas coloridas se espalham como se fossem cartas de um jogo de paciência, esperando para serem embaralhadas e distribuídas numa rodada campeã. Sempre deixei tudo relacionado a dinheiro aos cuidados de Peter — quanto temos, quanto podemos gastar. Mas, agora, repassando nossas contas mensais, percebo que estamos na corda bamba. Conexão de internet, carros, celulares, Chapman (o colégio das meninas), casacos, curso de violoncelo e vários cartões de crédito... E isso é só a letra C.

Afundo na cadeira preta, com a cabeça enfiada nas mãos. Meus gastos saem todos de uma conta conjunta que Peter abastece toda vez que peço, como se fosse o tanque de combustível de um carro. Não tenho ideia do que ele sabe ou deixa de saber sobre o custo real das coisas que eu compro. E quais itens ele gostaria que eu economizasse.

— Será que Peter sabe quanto gasto em botox? Ou quanto custa um litro de leite? — me pergunto, desanimada.

— Li que é o preço do papel higiênico que realmente choca — responde Peter, caminhando em minha direção. O último botão da camisa de seu smoking está aberto, a gravata-borboleta pendurada em torno do pescoço, como um dos integrantes do Rat Pack. — Tru, meu bem, me desculpe — diz ele, abaixando-se junto a mim e empurrando as pastas para o lado.

O paletó, pendurado sobre seus ombros, cai no chão, e ele entrelaça a mão na minha, apertando meus dedos com força, do mesmo jeito que as meninas costumavam fazer quando tomavam vacina.

— Não queria que você se preocupasse. Tinha certeza de que eu encontraria outra coisa. O mercado, os financiamentos *subprime*, os negócios estão terríveis, está todo mundo reduzindo. Demitiram quinhentas pessoas, eu não esperava por isso, faz três meses... Você me perdoa? — pergunta ele, assim que suas frases desconexas se esgotam e sua voz começa a falhar.

Eu poderia dizer que estava furiosa por ele ter escondido isso de mim. Poderia chorar ou gritar ou fazê-lo dormir no quarto de hóspedes. Mas só o que quero fazer é abraçá-lo.

— Vem aqui — digo, pegando sua mão e levando-o até o sofá. Eu me sento e ele permanece em pé, na minha frente. Desafivelo seu cinto e abro o zíper. Passo a mão por seu torso, admirando-o, e olho para baixo. — Engraçado — comento, puxando-o para junto de mim, estimulando-o a entrar em meu corpo —, não estou vendo nenhuma redução por aqui, mocinho.

❧❧❧

Na manhã seguinte, preparo as meninas para a escola como se fosse um dia como outro qualquer, e depois que elas saem tento avaliar a situação.

— Não pode ser tão ruim assim, pode? — questiono, esperançosa, enquanto Peter liga a cafeteira. — Quero dizer, a gente ainda pode comprar adoçante, não é? — pergunto, enquanto pego os potes de creme e de açúcar, que, na verdade, não passam de leite com um por cento de gordura e adoçante artificial.

— As coisas estão difíceis — responde Peter, colocando duas fatias de pão integral na torradeira. Ele me fita e percebo, pelo olhar impotente, o quão difíceis estão as coisas. — Nossas economias, meu seguro-desemprego, foi tudo para o buraco junto com as ações da empresa. Peguei dinheiro emprestado dando o apartamento como garantia, na esperança de reverter a situação, mas não consegui. Em sessenta dias estaremos em dívida com a financeira e com o condomínio. Sessenta dias! Nossa casa, os brincos que comprei para que você não desconfiasse de que estávamos com problemas, tudo, nosso maldito estilo de vida, foi tudo construído sobre um castelo de cartas.

— Um castelo de cartas? — engasgo, pensando que madeira ou até mesmo palha teriam sido um pouquinho mais sólidos.

— Um castelo feito com os cartões Visa e American Express. E eles estão completamente estourados.

— Peter, como... como você pôde fazer isso? — gaguejo. — Como você pôde arriscar nosso futuro desse jeito sem me dizer nada?

Ele bate as mãos contra a bancada de granito polido instalada há apenas um ano.

— É isso que banqueiros fazem: arriscam. Você não parecia se importar quando a gente estava se dando bem...

Meus olhos se enchem d'água, e pego minha bolsa da bancada.

— Tru, me desculpe, eu só estava tentando proteger você — diz ele quando caminho em direção à porta.

— Eu sei. Eu sei que você não queria nos magoar. Eu só preciso sair daqui um pouco e arejar a cabeça.

❧❧❧

Caminho pela Quinta Avenida pelo que parecem horas, vendo as vitrines além da praça escondida e coberta de flores do Rockefeller Plaza, e, pela primeira vez, elas não parecem tão tentadoras. Os edifícios art déco projetam uma sombra dourada, e eu paro para ver a pista de patinação, lembrando os bons momentos que passamos ali e que, provavelmente, nunca mais poderemos bancar. Um dos cantos da praça abriga uma escultura dourada de Prometeu, que roubou o fogo de Zeus para oferecê-lo aos mortais. No outro, a escultura de Atlas carrega o mundo nos ombros.

— Sei como se sente, rapaz — digo, dando uma batidinha de leve numa das panturrilhas de bronze bem-torneadas do deus grego.

Na esquina da Sexta Avenida com a 50, na calçada oposta ao Radio City Music Hall, um homem elegantemente vestido está de pé sobre um palco improvisado com um megafone na mão. Ao seu lado, uma jovem atraente está sentada junto a uma mesa com uma pilha de livros e CDs motivacionais que estampam uma foto sorridente do orador.

— Apague a palavra "fracasso" de seu vocabulário. Tenha pensamentos positivos, cultive a energia positiva todos os dias, de todas as formas — declara ele para uma plateia que vai aumentando e parece atenta a cada palavra. — Repitam comigo: "Eu sou o dinheiro."

— *Eu sou o dinheiro* — diz a multidão quando o homem do megafone os incita a repetir com mais convicção.

— *Eu sou o dinheiro* — tento me juntar a eles. Como se uma simples mudança de verbo, de "Eu *gasto* o dinheiro" para "Eu *sou* o dinheiro", fosse tudo o que me faltasse.

— De novo!

— EU SOU O DINHEIRO — gritamos em uníssono, e ele nos ordena:

— Agora fechem os olhos e visualizem a prosperidade.

Notas de 100 dólares pairam em minha mente, pilhas enormes acumulando-se até o teto. Eu me imagino pegando uma delas e, como Narciso, que vê seu reflexo na água, em vez do rosto de Ben Franklin, vejo o meu. Se me lembro bem, o próprio Franklin achava que sucesso era resultado de trabalho árduo. Mas isso foi há trezentos anos! Eu cresci com a fada Sininho, o *Campo dos sonhos* e Joel Osteen — deseje, construa ou pague o dízimo para um pastor de TV orar por você e todos os seus desejos serão realizados.

— Eu sou o dinheiro, eu sou o dinheiro! — Estou praticamente cantarolando agora.

E o homem do megafone continua:

— Meus livros e CDs ensinarão a cada um de vocês como se tornar um ímã e atrair pessoas, lugares e oportunidades que irão multiplicar suas riquezas.

A julgar pelo número de interessados que correm para comprar os produtos, no final das contas, o programa funciona mesmo é para ele.

Eu mesma estou pronta para jogar uma nota de 20 dólares por suas palavras de sabedoria, quando ele oferece mais uma de suas instruções.

— Imagine sua vida daqui a cinco anos — diz ele, enquanto o bueiro ao meu lado solta um jato de ar.

Eu me vejo usando um lenço na cabeça e uma saia reta e comprida. Estou segurando um copo descartável com algumas moedas dentro.

— Não, não, não! — me aflijo. — Daqui a cinco anos vou ser uma mendiga!

୨୧୨୧୨୧

Volto ao apartamento ainda um pouco abalada, mas me contenho por causa das meninas. Paige e Molly estão sentadas à mesa, diante de iogurtes, barras de granola e os livros do colégio. Molly está no Facebook, o computador de Paige exibe um dos filmes da série *Crepúsculo* e Deus sabe o que está tocando nos iPods das duas.

— Como vocês conseguem fazer o dever de casa? — pergunto, retirando delicadamente os seus fones de ouvido para que possam me dar um "oi" mais adequado.

— Mãe, você repete a mesma pergunta todos os dias — responde Paige em seu tom adolescente, que me mostra como estou *por fora.*

Molly sorri e se estica sobre a mesa para me oferecer um lanche:

— Barrinha de morango ou de chocolate?

— Chocolate. — Pela primeira vez, respondo sem olhar o rótulo com os valores nutricionais.

Essas barrinhas parecem tão saudáveis, mas algumas delas contêm mais gordura do que um chocolate recheado. Quando as meninas eram pequenas, eu não as deixava comer açúcar ou comida processada, e até elas entrarem na escola o único McDonald que conheciam era o da musiquinha do fazendeiro. Mas agora que são adolescentes, fico feliz só de não usarem crack.

Rosie, a empregada animada que contratamos há dois meses, quando a babá das meninas finalmente se aposentou, aparece carregando uma bandeja de bambu cheia de biscoitos saídos do forno e latas de refrigerante.

— Para os rapazes da obra — explica ela, caminhando apressada para dentro do apartamento.

— Que obra? — digo e saio correndo atrás de Rosie. Me pergunto o que eu poderia ter pensado haver de tão ruim em algo que cheirava tão bem quanto aqueles biscoitos de aveia e passas que ela acabara de fazer. E para quem ela havia feito.

As meninas fazem fila e me seguem, feito dois pintinhos. Cruzamos meu quarto contornando a cama com dossel que eu e Peter compramos numa liquidação de móveis usados assim que nos casamos. Exatamente como nos velhos tempos, o antigo chapéu de palha com uma fita azul, lembrança de meu papel na peça que apresentamos na faculdade, *The Music Man*, descansa sobre a haste quebrada que nunca nos preocupamos em trocar. Quando entramos no banheiro, vejo dois homens à toa em meio a vários azulejos soltos. Chaves de fenda, panos de chão, pés de cabra, canos de cobre e tubos enormes de selante e rejunte espalham-se por todos os lados. Minha banheira de pés metálicos tinha sido arrancada de seu lugar e estava encostada na bancada espelhada. Afastadas da banheira, as lindas torneiras de níquel escovado parecem órfãs, e três canos cortados saem do piso quebrado como se fossem ervas daninhas. Um dos rapazes pega um biscoito e diz:

— Obrigado.

— Ah, merda, quero dizer, *droga*. Esqueci que vocês vinham hoje. Isso mesmo, vocês vão instalar a banheira nova hoje — digo, notando que a banheira de 800 quilos de mármore de Carrara simplesmente não está ali.

— A gente ia — responde o outro, pegando um refrigerante.

— O chefe acabou de ligar dizendo que não podemos instalar a banheira até que vocês paguem os 11 mil dólares que estão devendo. O cheque do Sr. Newman voltou.

As meninas me olham, confusas. Rosie solta um suspiro e balança a cabeça.

— Ai, de novo não — exclama, juntando as sobrancelhas numa expressão frustrada. — Perdi meu último emprego assim.

— Não se preocupe, Rosie — digo, tentando convencer nós duas de que não teremos que demiti-la. Pego a bandeja das suas mãos e ofereço mais um biscoito a todos, dando uma de anfitriã para a empregada preocupada, as filhas confusas e os instaladores de banheira, no lugar mais inusitado da casa para receber visitas.

— Tenho certeza de que é só um... mal-entendido? — diz Molly, parecendo segura até a última palavra, que não consegue evitar que saia como se fosse uma pergunta. — Não é, mãe?

— Claro. Seu pai não está mais ligado ao banco. Estamos apenas tendo uns probleminhas com o fluxo de caixa — digo, cuidadosamente.

— Papai perdeu o emprego? — Paige se desespera.

— Ele vai começar a trabalhar numa empresa nova a qualquer momento. A gente fala disso depois — respondo com o máximo de calma que me é possível. E então, me viro para os rapazes e acrescento: — É só um mal-entendido. Eu posso assinar um pré-datado e vocês finalizam a obra.

— Sem chance. É dinheiro ou nada, ou então a gente tem que ir embora.

Tento uma alternativa:

— Que tal se fizermos assim: por que não colocam a banheira antiga de volta? Nós nem estamos precisando de uma banheira nova, não sei por que fizemos isso. Quero dizer, tudo o que precisamos é de alguma coisa que segure a água.

Eu me aperto entre a bancada e a banheira. Agarro a banheira pelas beiradas e tento empurrá-la. Pesada. Nada acontece. "Prenda a respiração, conte até dez e empurre", ainda posso ouvir a voz de minha instrutora de Lamaze. Mas nada acontece além do meu batimento cardíaco disparado, dos olhos esbugalhados e da veia que salta em meu pescoço. Rosie e as meninas se juntam a mim, mas, ainda assim, a teimosa banheira — mais difícil de se mover do que um par de gêmeas de 2,5 quilos cada passando por um canal cervical de 3 milímetros de diâmetro — não se move nem 1 centímetro.

Tampouco os homens.

— Desculpe, senhora, não podemos fazer nada.

O que está bebendo refrigerante dá de ombros, e os dois catam suas ferramentas, pegam os últimos biscoitos e vão embora. Rosie, as meninas e eu nos sentamos no piso frio e recostamos na parede da banheira. As meninas desatam a fazer perguntas, e prometo que vou explicar tudo mais tarde; depois que a Rosie for embora, eu e o Peter poderemos conversar com elas. Peter surge no banheiro, solta a maleta e se junta a nós. Tira os sapatos, afrouxa a gravata e começa a arremessar cacos de azulejos.

— "Não temos vagas", "Você é qualificado demais, Sr. Newman", "Nossa, quanto você ganhava?" — Peter narra mais um dia inútil procurando emprego, e, a cada frase, tenta acertar um caco na privada e erra o arremesso. — Acho que hoje não é o meu dia — diz ele, encolhendo-se e desistindo.

— Tudo bem, papai — diz Paige, que, apesar de suas atuais explosões ocasionais, ainda é uma menina doce, de bom coração. Ela apanha um punhado de cacos e se inclina para beijar o pai. — Que tal acertar dez em vinte tentativas?

Meus olhos se enchem d'água ao ver Peter e as meninas brincando de arremesso na privada, embora eu torça para que eles continuem errando o alvo. A última coisa que precisamos agora é ter que chamar um encanador.

— Quem precisa de dinheiro? — pergunto, animada. — Ainda temos dois banheiros nessa casa que funcionam perfeitamente bem. E sabe o que mais? — acrescento, olhando para o lado e passando a mão pelo interior da antiga banheira de porcelana. — Sempre achei que esta belezura daria uma ótima jardineira.

É claro que mais tarde acabamos saindo do nosso mundinho de conto de fadas criado na suíte principal da casa, e assim que isso acontece minha visão Poliana dos fatos desaparece mais rápido do que minhas mechas louras. Fecho-me na biblioteca, onde tenho uma escrivaninha e um computador para organizar meus trabalhos de caridade e minha agenda. Pego um bloco tamanho ofício e, com a canetinha preta que usei para identificar as roupas das meninas quando elas foram para o acampamento de férias, começo uma lista de "Como economizar dinheiro". *Diminuir o aquecimento da casa (melhor para o meio ambiente!!!)*, escrevo em enormes letras cursivas. Paro, frustrada. Volto e escrevo um grande número 1 próximo à minha única ideia. Enquanto penso no número 2, Paige e Molly entram, cheias de perguntas sobre nosso futuro.

— Quão ruim é a situação, mãe? — pergunta a prática Molly. — A gente vai poder continuar na escola?

Paige quer saber se vamos ter de cancelar a assinatura da HBO e o seu acesso à internet pelo celular. As duas me perguntam se vamos ter que nos mudar — segundo Peter, uma possibilidade bem provável.

— Seu pai e eu somos muito criativos — afirmo, tentando acalmar suas inseguranças sem ter que mentir. — Vamos dar um jeito. Amamos vocês, nos amamos, somos uma família fantástica. Tudo de que precisamos está bem aqui — finalizo, dando um beijo em cada uma.

Com a desculpa de que precisam terminar o dever de casa, as duas voltam para o quarto.

— Eu te disse — resmunga Paige, emburrada, achando que já não posso ouvi-la. — A gente não vai poder ir ao passeio do colégio para Haia.

— Ai, meu Deus, você é tão idiota — responde Molly, batendo a porta do quarto. — Você não ouviu o que a mamãe falou? Pode ser que a gente não tenha nem lugar para morar.

Três

Xá, lá, lá, lá, xá, lá, lá, lá, lá

Na manhã seguinte, Peter está na sala de jantar, enfiando o último pedaço de bacon na boca. Meu marido pensa que a dose de estatina que ele toma o protege contra qualquer besteira que queira comer. Hoje, porém, não é dia de fazer estardalhaço por causa do colesterol.

— O que é isso tudo? — pergunto, apontando a mesa, servida com nosso melhor jogo de louças e repleta de nossas comidas preferidas.

Peter limpa os dedos em um guardanapo e me mostra um bilhete escrito à mão.

— É a última refeição preparada pela Rosie. Ela arrumou um emprego com os Morton. Diz que sente muito por nos deixar, mas que precisa ganhar a vida.

— E a gente também — diz Molly, chegando por trás no instante em que o pai ia se servir de ovos mexidos. Ela arranca a colher de prata das mãos dele e a substitui por uma de plástico.

— Estou vendendo todas as coisas boas no eBay.

Sigo Molly até a sala de estar, onde ela havia juntado uma pilha de cadeiras, mesas, abajures, molduras e até um suéter que comprei num leilão de celebridades, "tricotado por Julia Roberts", embora eu sempre tenha achado que parecesse mais coisa da Brooke Shields. Meus olhos passeiam pelos objetos e eu seguro contra o peito uma caixinha de *cloisonné* cor-de-rosa e branca.

— Você não pode vender isso, é do aniversário de casamento que passamos em Hong Kong!

Molly arranca a caixa da minha mão e a coloca de volta na pilha.

— Mãe, presta atenção. A gente está batalhando para não deixar essa família afundar.

Do outro lado da sala, Paige está sentada em uma cadeira dobrável, com o computador no colo. Dou uma olhada por sobre os ombros dela e solto um grito:

— Paige Newman, como você pode fazer compras numa hora dessas? — pergunto, assustada ao vê-la clicando na foto de um cardigã e adicionando-o a um carrinho de compras já abarrotado. — Você não está entendendo que a gente precisa economizar e não gastar mais?

— Relaxa, mãe, eu *estou* economizando. Está tudo na promoção.

Molly resmunga:

— Procure por "refeições de baixo custo". Sem a Rosie, a gente é que vai ter que cozinhar.

— Ah, não! Será que não podemos pedir para o Sarabeth's entregar comida em casa? — Em poucos minutos Paige já está lendo um cardápio em voz alta: — Arroz barbecue, que delícia! Um dólar de frango, duas fatias de queijo, arroz branco e 24 centavos de molho barbecue...

— Como se mede isso, 24 centavos de molho? — pergunta Peter, tristonho. Ele chega por trás de mim e descansa a cabeça em meu ombro.

— Não sei, meu bem, talvez com um dedal? — Eu me viro e lhe dou um beijo. E então, visto meu blazer e digo às meninas que não se atrasem para a escola. — Não vendam a cristaleira — digo o mais confiante possível. — Cruzem os dedos, talvez eu consiga tirar a gente dessa bagunça.

Trinta minutos depois, usando uma camiseta branca e meu melhor terninho Chanel, estou sentada à mesa diante de Suze Orman. Trabalhamos juntas num comitê de arrecadação de fundos da PBS, e, quando liguei para ela, Suze sugeriu que nos encontrássemos em seu restaurante favorito, um pé-sujo com piso gasto de linóleo xadrez e sofás de couro preto surrado, remendados com fita adesiva. Não era exatamente um lugar frequentado por escritores bem-sucedidos ou apresentadores de TV, mas, quem sabe, talvez seja exatamente por isso que ela tenha dinheiro suficiente para manter um bronzeado artificial permanente e eu não, ou, pelo menos, não mais. Uma garçonete chamada Vy anota nosso pedido e volta com duas xícaras de café descafeinado aguado e dois muffins. Suze precisa nos ajudar, ela é um gênio das finanças, não é? Quando termino de contar todos os nossos problemas, ela balança a cabeça e alisa o penteado que virou sua marca registrada. Exatamente como faz na TV.

— Tru querida, minha amiga, como você pode se sentir revigorada com um banheiro quebrado? Conserte! — Ela se inclina e, com suas perfeitas unhas francesinhas, dá uma batidinha em minha bolsa: — E essa bolsa *vermelha*? Você percebe o que isso significa? Entende o que eu estou dizendo?

— Estava na liquidação — minto, puxando a bolsa pela alça e retirando-a da mesa.

— Não estava! E não é só o preço, é a cor. *Vermelha*, amiga, *vermelha*! Essa bolsa emite uma mensagem ruim. Você quer que as suas finanças estejam no *azul*!

Tomo um gole do café e tiro um pedaço do muffin. Amo a bolsa, mas, se for isso o que preciso, acho que vale o sacrifício. Jogo carteira, maquiagens, chaves, cartões de crédito, tudo em cima da mesa e chamo a garçonete.

— Aqui, você quer? — pergunto, resignada a abandonar minha Birkin cor de corpo de bombeiros pela qual esperei seis meses para comprar. Vy olha desconfiada, mas, antes mesmo de ter um segundo para pensar, Suze agarra a bolsa e a joga na lixeira mais próxima.

— Qual é o seu problema, amiga? Você quer que Vy vá à falência também?

— Uma gorjeta de vinte por cento já está de bom tamanho — responde Vy, cautelosa.

— Está vendo, nossa amiga aqui tem a cabeça no lugar — acrescenta Suze, convidando Vy a se juntar a nós. — Você quer dinheiro e garantias, então fique longe de ações e, pelo amor de Deus, *queime esses cartões de crédito!* — matraqueia Suze. Sem uma caixa de fósforos à mão, ela começa a serrar o Visa e o American Express com uma faca de manteiga.

— Mas... — tento dizer.

— Sem "mas". Você precisa aceitar. Nada de crédito, crédito é ruim. Tenho sete casas e não preciso pagar pelo financiamento de nenhuma delas.

— Acabei de botar todo o meu dinheiro num quarto e sala — acrescenta Vy.

— É isso que você devia ter feito, Tru — diz Suze, enquanto eu me afundo na cadeira. — Então, seu marido perdeu o emprego e você está afundando em dívidas. Buá! Supere isso, meu bem! Meu pai era vendedor de galinhas. Quando seu negócio faliu, ele começou a alugar quartos para pensionistas, e, quando um deles caiu da escada e processou a gente, minha mãe virou vendedora da Avon.

— Adoro a loção Skin So Soft! — comenta Vy.

— Você sabia que ela não só hidrata, mas também serve como repelente de insetos? Minha mãe manteve a gente debaixo de um teto apenas vendendo esses produtos de porta em porta, uma venda de cada vez. Embora ela nunca tenha dito a ninguém que estava trabalhando. Ela tinha vergonha de sustentar a casa.

— Você faz o que tem de fazer — conclui Vy, praticamente uma filósofa do Four Brothers Coffee Shop.

— Depois da faculdade, comecei a trabalhar como garçonete, assim como você! — diz Suze, batendo na mão de Vy. — Um cliente me deu 50 mil dólares para começar meu próprio negócio e eu investi o dinheiro com um corretor de ações, mas o filho da mãe me roubou até o último centavo. Você acha que eu me enfiei debaixo do cobertor e chorei? Nada disso! — exclamou ela, virando-se para mim e arregalando ainda mais os grandes olhos, embora eu não achasse que isso fosse possível. Parecia uma daquelas crianças estranhas de olhos esbugalhados de uma pintura de Keane; deveriam transmitir compaixão, mas, no fundo, só me dão agonia. — Virei uma corretora de ações por conta própria e fiz fortuna. E então fiz uma fortuna maior ainda ensinando outras mulheres a ganhar dinheiro!

A história de Suze me lembra o "Jamais sentirei fome outra vez" de Scarlett O'Hara. Não me surpreenderia se descobrisse que ela também já fez roupas de cortinas. Eu me aproximo, esperando ansiosamente pelas palavras sábias de Suze.

— Você está me entendendo? Você sabe o que precisa fazer? — pergunta ela, com insistência.

— Matar galinhas, aprender a tirar pedidos, me afastar de corretores? Por favor, Suze, me diga!

— Arrumar um emprego!

— Arrumar um emprego? — murmuro. — É isso? Você não tem nada como... uma informação privilegiada no mercado de ações?

— Se era isso que você queria, devia ter ligado para a Martha Stewart. E é claro que, se fizer isso, vai acabar na cadeia. Arrume um emprego!

— Mas eu não trabalho há vinte anos. Quem me daria um emprego? Vou trabalhar com o quê?

— Comece perguntando ao seu último empregador, talvez eles tenham alguma coisa para oferecer ou possam dar alguma dica. — Suze tira da bolsa um exemplar de seu último livro (uma bolsa *verde*, da cor das notas de dólar), escreve uma dedicatória nele e o entrega a Vy. E então ela se levanta para sair e faz um gesto de incentivo em minha direção. — Lembre-se, amiga, hoje é o primeiro dia do resto da sua vida!

— Do resto da minha vida — repito, aturdida.

Antes, porém, tenho um problema mais imediato. Agora que estou sem bolsa, preciso enfiar meu batom, as chaves e o pouco dinheiro que me resta nos bolsos do meu lindo terninho Chanel. Além disso, ainda havia a conta. Levo um tempo para perceber que, graças a Deus!, Suze pagou antes de sair.

∿∿∿∿

Perambulo ao longo da rua 54 e subo a Madison Avenue apaticamente; até uma octogenária num andador me ultrapassa. Se soubesse jogar Tetris no celular, talvez pudesse evitar o inevitável por mais tempo, mas, finalmente, me vejo diante da Addison Gallery, meu último e único emprego.

— Suze me disse para trabalhar — insisto com meus próprios pés, implorando a eles que deem apenas mais cinco passos para a esquerda, para que eu possa abrir a porta da galeria. Mas meus sapatos se recusam a se mover. — Tudo bem, vamos esperar até que esteja pronta — digo a mim mesma, no mesmo tom tranquilizador que usava com as meninas quando elas precisavam de mais alguns minutos antes de mergulhar na piscina, e encosto o nariz no vidro da entrada para ver a galeria por dentro.

Quando comecei a trabalhar ali, depois da faculdade, era apaixonada pelo mundo das artes. Parecia emocionante e glamoroso, e eu ansiava pelos mesmos debates em que me engajara durante a graduação em história da arte — uma vez passamos metade da noite só discutindo se a limpeza dos vitrais da Catedral de Chartres não teria sido um desserviço (sem os oitocentos anos de sujeira acumulada, agora eles eram tão brilhantes quanto um pacote de jujubas). Mas na Addison Gallery só se falava sobre valores em leilões e sobre roubar obras de artistas de outras galerias. Minha função era de "assistente". Rá! "Paranormal mal paga" seria mais justo. Eles esperavam que eu removesse milagrosamente as marcas de dedos dos vidros antes mesmo de elas aparecerem, que encontrasse o carro dos clientes antes dos guardas de trânsito, mesmo que o cliente nunca lembrasse exatamente onde ou a que horas tinha estacionado, e que lidasse com o ego de artistas, que são mais delicados — e inflados — do que um suflê. Dezoito meses depois, quando quis deixar o emprego, Peter me apoiou. Mas, na época, ele já tinha fisgado um cargo promissor em um dos mais importantes bancos de investimentos, e nós concordamos que seríamos mais felizes se eu me encarregasse de tomar conta da casa.

— É uma péssima ideia. Eles nunca me dariam um emprego. A gerente da galeria sempre considerou minha capacidade de limpadora de vidros "abaixo da média". Vocês tinham razão, pezinhos — admito, decidindo que o melhor a fazer seria voltar para casa e procurar por algo nos classificados.

Quando me viro em direção ao metrô, vejo Georgina Wright (aquela que me menosprezou em matéria de limpeza de janelas há tantos anos) correndo da porta da galeria em minha direção.

— Sabia que era você! — diz Georgina, jogando os braços em volta de mim e quase deslocando meus ombros ao me carregar para dentro.

Seu cabelo está arrumado em um coque elegante na altura da nuca, e seu corpo franzino está coberto por um vestido preto de tecido amassado que parece estar dois números acima do seu, embora tenha sido exatamente assim que o estilista japonês o tenha desenhado. Quando eu trabalhava para ela, o máximo que consegui de Georgina foi um vago aceno de cabeça. Mas hoje ela parece quase sorridente.

— É você mesmo! — Ela se exalta.

— E é você mesmo! — repito, já que aprendi no Discovery Channel que, se você não quiser ser comido por um animal selvagem, deve imitar seu comportamento.

Após os comentários usuais de que não envelheci nada, de como ela amou meu terninho Chanel e do quão inteligente eu sou por realmente *utilizar* os bolsos do blazer ("Tão poucas pessoas o fazem", diz ela, embora ambas saibamos que Coco deve estar se revirando no túmulo), a razão para o derretimento de Georgina se torna óbvia:

— É uma maravilha que você tenha voltado para a gente! Ouvi dizer que está casada com um investidor muito rico.

— Estive, quero dizer, estou.

Agora que Georgina me trouxe até aqui, acho que devo pelo menos tentar perguntar sobre o emprego. Mas a única coisa que sei sobre a condição humana é que as pessoas só lhe oferecem alguma coisa se acharem que você não precisa dela. Qual outro motivo teria para a Converse produzir tênis cravejados de cristal para os gêmeos do Brad Pitt e da Angelina Jolie? Com os 14 milhões de dólares que a revista *People* pagou pela foto deles, aquelas crianças poderiam comprar sapatos para todo o planeta Terra — e ainda sobraria para Plutão. Por isso eu não posso simplesmente dizer algo como "preciso de um emprego".

— Senti saudades — digo suavemente. — O mundo da arte, a galeria, tudo isso. Agora que minhas filhas estão mais velhas, andei pensando em, quem sabe, mergulhar o pezinho de novo nessas águas...

—Então é só comprar! Nós temos exatamente o que você precisa! — responde ela, agarrando meu braço e me levando pela exposição: imagens um tanto picantes de *pole dancers* em Technicolor. Diferente das que você veria na *Playboy*, é claro, já que o artista, segundo a legenda, é um ex-bolsista do programa Rhodes, em Oxford.

Georgina para diante do quadro mais descarado e sensacionalista da mostra.

— Esse é meio grande — digo, desviando os olhos da jovem de 4,5 metros de altura e seios XG, numa pose erótica. — Ainda tenho adolescentes em casa. E, na verdade, o que eu estava pensando...

— ... era que você gostaria de algo mais sutil, certo? Você sempre foi uma menina esperta! — diz ela, me bajulando até não poder mais. — Você sabe que a gente guarda os melhores trabalhos na parte de trás, para os clientes preferidos. Venha comigo!

Exatamente como nos velhos tempos, Georgina fala, e eu escuto. Não tenho alternativa a não ser segui-la, deixando aquelas falcatruas com os *pole dancers* para trás. Passamos por uma meia dúzia de assistentes de olhar cansado — todas fazendo o trabalho que eu costumava fazer, e nenhuma delas com mais de 25 anos de idade.

Isso foi uma estupidez. O que me fez achar que Georgina — ou qualquer outra pessoa no mundo — iria querer me contratar? *Arrume um emprego!* Mas fazendo o quê? Eu preparo o pior café de que já se ouviu falar e nem posso mais usar minissaia. (Segundo Naomi, nunca pude.) Gastei 60 mil dólares em ensino superior para me graduar em arte medieval com uma especialização em estudos feministas. E a única coisa para a qual sou qualificada é escrever um verbete da Wikipédia. É um milagre que a Addison Gallery já tenha me contratado um dia.

Tudo o que eu mais quero agora é sair daqui — sem chances. Georgina me prendeu na sala para clientes exclusivos nos fundos da galeria.

— Sente-se e tire os sapatos — ordena. Ela estala os dedos e mais uma das aparentemente infinitas assistentes entra com uma bacia d'água. — Agora, encoste-se, relaxe e mergulhe esses pezinhos lindos na água.

— Olha, tudo bem, eu realmente não...

— Agora! — exige ela.

A assistente dá de ombros e segura meus calcanhares. A água está agradavelmente morna e reconfortante, mas em segundos sinto meus pés pinicando.

— Mas que diabos! — exclamo, erguendo rapidamente os pés da bacia (e largando os mais de cem peixinhos que estavam me beliscando). — Não era bem isso o que eu queria dizer com mergulhar o pezinho de novo nessas águas.

— Não me diga que é a primeira vez que você faz peixe-pedicure? — Georgina ri, indicando para a assistente que coloque meus pés de volta na água. — Carpas asiáticas, esfoliantes naturais. Elas adoram pele morta! Um pequeno agrado da Addison Gallery para seus clientes que você não vai encontrar em mais lugar algum.

Um pequeno agrado da Addison Gallery para manter seus clientes grudados na cadeira enquanto Georgina vende o peixe dela, acho que é mais por aí. Ter uma centena de animais marinhos lanchando seus dedos é algo que exige um período de adaptação. Ainda assim, não é nada se comparado ao ataque daquela moreia assassina faminta por cavar uma venda. Georgina vai até o armário e retira um álbum personalizado para cromos e mexe numa pilha de fotos coloridas.

— Eu simplesmente não vou aceitar "não" como resposta — diz ela, balançando o dedo, um metrônomo ossudo de determinação. — Nem que seja preciso ficar aqui a noite toda, eu vou convencê-la a levar um de nossos fabulosos quadros. Steve Martin coleciona esses. Você sabe o que significa, não?

— Que ele gosta de arte pornô? — Mergulho meus dedos na água para tentar afastar os peixes. Mas, para a carpa comedora de cutícula, minha mão é só mais uma refeição.

— Bobinha, significa que você simplesmente precisa ter um!

— Georgina — eu digo, puxando meus tornozelos molhados da bacia. — Tem alguma coisa para eu secar meus pés?

Ela me ignora. Está absolutamente concentrada em repassar as imagens, e, tal qual Jack, o Estripador, não ficará saciada até que tenha capturado sua próxima vítima. Afinal, ela se decide por um close-up de uma perna enlaçando um poste com apenas uma leve insinuação de um fio dental vermelho de cetim.

— É esse! O mais barato que posso fazer é 4.800 dólares. Ah, tudo bem, pelos velhos tempos, 4.500. Você sempre foi boa em barganhar. — Georgina se vira para outra assistente sobrecarregada e supercansada: — Embrulhe este! — Ela ordena com um sorriso. — E traga uma toalha para a Tru.

Quatro

Mais uma a
morder a isca

— Você comprou um quadro? — Sienna gargalha quando compartilho com ela minha tentativa frustrada de arrumar um emprego.

— Georgina acha que sim. Mas eu joguei a foto num canto na porta da galeria e fugi de lá.

— E o peixe-pedicure?

— Não é ruim. Mas até que eles consigam ensinar aquelas carpas a passar esmalte, prefiro continuar frequentando o salão.

Fui direto da galeria para o estúdio de gravação de Sienna. Não seria capaz de enfrentar Peter e as meninas sem boas notícias. Sienna aponta para uma das cadeiras dobráveis com encosto de tecido e pede que eu me sente.

— Tenho um ensaio rápido agora, depois a gente pode comer alguma coisa — diz ela.

Visto de perto, o set de pé-direito alto — repleto de suportes de microfones, fios enrolados e monitores de todos os formatos e tamanhos — parece um tanto improvisado. A iluminação é clara demais, a imagem de fundo com os arranha-céus de Manhattan é a mesma que qualquer um pode comprar num desses cartões-postais, e a mesa curva de "madeira" é, na verdade, feita de compensado e coberta com um plástico laminado. De alguma forma, porém, através das câmeras, tudo aquilo parece se encaixar. O assistente de direção solta a música tema do jornal e o TelePrompTer começa a exibir o texto de Sienna e do outro apresentador. Tom Sandler, o novo parceiro de Sienna, é um jovem louro demais para o meu gosto, de uns 30 e poucos anos, uma substituição e tanto para o apresentador veterano que foi parceiro de Sienna durante 15 anos.

Tom ajusta a gravata e, com a palma da mão, alisa o topete repleto de musse que desponta de sua testa numa curva suave.

— Boa noite, eu sou Tom Sandler. — Ele lê no TelePrompTer, como se fosse capaz de errar o próprio nome.

— E eu sou Sienna Post — murmura ela.

Ao mesmo tempo em que lê as falas, Sienna verifica seus e-mails e brinca com uma lixa de unha, até que o produtor executivo do programa, Jerry Gerard, irrompe diante da mesa dos apresentadores. Ele está usando uma camisa marrom e calças da mesma cor enfiadas para dentro das botas pretas de couro brilhante e parece exatamente o fascista que Sienna descreveu. Jerry Gerard arranca a lixa das mãos dela, joga no chão e pisa em cima com força, usando o salto da bota.

— Isso aqui é uma merda de uma redação de jornal, gente, tomem jeito! Temos um trabalho sério a fazer. O ranking do U.S. Open vai ser liberado a qualquer minuto... o Tajiquistão... ou Turcomenistão... ou qualquer outro raio de país com T... acabou de entrar em guerra! — grita ele para o assistente: — E vê se me arruma dois cafés gelados do Dunkin' Donuts. Agora! — O assistente volta em poucos minutos com os cafés, e Jerry Gerard manda colocá-los na mesa dos apresentadores. — Com a marca virada para a câmera, seu idiota!

Tom Sandler sorri com gentileza e dá um gole.

— Valeu pela amostra grátis, chefe!

Sienna gira em sua cadeira.

— Eu não vou, repito, não vou discutir isso de novo, Jerry — declara ela, arrancando o copo das mãos de Tom e entregando-o, junto com o seu, para um dos assistentes.

— Isso mesmo, não vai — retruca Jerry Gerard, colocando os copos de volta na mesa. — Ordens da diretoria. Marketing indireto é o que há, filhinha.

Filhinha? Ele acabou de chamá-la de filhinha? Mal posso esperar para ver a reação de Sienna! No entanto, em vez de arregaçar as mangas, ela responde cheia de dedos.

— Escute, Jerry — diz Sienna com calma, relaxando os músculos da face em seu bem-treinado sorriso de apresentadora de TV. — Eu sei que Randy Jackson segura um enorme copo vermelho de Coca-Cola no *American Idol*, e tenho certeza de que o único motivo para eles distribuírem Doritos para aqueles famintos malditos de *Survivor* é porque a Pringles não pagaria tanto pelo privilégio. Mas isso aqui é um jornal. E se acontecer um surto de contaminação por donuts? Ou se o presidente da empresa for indiciado por, sei lá, fraude no tamanho dos buracos de donut? Nós vamos dar a notícia feito idiotas com esses copos de café na nossa frente? Ou vamos *deixar* de dar a notícia porque eles pagam para a gente ficar aqui feito idiotas com esses copos de café na nossa frente?

— Por que você não se preocupa com essas bolsas debaixo dos olhos e deixa as questões éticas comigo? — diz Jerry Gerard, abrindo um sorriso afetado. E então ele segura o queixo de Sienna e gira o rosto dela de um lado para o outro. — Dá uma passadinha na minha sala antes de ir embora. Conheço um cirurgião plástico que poderia dar uma esticada na sua carreira em uns quatro ou cinco meses.

— Vá se foder — responde ela na única língua que ele entende. Sienna tira o microfone da lapela de seu blazer Armani, joga no chão e se afasta da mesa pisando firme.

— Saia deste set e você está demitida! — diz Jerry Gerard animado, sem um pingo de medo. Aliás, ele faz parecer que, com a saída definitiva de Sienna, o seu dia estaria ganho.

— Fale com minha agente — replica Sienna, discando em seu BlackBerry e jogando o celular em Jerry Gerard, que o arremessa de volta.

— Já falei. Seu contrato acaba em seis meses, e a gente não vai querer renovar de jeito nenhum. Foi bom enquanto durou, meu bem, mas esse programa precisa de sangue novo. Vejo você no Emmy, ouvi dizer que eles guardam uns convites para os dinossauros da televisão.

— Você não fez isso... você *não* acabou de me chamar de velha... — diz Sienna, fumegante.

— Não, não chamei. Eu disse que você era um dos dinossauros da televisão, um dos grandes, como Walter Cronkite ou Edward R. Murrow. — Jerry Gerard dissimula um sorriso. — Me processe e eu vou manter minha versão.

A equipe de filmagem se dispersa pelo estúdio, amedrontada demais para falar. A ameaça de Jerry Gerard, "Saia deste set e você está demitida!", paira no ar como um andaime preso a um cabo gasto, podendo se soltar e cair sobre qualquer um. Apenas Tom Sandler se manifesta:

— Isso significa que a gente vai manter o café? Eu acho uma excelente ideia.

Tom pode não ser a lâmpada mais brilhante do lustre, mas seu radar para politicagem dentro do estúdio funciona.

— Se você fizer tudo direitinho, eles podem até acrescentar uns donuts — diz Murray, o técnico de som. — Quem sabe este não é o seu dia de sorte.

— É, dia de sorte — repete Sienna, dando à frase um tom mais sombrio e agourento.

Ela recolhe alguns papéis da mesa e os enfia dentro da bolsa. Em seguida, dá um tapinha no ombro de Jerry Gerard, abre seu mais fotogênico sorriso de apresentadora de telejornal e vira todo o conteúdo do copo de café com leite gelado sobre a careca dele.

— Mais uma dose — pede Sienna, deslizando a caneca de cerveja pela mesa úmida em direção ao garçom. — E a minha amiga aqui é alérgica, então pode trazer mais uma batida sem álcool. — Ela ri.

— Pelo menos a gente não precisa mais chamar esses drinques de Shirley Temple — eu digo.

— E a gente também não precisa mais *ser* uma Shirley Temple — responde Sienna, que já passou um pouco do ponto com a cerveja. — Criança prodígio, embaixadora, a primeira mulher a dizer as palavras "seios" e "câncer" juntas na televisão. Ela é um paradigma, um paradigma — e dá mais uma golada na bebida. — Você acha que aqueles cachos eram de verdade?

— Esse é só mais um dos mistérios da vida. O **que** Ben Affleck viu na JLo? Por que eles se chamam New Kids on the Block se estão comemorando vinte anos da primeira formação? E será que Shirley Temple usava *babyliss*?

Depois que Sienna jogou o café em cima daquele produtor arrogante e idiota, ela mandou uma mensagem para sua agente e nós atravessamos a rua em direção a este buraco. Faz uma hora que ela está olhando para o BlackBerry como se ela pudesse fazê-lo tocar, até que ele toca.

— *Você sabia... Sei... Você já ligou para todos os outros canais... Nada, nem uma migalha, ninguém está interessado? Não preciso me preocupar, claro que não. Um comercial de comida de cachorro? Circulação nacional? Ah, em três estados... mas não em Nova York. Não é certo, existem outros candidatos... Você me liga.* — Sienna coloca o telefone sobre a mesa e assopra o colarinho de sua cerveja. — Minha agente diz que no mundo dos telejornais eu tenho uns 107 anos mais ou menos. Mas em Connecticut, Nova Jersey e na Pensilvânia aparentemente ainda sou jovem o suficiente para vender biscoitos caninos Puppy Chow.

— Velha? Do que você está falando? Você tem a minha idade.

— Isso mesmo, mais de 40 já é ladeira abaixo no mundo da mídia.

— Mas e a Barbara, a Diane e a Katie? — pergunto, citando os nomes de três grandes (e velhas) personalidades do jornalismo.

— Pontos fora da reta — responde ela, girando o dedo dentro da cerveja e brincando com a espuma. — É claro que algumas conseguem superar a questão da idade, mas a razão para que todo mundo fale delas é que são exceções à regra.

— Mas isso é loucura. Eu quero ver mulheres da minha idade na TV, e tenho bastante dinheiro para gastar com os produtos do anunciante. — Uma pausa. — Quer dizer, tinha, até Peter perder o emprego.

— E eu me tornar uma âncora *decadente* — diz Sienna, desanimada. — Jerry Gerard estava de olho em mim desde que assumiu a produção do programa. Ele me humilhou em todas as oportunidades que teve, como me obrigar a fazer aquelas matérias ridículas. "Sienna Post pula de paraquedas!" "Sienna Post, ao vivo, do Zoológico do Bronx!" Um elefante completa 1 ano e a gente organiza uma festa para ele. Uma festa, com balões, uma bola de praia de presente e um bolo de coco decorado com amendoim! Você já ouviu falar de um jornal dar uma bola de praia ou um bolo de coco com amendoim para um elefante de *41* anos? Não, senhora, você nunca ouviu! Até a maldita festa de um elefante tem que ser voltada para o público jovem. — Ela enxuga as lágrimas com um guardanapo.

Nunca ouvi falar de um jornal oferecendo uma festa para elefante de idade alguma, mas, neste momento, o argumento parece tão irrelevante quanto um elogio de Paula Abdul.

— Vai dar tudo certo — digo. — Existem diversos tipos de oportunidades, a gente só precisa tentar enxergar as coisas de outro ângulo. Outro dia, Molly leu para mim um artigo sobre lojas que contratam pessoas para fazer compras disfarçadas e avaliar os vendedores.

— Mas depois você tem que devolver tudo. Além do mais, isso seria o mesmo que colocar um alcoólatra para trabalhar numa loja de bebidas.

— Tudo bem. Mas se você se candidatar para trabalhar na Tchecoslováquia como enfermeira por três anos, eles lhe darão um lifting facial gratuito ou um implante de silicone.

— Isso é que eu chamo de programa de benefícios. Mas eu desmaio toda vez que vejo sangue.

— E acho que a outra sugestão da Molly está absolutamente fora de questão — acrescento, impassível. — Não acredito que meu útero esteja em condições de suportar que eu me ofereça como barriga de aluguel.

Sienna não responde. E, então, ela ri com tanta força que um esguicho de cerveja escorre de seu queixo.

— Sempre quis tentar escrever. E, além disso, tenho uma paixão secreta: pintura botânica.

— Nossa, em todos esses anos eu nunca desconfiei que você seria capaz de pintar um simples gerânio!

— Pode apostar que posso! — responde ela enquanto pega o pote de mostarda e começa a rabiscar esboços de plantas e folhas na toalha da mesa. — Você sabe, o trabalho satura a gente — diz ela, desenhando flores retorcidas com ketchup. — Fiz uma reportagem sobre isso. Morre mais gente por causa do trabalho do que por drogas, álcool e guerras. É claro que muitos deles são lenhadores ou pescadores. Você sabia que o trabalho mais perigoso do mundo é o de pescador de caranguejo no Estreito de Bering? A gente tem sorte de não ser pescador de caranguejo. Precisamos fazer mais gente parar de trabalhar! — Ela bate com a mão na mesa, sujando o punho da camisa Armani de ketchup.

— E também precisamos fazer com que as pessoas parem de usar tênis. Ano passado, houve 71.409 acidentes com tênis só nos Estados Unidos. Você não acha cafona quando as pessoas usam tênis no trabalho?

— Não se elas forem o velocista olímpico jamaicano Usain Bolt.

— Você acha que esse nome é real? Um velocista chamado Bolt?

— Acho que está na hora de você ir para casa — digo, pegando uma nota de 5 dólares na carteira para deixar uma gorjeta para o garçom.

Sempre muito generosa, Sienna acrescenta uma nota de 20.

— Talvez um comercial local de comida para cachorro não seja o fim do mundo — comenta ela, enquanto a ajudo a vestir o casaco.

— Claro que não. Pode até levar a alguma coisa maior. Teri Hatcher tem a nossa idade e conseguiu um contrato com a Clairol.

— É, e quem se importa que seja o fabricante da tinta de cabelo que esconde os fios brancos dela?

Assim que chegamos à calçada, Sienna aperta a gola do casaco para se proteger. O frio antecipado me faz lembrar que, a qualquer momento, as meninas vão pedir botas novas da Ugg. Ugh! Mais uma coisa que não vamos poder comprar. Sienna está se despedindo de mim quando o garçom aparece correndo:

— Obrigado, mas você vai precisar disso mais do que eu — diz ele, apertando a nota de 20 dólares contra a mão de Sienna.

— A notícia já se espalhou pela internet. Sinto muito que seu emprego tenha ido pelo ralo.

～～～～

Mais tarde, Peter e eu estamos aconchegados na cama.

— Por que eles falam assim? — pergunto, acariciando o braço dele. — Ir pelo ralo, botar para fora, chutar. Parece mais uma sequência de golpes da Lara Croft do que a descrição do ato de ser demitido.

— Ser demitido é uma coisa brutal — responde Peter. Ele se senta e balança as pernas para empurrar o edredom do seu lado da cama. — Não é só a empresa, o mercado está enlouquecido. Eu posso nunca mais conseguir um trabalho. Você não entenderia, Tru. Estou passando por este inferno há três meses.

Pelo seu tom de voz, sei que Peter está apenas anunciando algo que para ele é um fato. Ainda assim, meu corpo inteiro se arrepia.

Talvez eu entendesse se você tivesse me contado logo que foi demitido, meu chapa! Abro a boca, mas acabo me mantendo calada. Mesmo que Peter não tenha direito nenhum de esconder um segredo de mim, eu *não* vou, de forma alguma, me transformar numa Naomi, amarga e pronta para culpar meu pai por tudo que deu errado.

— Eu quero entender — digo. — Da próxima vez que uma coisa horrível acontecer, fale comigo. Eu deveria ser sua companheira, se lembra?

— Nós somos companheiros — responde ele, virando-se para mim. — Você está fazendo um trabalho incrível com as meninas. É só que eu me sinto como se não estivesse cumprindo minha parte do acordo.

— Pare com isso. Elas são *nossas* filhas. Essa é a *nossa* vida. Precisamos ser capazes de apoiar um ao outro.

Peter dá de ombros.

— Eu sei que você me apoia, Tru, é bom ter você ao meu lado. Mas eu não queria deixá-la preocupada. Não é como se você pudesse ter feito alguma coisa para evitar.

— Talvez sim, talvez não. Mas pelo menos a gente poderia ter tentado alguma coisa juntos. E eu quero fazer alguma coisa agora. Vou arrumar um emprego — digo, tentando demonstrar coragem. Porque, de verdade, o que exatamente posso esperar conseguir a esta altura da vida? Montar uma banda de rock? Arrumar prateleiras de supermercado? Ser voluntária para a pesquisa de remédios contra hemorroidas?

— Eu não quero que você precise trabalhar. Além do mais, você jamais conseguiria ganhar a quantia de que a gente precisa. — Ele sacode a cabeça, negativamente. — Desculpe, meu amor, eu não queria que isso acontecesse. Eu estava feliz com as coisas como elas eram antes.

— Não é culpa de ninguém. É a economia, seu bobo — argumento, tentando amenizar o clima. E então, na esperança de fazer com que ambos se sintam um pouco melhor, como na noite da festa de arrecadação de fundos, empurro Peter de volta ao travesseiro e percorro meus dedos por sobre a frente da sua cueca branca de algodão. Puxando o elástico, retiro a peça delicadamente e acaricio sua pélvis. Peter suspira satisfeito. E, logo depois, ouço um ronco familiar. Empurro o ombro do meu marido, tentando trazê-lo de volta, mas nada acontece. Embora Peter ache que alguma coisa já aconteceu.

— Obrigado, querida, foi uma delícia — diz ele, sonolento.

Ele se espreguiça, esfrega os pés contra os meus e volta a dormir.

Tento dormir também, sem sucesso. Começo a pensar no dia em que, há uns dois meses, esbarrei com Paige depois do colégio e mal reconheci minha própria filha. Ela estava sem o casaco careta e as meias até o joelho, tinha enrolado a saia xadrez do uniforme de forma apelativa até não ficar muito maior do que um cinto e o rosto limpo e bonito com o qual ela tinha deixado a casa de manhã para ir ao colégio estava completamente gótico — transformado por uma maquiagem esfumada em torno dos olhos, batom roxo e um piercing de bochecha que (graças a Deus!) estava preso por um ímã. Eu não quis constrangê-la na frente das amigas, mas quando ela chegou naquela noite falei poucas e boas.

— Ai, mãe, não precisa ter um ataque. Sou uma adolescente, estou tentando me descobrir — protestou ela. — Alguns dias me visto como Hannah Montana. Em outros, como Miley Cyrus.

Desde que soube sobre a situação de Peter, também tenho tentado me descobrir. Procuro me imaginar como algo que não seja uma mendiga, busco uma imagem, qualquer uma, de como minha vida poderia ser além de fazer compras, arrecadar fundos para instituições beneficentes, ser mãe e dona de casa. Mas, enquanto passo o resto da noite me revirando na cama, nada parece entrar em foco.

Cinco

O tiro que o mundo
inteiro ouviu

Dez dias depois, saio do nosso prédio e pego o celular para avisar Sienna que vou me atrasar. Atravesso a rua distraída, pelo meio do trânsito, e um caminhão gigante de cinco eixos freia escandalosamente, parando a centímetros de mim, enquanto vários carros subindo a Park Avenue se esforçam para não bater um no outro. Fico tão atordoada que a única parte do corpo que sou capaz de mover são minhas mãos, que voam para cobrir meu rosto. Terrance corre da portaria do edifício para me conduzir de volta até o meio-fio, e o motorista desce da cabine do caminhão.

— Você precisa olhar por onde anda, dona, essa jamanta pesa 40 toneladas. Acha que é moleza parar assim de repente? — grita ele.

— Desculpe, você tem razão, eu devia ter prestado mais atenção — digo, procurando uma dentre as várias medalhas de São Cristóvão que carrego nos bolsos. Mesmo não sendo católica, não deve fazer mal ter o santo padroeiro dos viajantes de olho em você. Principalmente se você for alguém desatento que nunca está fazendo menos do que três coisas ao mesmo tempo.

Terrance dá um tapinha em minha mão.

— Sra. N, a senhora ainda está tremendo. Não quer uma meditação?

— Ou, quem sabe, uma medicação? — entoa uma voz feminina. — Eu tenho um vidro inteiro de Lorax, uma beleza de ansiolítico.

Olho para cima e vejo o motorista estendendo a mão para uma loura escultural enquanto ela desce graciosamente da cabine do caminhão. Mesmo a 6 metros de distância, dá para ver que ela tem pernas mais longas do que Heidi Klum e cílios mais volumosos do que os do Bambi. Ela está com um salto de 12 centímetros e um *bandage dress* preto e sensual tão justo que, por um instante, eu me pergunto se está usando um Herve Leger ou se ela própria não esteve em um acidente de carro e saiu do hospital usando uma cinta cirúrgica.

— Não, tudo bem — digo, enquanto minha respiração volta ao normal e digito uma mensagem rápida para Sienna para avisá-la de que estou bem e que chegarei assim que puder. — Acho que, se meus dedos estão funcionando bem o suficiente para usar o celular, é porque não houve nenhum dano permanente.

Terrance e o motorista riem, mas a loura com ar de megera apenas me encara, sem expressão.

— Você deve ser a Srta. Glass — diz Terrance, colocando-se entre nós para fazer as apresentações. — Bem-vinda ao prédio. Não é todo mundo que faz uma entrada tão triunfal.

— Sou conhecida por minhas entradas triunfais. — Ela ri, derramando-se em charme.

— Sra. Newman, esta é a mais nova moradora do prédio, Srta. Glass. Ela comprou o três QTS C/S, C/C, ARCOND central, ARM EMB, DIRPROP do terceiro andar — diz Terrance. Para os que não falam o dialeto do mercado imobiliário, isso significa um apartamento de três quartos com suíte, copa e cozinha, sistema de ar-condicionado central e armários embutidos negociado direto com o proprietário.

57

— Isso, isso mesmo. Mas pode me chamar de Tiffany — diz ela, ainda de olho no porteiro musculoso.

— Tiffany Glass, como os vitrais? — Sorrio com simpatia. — Aposto que todo mundo pergunta sobre o seu nome. Eu sei o que é isso, me chamo Truman Newman.

— Ora, vejam só! — Ela pisca para mim.

Terrance pede ao motorista que leve o caminhão para a lateral do prédio.

— Sra. N, quero que veja direitinho por onde anda — ele me repreende com carinho.

— Pode deixar. — Dou uma olhada no relógio e corro em direção ao metrô. — Bem-vinda ao prédio — grito por sobre o ombro para Tiffany. — Se precisar de alguma coisa, é só falar.

— Tudo bem, obrigada — diz ela, encerrando nossa conversa espirituosa e voltando a atenção (que, na verdade, nunca chegou a ser desviada) para Terrance e o motorista. — Agora, qual dos dois vai me ajudar a encontrar o meu tonificador de coxas ThighMaster?

Ao encontrar Sienna, ainda me sinto um tanto atordoada — e não só por causa do meu quase acidente. Sienna e eu estamos sentadas lado a lado, com as pernas pendendo de uma mesa de exames clínicos no consultório do querido Dr. B. Quando ela condena minha opinião, eu lhe dou um pequeno chute.

— Você está desempregada e eu, falida — digo, cheia de culpa. — Isto não está certo.

— Besteira — diz ela, enquanto uma enfermeira limpa nossos rostos com algodão embebido em adstringente e depois aplica uma fina camada de creme anestésico.

— Não, é verdade — insisto. — Eu deveria estar colocando comida dentro de casa e não injetando veneno na testa. Aplicar botox parece superficial e frívolo.

— Em épocas como esta, é superficial e *prático* — argumenta Sienna. — Hoje mesmo um agenciador de empregos me disse que pessoas mais velhas não conseguem arrumar nada.

Além do mais, estou pagando com meu aviso prévio. Aquele filho da mãe do Jerry Gerard é responsável por pelo menos metade dessas rugas; nada mais justo do que ele pagar a conta para suavizá-las.

Dou uma batidinha no creme anestésico para ter certeza de que está fazendo efeito e me ajeito na cadeira. Talvez seja muito esperar que um montanhista escale o Everest logo na primeira tentativa. Ou que eu deixe de tentar parecer bonita depois de passar a vida sob a sombra de Naomi. Além do mais, com a chegada de Tiffany Glass ao nosso prédio, vai ser preciso um pouco mais para me manter atualizada entre os vizinhos.

— Obrigada — digo, emocionada. — É muito gentil da sua parte.

— Não precisa agradecer. De verdade — afirma ela, segurando minha mão. — Mas se você conhecer algum rapaz bonito que possa me apresentar...

— Rapazes bonitos, ouvi alguém falando de rapazes bonitos? — pergunta o Dr. B animado, quicando na sala com seus mocassins de couro de jacaré.

— Ah, deixe para lá. Adorei sua roupa — observa Sienna, passando a mão ao longo da lapela estreita do terno preto de cintura justa Prada.

— Eu sei, e olha! — O Dr. B abre e fecha os bolsos: — Velcro!

Detesto ir ao médico. Preciso ser arrastada todos os anos para fazer mamografia. Mas, apesar de ele enfiar uma agulha dezenas de vezes no meu rosto, sempre anseio pela próxima consulta com o Dr. Brandt — as agulhadas dele são mágicas, sem falar que ele próprio é a diversão em pessoa. Jamais confiaria minhas rugas de preocupação a outro médico, eu e metade do mundo das celebridades. Gwyneth vem de Londres, Madonna tem o telefone dele na lista de discagem rápida do celular, e a revista *New York* o apontou como o arquiteto da New New Face — que é como o seu rosto costumava ser, só que melhor.

Sienna e eu nos ajeitamos nas cadeiras. O Dr. B coloca as luvas e começa a checar os buracos que havia sob meus olhos.

— Muito bom. Este Perlane está segurando muito bem.

A enfermeira ajeita uma fileira de vidros e passa uma bandeja com agulhas hipodérmicas para o Dr. B. Ele perfura um dos frascos com a seringa e injeta o conteúdo em minha maçã do rosto. E de novo. E, ai, mais uma vez.

— Só mais uma picadinha, para dar volume — avisa ele, apertando os lábios enquanto a agulha entra, sim, novamente.

Pego o espelho e confirmo que, tirando as marcas de agulha, já pareço muito mais revigorada e descontraída. Meu humor melhora, junto com meu rosto.

— Você consegue imaginar o que Picasso não teria feito com Perlane? — brinco.

— Você quer dizer, cortando olhos de mulheres, achatando suas faces e reordenando os pedaços dos corpos? — O Dr. B ri.

— Aquele bode velho já fez estrago suficiente com um pincel. Mas imagine o que Michelangelo não teria feito com um pouco de colágeno!

Durante os minutos seguintes, o Dr. B troca de agulha, escolhendo entre o arsenal moderno de munição de beleza que inclui botox para paralisar os músculos, ácido hialurônico e preenchimentos, como Juvederm, para corrigir as linhas em torno de nossos lábios. Enquanto enche outra seringa para atacar as dobras entre meu nariz e a boca — as nada engraçadas rugas do riso! —, ele exclama:

— Isto aqui se chama Evolence, é feito de porco e foi abençoado por um rabino. Não é exatamente kosher. — E o Dr. B solta uma gargalhada. — Mas funciona.

Sienna sempre disse que botox é como cocaína para o rosto. Você usa um pouco e então só quer saber de mais e mais. Hoje, tenho certeza de que é um relaxante muscular. Fofocando com Sienna e o Dr. B, sinto a tensão sendo drenada de meu corpo. O rádio está ligado numa estação FM, com uma programação de rock suave que agrada ao ouvinte de mais de 40 anos que não aguenta rap, mas que também não quer passar a próxima década ouvindo sucessos dos anos 1980. Sempre pensei na música como um excelente equalizador, capaz de unir as pessoas — mas desafio qualquer pai a passar cinco minutos ouvindo Kanye West com seu filho adolescente e não sair correndo do quarto. Sienna e o Dr. B estão conversando sobre os concorrentes do último episódio de *Dancing with the Stars* quando, de repente, a música é interrompida por uma chamada:

— Falência... empréstimo de emergência... mercado imobiliário... merda!

Não consigo pegar todas as palavras, mas ouço o suficiente. Peter já havia me avisado que o banco dele era apenas a ponta do iceberg. No entanto, nem em meus sonhos — ou pesadelos — mais loucos, eu havia imaginado que toda a economia estava indo para o buraco.

Três enfermeiras correram para a sala do Dr. B, seguidas por um grupo de pacientes em vários estágios de tratamento — e de estresse.

— O mercado está quebrado — afirma uma mulher com um rabo de cavalo alto, enquanto coloca sobre o coração uma luva de borracha cheia de ervilhas congeladas que normalmente se usaria sobre um machucado.

— Quanto custa para fazer só os olhos hoje, e não a boca? — pergunta outra, acionando o modo econômico.

A reação de Sienna é típica de uma jornalista:

— O locutor acabou de falar "merda"?

— Atenção, meninas, respirem fundo — diz o Dr. B. — Tire as mãos da cabeça, Millie — ordena ele, caminhando em direção à mulher com as ervilhas congeladas, que desatou a chorar. — Você não quer que o CosmoDerm fique todo empelotado, quer?

Pronta para agarrar a matéria, Sienna puxa o BlackBerry e disca o número da redação. No septuagésimo toque, ela desiste.

— Que droga. Eles veem o número do meu telefone pelo identificador de chamadas e não atendem. A história mais importante da década e eu não tenho ninguém para quem reportar! — E, então, ela percebe a gravidade da situação. — Talvez essa não tenha sido a melhor hora para deixar o emprego.

Lamentos e ligações frenéticas para maridos, corretores, terapeutas e sabe-se lá quem mais. Com o nível de ansiedade subindo na mesma proporção da queda do índice Dow Jones, o Dr. B desponta, tal qual um Rudy Giuliani pós-11 de Setembro, como o rei do colágeno e assume a liderança para controlar a situação.

— Atenção, todo mundo. Cabeças erguidas, desliguem esses celulares. Glória — ele se vira para a recepcionista —, traga uma garrafa de água de romã antioxidante para cada uma. E, meninas, parem de se inquietar, isso só gera rugas. As injeções de hoje são por conta da casa.

— Por conta da casa? Adoraria ficar para mais um pouco de Evolence, mas preciso voltar para o apartamento e ver Peter e as meninas. — Dou um beijo no Dr. B, seguro Sienna pelo braço e corro pela sala de espera. Só quando chegamos ao metrô e o efeito do anestésico passa é que me dou conta de que não terminamos de preencher minhas rugas do riso. Mas nesse momento isso não parece tão mau assim: é uma lembrança de tempos mais felizes.

※※※

Peter está em pé, cabisbaixo, no hall de entrada do nosso apartamento, quicando uma bola vermelha de borracha contra as paredes venezianas de gesso azul. Nosso advogado, Bill Murphy, um prodígio de 29 anos, está tentando acender as luzes, mas assim que aperta o interruptor Peter para de quicar a bola por tempo suficiente para desligar a luz novamente.

— Vim para cá assim que ouvi as notícias, mas não consigo fazer Peter se concentrar em nada que não seja essa maldita bola — diz Bill, ajeitando o cabelo coberto de gel, emplastrado na sua cabeça de feições infantis. Seu terno, como sempre, é um tanto amarrotado, e, embora tenha mais de 1,80m, ele é o tipo de sujeito que não se destaca na multidão. Ainda assim, mesmo não tendo um estilo muito perspicaz, sua mente é brilhante — Bill se formou há menos de cinco anos e já é considerado um dos melhores advogados tributaristas de Nova York. E ainda por cima é um doce.

— Foi muito gentil da sua parte vir até aqui. Por que não entramos e eu preparo uma bebida para vocês dois? — ofereço, conduzindo Bill e Sienna para longe de meu marido em estado de choque e deixando minha bolsa na mesa em estilo georgiano, agora sem flores. — Acho que Peter precisa de um tempo sozinho — e assim que entro na sala de estar, descubro o porquê.

Na tela de 65 polegadas da TV de plasma, o exagerado analista financeiro Jim Cramer está gesticulando feito um maníaco, esmiuçando os detalhes da crise financeira aos gritos. Naomi, vestida de preto dos pés à cabeça, está balançando para a frente e para trás, com as mãos erguidas feito uma viúva siciliana num funeral.

— É uma tempestade, uma terrível tempestade. — Minha mãe, a rainha das tragédias, está aflita.

Sentado próximo a ela, está o Dr. Barasch, ph.D., seu parceiro de dança na festa.

— Dr. Barasch, o que está fazendo aqui? — pergunto, um pouco mais do que assustada ao ver o diretor da escola das meninas sentado numa cadeira dobrável em minha sala de estar.

Eu não fazia ideia de que ele e Naomi haviam se encontrado de novo depois da festa, muito menos de que estavam tão íntimos. Quero que ela seja feliz, só que se fizer alguma besteira dessa vez suas netas podem não entrar para a faculdade. Mas, por enquanto, o Dr. Barasch está fazendo pequenos círculos nos ombros de Naomi, o que parece acalmá-la.

— Quando ouvimos as notícias sobre o mercado de ações, Naomi e eu estávamos no apartamento, quero dizer, tínhamos acabado de chegar do cinema — recupera o Dr. Barasch, olhando as gêmeas e alterando sua história para a versão "censura livre".

— Sua mãe quis vir direto para cá, para ver se podíamos ajudar de alguma forma.

Paige está sentada diante da mesa de baralho (Molly já colocou a de jantar à venda). Na sua frente, uma pilha de notas de dólar.

— O que é isso? — pergunta Sienna, aproximando-se para beijar a afilhada na testa.

— Origami de dinheiro — explica Paige, segurando uma nota dobrada no formato de um guindaste. — Já que não posso mais *gastar* dinheiro, pelo menos ainda posso brincar com ele.

Sienna e eu trocamos um olhar divertido. Mesmo na pior das crises, Paige sempre consegue me fazer rir. Bill Murphy se aproxima para conferir o trabalho de Paige e pega uma nota que ela transformou em um anjo. Pelo menos, eu acho que é um anjo; as asas são tão grandes que poderia facilmente ser um inseto.

— Este é o espírito! — exclama ele.

Ela aperta os olhos e vejo emergir um dos famosos olhares de desdém característicos de Paige Newman, aquele que diz que você não merece consumir o oxigênio deste — ou de qualquer outro — planeta. Mas o entusiasmo de Bill é tão claramente bem-intencionado que, apesar de si mesma, Paige sorri. Sienna também.

— Que simpático — diz ela na direção de Bill.

Quanto a ele, percebo um olhar de relance para Sienna, com um tom de admiração.

Desligo a televisão.

— Veja o lado bom, mãe. Agora você não precisa se preocupar em renovar o guarda-roupa para a primavera. Aparentemente vamos presenciar uma onda de "recessionista chique".

— Isso é ridículo — protesta Naomi, ajeitando a costura das meias. — Não é uma palhaçada, Gordon? Recessionista chique. Isto soa como "camarão graúdo", um onxi..., oxi... coto...

— Oximoro. — O Dr. Barasch sorri. Seus olhos brilham, e ele se aproxima de Naomi para lhe dar um pequeno beijo.

— Mas, vó... — Molly começa a dizer, então se lembra de que não pode usar aquele vocativo. "Vó" envelhece muito. Além do mais, quem acreditaria? E, então, ela recomeça. — O recessionista chique existe, Naomi, eles estavam falando disso hoje no programa da Tyra.

Fito Molly, assustada com seus hábitos televisivos.

— Pouco dever de casa. — Ela dá de ombros. — De qualquer forma, olhe esta pashmina, por exemplo. — Molly solta o lenço

Hermès que estava nos ombros de Naomi. — Você pode usar como cinto ou até mesmo como frente única.

— Frente única? — pergunta Paige, andando em direção a Naomi. Que desafio maior suas recém-descobertas habilidades em origami poderiam ter além de tentar manter os seios da avó no lugar usando apenas um pano de 230 centímetros quadrados?

— Por que a gente simplesmente não amarra ele na bolsa da Naomi? — diz Molly, tentando puxar o lenço das mãos da irmã.

— Meninas, parem — grita Naomi. — Será que ninguém nessa família leva nada a sério? Tru, isto é uma catástrofe, por que você não está histérica como todo mundo? Você nunca soube se comportar!

Antes que eu possa responder que me sinto tão por baixo quanto o Dow Jones, mas que estou me segurando pelas crianças, Peter entra na sala trazendo aquela maldita bola de borracha.

— Eu estou transtornado pelo país inteiro! — exclama ele, jogando a bola com tanta força no piso de madeira que ela volta, batendo na mesa e quase acertando uma lâmpada.

— Meu amor — digo, alisando a almofada do sofá e tentando acalmá-lo —, vai dar tudo certo. Nós vamos dar um jeito.

— Dar um jeito? Como se, por acaso, você fizesse bastante força e conseguisse encontrar uma solução em que ainda não pensei? Vamos deixar a Tru dar um jeito! Talvez ela possa aproveitar e ligar para o diretor do Banco Central e dar algumas dicas de como salvar a economia do país. Tenho certeza de que ele iria adorar. Toma o telefone — diz Peter, arremessando o aparelho a centímetros do meu nariz. — Por que você não liga agora?

— Pare com isso! Pare com isso agora! Chega de ser tão egoísta, Peter, pelo menos uma vez na vida. Você acha que é o único que está sofrendo! — devolvo, irritada.

O silêncio na sala chega a ser audível. Não é do meu feitio responder de forma tão dura. E, não importa o quão bravos estivéssemos, como pudemos deixar que as meninas nos vissem brigando desse jeito?

— Me desculpe — digo a Paige e Molly, na falta de algo melhor para falar.

Bill Murphy coloca a mão nos ombros de Peter, que se vira de costas para as crianças.

— Com tudo o que está acontecendo hoje, todos estão com as emoções à flor da pele — diz Bill, equilibradamente. — De vez em quando os pais precisam aliviar um pouco a tensão.

Bill guia Peter em direção à sala ao lado. Minutos depois, ele volta para dizer que Peter quer que todos saibam que ele sente muito por ter feito uma cena e que só precisa de um tempo para se acalmar.

Sienna se aproxima de Bill e aperta seu braço.

— Obrigada. Foi muito gentil.

Olho para o teto, tentando, em vão, controlar a torrente de lágrimas. O Dr. Barasch tenta me confortar, e até mesmo Naomi — a sem tato e descuidada Naomi, que, durante os 44 anos em que a conheço, nunca suprimiu um pensamento — se abstém de comentar sobre Peter. Embora isso não a impeça de entrar em outro território feito um elefante numa loja de porcelana.

Ela se debruça sobre mim e examina minhas rugas do riso. A que o Dr. B preencheu com Evolence — e a que ele não preencheu.

— Tru, por que o lado direito do seu rosto parece tão mais liso que o esquerdo? Olhe, Gordon. — Ela ri, alegremente. — A Tru é um exemplo vivo de "antes e depois"!

— É verdade, mãe — diz Paige, aproximando-se para ver melhor. — Naomi tem razão, você parece assimétrica. E o que são essas marcas nas suas bochechas?

— Cicatrizes de guerra — respondo, passando meus braços por uma almofada e envolvendo-a num abraço.

De repente, a vida parece uma batalha constante.

Seis

Finanças íntimas

Não tomo uma gota de álcool desde o gole de piña colada que Naomi me ofereceu quando eu tinha 15 anos e que me mandou direto para o hospital, cheia de erupções na pele. Ainda assim, são cinco da manhã e me sinto como se estivesse de ressaca. Minha boca está seca e minha cabeça parece estar do tamanho da do Sr. Cabeça de Batata. As palmas das minhas mãos e as solas dos meus pés estão coçando, o que só pode significar duas coisas. Que vou conseguir muito dinheiro — ou que vou deixar meu marido. Embora nenhuma das duas possibilidades pareça provável.

Naomi e o Dr. Barasch foram embora depois que ficou claro que Peter não voltaria para uma segunda rodada de bate-boca. Sienna e Bill ficaram conversando mais um pouco, porém a uma certa hora eu só queria ficar sozinha — existe um limite máximo de grosseria do marido que você é capaz de engolir antes de ter ânsia de vômito. Além do mais, não pude deixar de perceber o clima que estava rolando entre o doce e levemente desgrenhado advogado e minha bela e sofisticada melhor amiga. Bom para eles, espero que tenham passado juntos um fim de tarde agradável, embora eu jamais imaginasse um dia apresentar os dois

— Sienna é uma mulher do mundo e Bill parece um garoto recém-saído da faculdade, o que não deixa de ser verdade. Ainda assim, uma reação química como essa é algo impossível de se prever. Ou compreender, aparentemente. Estou tentando reunir forças para me levantar e sair da cama quando Paige aparece com um livro na mão.

— O que você está fazendo acordada a uma hora destas? — pergunto, caminhando até o banheiro de visitas para escovar os dentes.

— Prova — responde ela, sucinta.

— Agora?

— Você sempre diz que posso pedir ajuda quando estiver estudando.

Depois de ser mãe durante 14 anos, você acha que já aprendeu que filhos são como vampiros — eles se ocultam sob a escuridão. Quando foi a última vez que um bebê tem uma febre de cão na hora do expediente do médico? Nem preciso perguntar. Sei, pela expressão em seu rosto, que a prova é hoje — e que, provavelmente, ela não sabe a diferença entre um próton e um pretzel.

— Paige Newman — resmungo.

— Eu sei, mãe, eu sei. Você acha que eu *gosto* de perguntar? Juro, só desta vez. Nunca mais pergunto de novo.

— Ah, vai perguntar sim. — Lavo o rosto e coloco uma calça jeans e um par de tênis. — Vamos tomar café.

Por sorte, Paige não precisa entender Stephen Hawking — porque nem mesmo Stephen Hawking é capaz de entender Stephen Hawking —, só precisa memorizar as siglas, e ela já tem algumas na cabeça.

— Ca é cálcio, Zn é zinco — recita ela. E sabe até que sódio é Na. — O professor falou que não é bom ingerir muito sal — diz orgulhosa. — Então eu sempre lembro que sódio é Na.

Olho para ela, curiosa.

— Na, mãe. De "ingerir sal, na na na na não". E eu sei também que Au é ouro por causa da Ashley Unger. As iniciais do nome dela são AU, entendeu? Ela é a menina mais rica da turma, e está sempre usando pencas daqueles braceletes horríveis do David Yurman. Nossa, ela se acha.

Sempre foi muito difícil para Paige competir com a irmã nos estudos. Se sair bem no colégio é tão natural para Molly que, nos últimos semestres, acho que Paige simplesmente desistiu. Porém, talvez as coisas estejam mudando.

— Muito bem, querida — digo, despejando o leite na tigela com cereal e passando uma colher para Paige. — Fico feliz de ver que você está desenvolvendo um interesse pela escola.

— Eu tenho *muito* interesse pela escola, especialmente em ciências — responde Paige, ignorando o cereal. Ela procura na cesta de pães algo menos saudável que se encaixasse melhor em seus grupos alimentares favoritos: carboidratos e açúcares. Desde que Rosie foi embora, e Peter e as meninas têm me ajudado nas compras, a despensa ficou cheia de doces. Paige se decide por biscoito recheado e olha para longe, com ar sonhador. — Brandon Marsh faz dupla comigo no laboratório e ele é o menino mais lindo do mundo, mãe. Mal posso esperar para começar a estudar com ele os buracos negros.

Não tenho ideia de quem seja esse Brandon Marsh, no entanto, acho que deveria agradecer por ele estar ajudando a melhorar as notas de Paige. Sem dúvida, o amor está no ar — Paige e Brandon, Sienna e Bill. E eu mal pude acreditar em meus olhos quando vi o Dr. Barasch e Naomi na minha sala de estar, apaixonados como dois adolescentes. Talvez eu esteja precisando sorver um pouco desse elixir que eles estão usando. Ou não. Acho que vai ser preciso um pouco mais do que O_2 misturado com A-M-O-R para resolver as coisas entre mim e Peter.

Meu marido se arrasta até a cozinha com um exemplar do *New York Times* na mão. Sem nem ao menos um *me desculpe* ou um *você está bem?*, ele me passa o jornal como uma oferta de paz.

— Achei que você gostaria de ler. Sei como odeia que eu tome conta do jornal pela manhã.

— Obrigada — respondo sem vontade, separando a seção de artes. Hoje, mais do que em qualquer outro dia, não vou suportar ler uma resenha sobre o último filme do Adam Sandler.

— Então tá — diz Peter, servindo-se de um copo de suco de laranja. — Depois do café, eu posso colocar a roupa para lavar.

— Ah, não, pai. Mãe, por favor, não deixe ele fazer isso. Vai estragar minha calça de moletom.

— Não vou nada — declara Peter. — Quem você acha que lavava minha roupa quando eu estava na faculdade?

— A mamãe — responde Paige.

— A gente fazia isso juntos. Todo sábado à tarde, nós levávamos os livros para a lavanderia para estudar enquanto nossas roupas se misturavam na secadora.

— Nossa, isso é o que eu chamo de encontro barato. Você sabe mesmo como conquistar uma garota — brinca Paige.

— Ela não sabe nem metade da história, não é, Tru? — pergunta ele.

— Nem metade — digo calmamente.

— Vou deixar vocês dois agora — comenta Paige, voltando para o quarto para se vestir. Ao passar pela porta da cozinha ela acena com o livro. — Obrigada pela ajuda, mãe.

— De nada, meu bem. Boa sorte na prova.

Peter pega uma xícara de café.

— Paige estudando para uma prova?

— É para impressionar um colega de sala, mas pelo menos é um começo — digo, voltando à rotina do casamento: ignorar um problema maior, nossa briga do dia anterior, para conversar sobre a escola e as crianças. Em geral, os preços dos imóveis também entrariam na pauta, mas, atualmente, esse tem sido um assunto espinhoso.

Ouço Molly ligando o chuveiro. De alguma forma, no meio do barulho da cafeteira, de Paige cantando as siglas dos elementos químicos como se fosse a música do alfabeto e de Peter abrindo e fechando os armários da cozinha à procura de copos, colheres e vasilhas que estão bem debaixo do nariz dele, escuto um telefone tocando.

— Largue tudo o que estiver fazendo e venha para o meu apartamento *agora*! — grita Sienna.

Entrego a Peter a caixinha de leite que ele está procurando em todos os lugares da cozinha, exceto na porta da geladeira, onde sempre a guardamos.

— Volto daqui a... quer dizer, não sei exatamente — digo, explicando que Sienna precisa de ajuda.

Peter se inclina para passar uma mecha de cabelo por trás de minha orelha.

— Que tal se a gente fizesse um pacto de não ter segredos daqui por diante? Eu sei que foi muito decepcionante quando você ficou sabendo que eu estava há tanto tempo desempregado. E o fato de eu não ter contado. Nunca mais vou esconder nada de você. O que me diz?

É difícil argumentar contra a honestidade como a melhor tática, e, mesmo que eu quisesse, não teria tempo, precisava encontrar Sienna.

— Sem segredos daqui para a frente — prometo.

Peter sorri, feliz por eu não ter dificultado o seu pedido de desculpas, o que, só para constar, ele não fez. Então, me viro para sair, ele encosta no meu ombro e me passa um biscoito recheado embrulhado num guardanapo. Meu marido nunca foi muito bom com palavras e pedidos de desculpa — mas, mesmo assim, é um mestre nos pequenos gestos.

∾⌒∾⌒∾

Menos de vinte minutos depois, estou sentada na sala de estar de Sienna, olhando pelas janelas que vão do chão ao teto para sua incrível vista do Central Park. Sienna aperta um botão e liga a falsa lareira — tão perfeita que você poderia jurar que o crepitar das chamas realmente vem de uma lenha de verdade — e, então, nós duas afundamos no sofá bege de camurça. Um elegante e absolutamente impecável sofá bege de camurça que denuncia, muito mais do que a falta de uma aliança em seu dedo, que Sienna não mora com um marido bagunceiro — muito menos com crianças.

— Olhe isso, olhe só para isso! — exclama Sienna, balançando um cheque na minha frente.

— Calma. Qual é o problema? — Examino o cheque, que não é nominal. — Nossa, 5 mil, isso é muito dinheiro. O que você fez, roubou um banco?

— Pior — responde ela sombriamente.

— O que você quer dizer com "pior"? Eu estava brincando.

— Bem, eu não. Pior. Pense na pior coisa que você poderia fazer.

— Convidar Jennifer Aniston e Angelina Jolie para o mesmo jantar?

— Eu fui para a cama com Bill Murphy — declara Sienna, mordendo o lábio inferior.

Paro por um instante para prender o riso. Sienna já é uma mulher bem grandinha. Grandinha o suficiente para, acho eu, saber aproveitar o momento de forma invejável. Além do mais, depois de tudo o que aconteceu ontem, eu teria ficado surpresa se ela não tivesse dormido com o bonitinho do Bill Murphy. Por que ela estaria se arrependendo agora?

— É só isso? Qual o problema? Tudo bem que ele seja um tanto novo, mas Bill é um doce de pessoa. Não fique tão preocupada. Ontem foi um dia terrível. O país inteiro entrou em pânico e tudo ficou confuso. É natural que vocês dois acabassem juntos, foi um sexo de emergência. Eu me lembro de ler que depois do 11 de Setembro houve uma explosão populacional em junho do ano seguinte. — E então eu faço uma pausa. — Você usou algum tipo de proteção, não é?

— Claro que sim. Esse não é o problema.

— Então, o sexo não foi bom?

— Não, na verdade, *foi* bom. O que falta em experiência ele compensa com entusiasmo — responde Sienna, e eu posso jurar que ela está levemente ruborizada.

— Parece bom. Não é a fantasia de toda mulher ensinar o básico a um cara mais novo? Então, pelo amor de Deus, qual é o problema?

— O dinheiro, o dinheiro — choraminga Sienna, socando a mesa de centro. — Só depois que ele foi embora é que eu percebi o cheque na mesinha de cabeceira. E eu não sei se foi um elogio ou um insulto.

— Eu diria que foi um elogio. Mas acho que agora já era. Quero dizer, é um pouco tarde para desejar ser uma bailarina ou uma jogadora de basquete. Quantas mulheres da nossa idade recebem dinheiro por sexo?

Sienna lança um olhar fulminante na minha direção.

— Pare de brincar. É como se ele achasse que eu sou uma prostituta qualquer — diz ela, parecendo ainda mais irritada.

— Não uma qualquer — respondo, sacudindo o cheque. — No mínimo, uma cortesã de alta classe. Olhe, meu bem, tenho certeza de que ele não quis dizer isso. Peter sempre diz que Bill é muito inteligente, mas que não tem o menor traquejo social. Talvez ele não saiba o número da floricultura. Tenho certeza de que só quis ser gentil.

— Gentil é me convidar para jantar ou comprar uma camisola sexy na La Perla.

Então, decido que é melhor não ressaltar que ambos podem muito bem ter sido inventados em cima de um conceito mais sutil de pagamento, mas, ainda assim, um pagamento. Em vez disso, tento argumentar que o dinheiro pode ser útil. Não é hora de olhar feio para 5 mil dólares.

— Se você não quiser, tenho certeza de que Paige vai adorar transformar esse cheque em algumas peças de roupa. Ou você podia pagar o nosso financiamento. Ou garantir mais duas semanas neste apartamento.

Sienna tem dado uma de durona quanto a ter perdido o emprego, mas ao mencionar o aluguel ela desaba em lágrimas. Dou uma olhada pela sala, impecavelmente organizada. Nenhum bibelô ou fotos de viagens pelo mundo para destoar da sofisticação do espaço, da serenidade das linhas. Talvez haja uma caixinha de lenço de papel em algum armário no segundo andar, mas, em vez de subir para procurar, vasculho dentro da minha bolsa e escuto um som. Pego o celular, mas vejo que ele não está tocando.

— Droga, isso está acontecendo a semana inteira. Talvez eu esteja mesmo com a síndrome do celular.

Sienna me olha, confusa.

— Síndrome do celular. O Dr. Phil diz que é um mal do século XXI, como uma espécie de síndrome do membro fantasma. As pessoas estão tão apegadas ao celular que ouvem seu toque mesmo que não esteja tocando.

— Pelo menos você não está ouvindo vozes, ou estaria com esquizofrenia. — Sienna sorri pela primeira vez desde que cheguei. — O barulho é do interfone; estou esperando uma encomenda. Peça ao porteiro para mandar subir.

Sienna limpa o rosto com um lenço enquanto vou até a cozinha atrás de duas garrafas d'água, que, acabo descobrindo, são a única coisa que ela tem na geladeira, exceto por um potinho de iogurte e duas garrafas de champanhe. Com todos esses aparelhos sofisticados e paredes forradas com pastilhas de vidro, a cozinha de Sienna parece ter vindo de uma exposição de design; aliás, também é tão usada quanto uma decorativa. Embora hoje eu note uma incomum trilha de farelos de torrada que me leva diretamente à cafeteira, ainda com café pela metade. O caso com Bill Murphy é mais sério do que eu pensava. Sienna nunca deixa um cara dormir em sua casa antes do milésimo encontro, o que normalmente desencadeia o fim dos seus relacionamentos. Ela gosta da parte do sexo e do romance, mas não da rotina.

— Você deixou Bill passar a noite aqui? E deixou que ele fizesse esta bagunça?

— Desculpe, sempre limpo minha bagunça — diz Bill Murphy, do alto de seu 1,88m, ao entrar no apartamento. — A porta estava aberta.

Ele pega a cafeteira da minha mão e despeja o resto de café pelo ralo da pia especialmente projetada de Sienna. Então, aperta a porta de um dos armários sem puxador e pega a esponja e o detergente. Sienna joga os cabelos cor de mogno para trás e caminha em direção à torneira.

— Isto não vai ser necessário. E nem — acrescenta ela, friamente, estendendo o cheque ofensivo: — isto.

Bill deve ter uns 45 quilos a mais que Sienna (talvez 50, depois de um mês dela na dieta líquida), e é uns 15 centímetros mais alto. Não tem comparação. Mas agora, frente a frente, eu poderia jurar que Bill é um peso-pena diante de uma lutadora de sumô. Ele limpa as mãos num pano de prato e, submisso, aceita o cheque de volta. Sienna se vira e deixa a cozinha pisando firme. Bill balança o braço impotente e a segue de perto.

— Eu recebi o e-mail, sei que está chateada, mas precisa me deixar explicar. É só porque você disse que estava preocupada com dinheiro, e eu tenho algum. É só isso.

— E você decidiu me pagar pelo serviço bem-feito?

— Olha, bem-feito foi — diz Bill, com um sorriso no rosto. — Mas não, eu não estava pagando...

— O que você está sugerindo é que a gente tenha uma amizade colorida baseada na cor do seu dinheiro?

A conversa se interrompe por um instante, e Bill parece perdido em seus pensamentos. Profissionalmente, ele e Sienna formam uma dupla interessante — a jornalista e o advogado. Ambos dependentes do uso das próprias palavras. Bill pode ser meio bobo quando o assunto é mulher, mas para seus clientes figurões, no entanto, ele é o máximo. E, quando o seu lado advogado fala mais alto, Bill assume o controle da argumentação.

— É um simples caso de finanças — expõe ele, batendo com o dedo no queixo. — Eu tenho dinheiro, e você, atualmente, não. Estou apenas redistribuindo a renda.

— Mas você resolveu redistribuir a renda logo depois do sexo, como se estivesse pagando por um serviço! — Sienna se exalta.

— Bem, não foi isso que eu pensei. Eu só queria ajudar uma amiga. Se você não quiser o dinheiro, não precisa aceitar.

— Pode ter certeza de que não vou aceitar.

— A escolha é sua. Mas seria tão ruim assim se eu fizesse isso?

— Fizesse o quê? — pergunta Sienna, impaciente.

— Pagasse para passar o tempo com você? Porque você é bonita, inteligente, engraçada, charmosa, uma mulher mais vivida, que conhece seu caminho no mundo e uma das pessoas mais fascinantes que já conheci na vida.

— Assim a Sienna aceita — digo, me intrometendo na conversa. — Seria como se ela estivesse trabalhando.

— Claro, e ela trabalhou a vida inteira. Qual a diferença entre ser paga por uma empresa e ser paga por mim?

O rosto de Sienna vai de pálido a cor de beterraba em mais ou menos trinta segundos.

— A diferença é que quando eu era uma prostituta para um canal de televisão eu me reunia com chefes de Estado e... e entrevistava *elefantes*! — responde Sienna, indignada. E então, ela pega o cheque, pica em um milhão de pedacinhos e joga aos pés de Bill. — É isso o que eu penso do seu dinheiro e do seu... das suas teorias econômicas — grita ela. — Não me mande e-mails, e não me ligue, eu nunca mais quero te ver ou ouvir falar de você. Nunca mais!

Sienna empurra o jovem advogado para fora do apartamento e bate a porta. Ela parece enfurecida. Mas, de repente, tenho uma inspiração. Embora não saiba ainda se o plano que estou bolando é a melhor ou pior ideia que já tive.

Sete

Proposta indecente

Será que Isaac Newton exclamou "Arrá!" quando a maçã caiu na cabeça dele? E o oftalmologista que ouviu do paciente que o botox que ele tinha usado para tratar uma doença rara no olho também suavizara suas rugas... será que comemorou a descoberta com uma dancinha? Na manhã seguinte, sinto meu coração acelerado e tenho certeza de que minha ideia é *genial*. Sério, é até ultrajante. Mas, tempos difíceis requerem medidas desesperadas. E isso pode ser exatamente do que precisávamos para evitar que sejamos despejados do apartamento.

Eu estava tão empolgada para começar minha pesquisa que cheguei ao prédio principal da Biblioteca Pública de Nova York meia hora antes de abrir, o que me deu tempo suficiente para fazer um apelo aos leões de pedra na entrada, os mascotes da biblioteca.

— Olá, Paciência, oi, Coragem — disse, usando seus apelidos. — Vou precisar da ajuda de vocês para conseguir fazer as coisas funcionarem. — Fechei os olhos e esfreguei o mármore para dar sorte.

— Isso aí não é a lâmpada do Aladim, dona — gritou o guarda ao abrir as imponentes portas de bronze e ver o que eu estava fazendo.

— É o que nós vamos ver — respondi, dando uma última palmadinha em Coragem e passando pelo guarda em direção ao salão de leitura.

Escolhi um assento na longa mesa de carvalho, acendi o abajur e, como sempre, permaneci um tempo admirando os candelabros de cristal, as imensas janelas em arco e o magnífico teto dourado de 16 metros de altura — com um afresco de céu azul como este, é de se surpreender que as pessoas não passem o tempo todo olhando para o alto em vez de enfiar o nariz nos livros. Ainda assim, tenho uma missão a cumprir. Pedi uma dúzia de exemplares, e comecei a folheá-los furiosamente, fazendo anotações.

Uma hora depois, Sienna senta-se ao meu lado. Dá uma olhada em volta e pisca.

— Agora entendi por que o clube de livros da Oprah é um sucesso. De que outra forma alguém poderia escolher um livro entre tantos?

Eu sorrio e agradeço que tenha vindo.

— Tudo bem. Não tenho muito que fazer esses dias. Até o comercial de comida de cachorro foi por água abaixo. Minha agente disse que está com uma lista maior do que os próprios braços só de gente querendo trabalho. E olha que ela é alta, tem os braços bem longos. O primo do Peter não está saindo com a sobrinha da irmã do diretor-executivo da Costco? Talvez, se eu usar todos os meus contatos, consiga arrumar um emprego fazendo degustação de comida em supermercados.

— Acho que a gente pode fazer melhor do que isso. — Eu rio baixinho.

E então, folheio um lindo livro de arte com as obras do pintor veneziano Tintoretto, até encontrar o quadro que estou procurando. E passo o livro a Sienna.

Ela examina o retrato de uma bela jovem de bochechas rosadas e lábios grossos e desliza o dedo sobre o extravagante decote de seu vestido rendado.

— Bela roupa — diz.

— Sim, muito bonita.

— Adorei o colar de pérolas.

— Diga a palavra mágica e ele pode ser seu.

Sienna ergue o rosto.

— Pelo amor de Deus, do que você está falando? Eu sei que você gosta tanto de livros quanto o resto do mundo gosta do Twitter, mas por que você insistiu em me encontrar numa biblioteca?

Respiro fundo. Sei que não vai ser fácil convencê-la, minha ideia *não é* nada convencional. Mas quem conseguiu progredir sem assumir alguns riscos? Dá para imaginar o que os pais do Steve Jobs disseram quando ele quis deixar a faculdade?

Aponto para a legenda do quadro, e Sienna pega os óculos que quase nunca usa em público. Observo-a com atenção enquanto espero que assimile as palavras.

— "Veronica Franco, 1546-1591, Veneza. Cortesã e poetisa" — lê Sienna. — Sem dúvida, é uma descrição de trabalho incomum.

É claro que ela pula algumas páginas para ver a *Última ceia* de Tintoretto, uma versão muito mais animada do que o famoso quadro de Leonardo da Vinci, no qual os integrantes da ceia estão sentados tranquilamente. Segundos mais tarde, Sienna volta furiosamente para a bela Veronica.

— *Cortesã e poetisa*? O que está se passando nessa sua cabeça? — pergunta, desconfiada.

— Estou pensando que Veronica Franco teve uma vida boa. Era intelectual, criativa, elegante e espirituosa. Publicou dois livros de poesia.

— E teve que ir para a cama com homens para conseguir o que queria. Não é isso o que as cortesãs fazem?

— Bem, tecnicamente, sim. Mas, pelo amor de Deus, um deles era o rei da França, não dá para querer muito mais do que isso! Você já parou para pensar quantos homens poderiam ter nos ajudado e que não levamos para a cama porque somos muito superiores e arrogantes para trocar sexo por poder? E os caras que a gente *acabou* levando para a cama, que não nos deram nada em troca e que, no final das contas, eram uns canalhas de qualquer forma?

— Você enlouqueceu? — exclama Sienna. — Você e Peter estão juntos desde a faculdade. Tem alguma coisa que você esqueceu de me contar? Quem exatamente são esses homens que poderiam ter ajudado você se tivesse dormido com eles? E mais, que canalhas você levou para a cama?

— Tudo bem, no meu caso, estou falando apenas hipoteticamente. Mas já tive discussões bem acaloradas sobre isso no curso de estudos feministas. Olhe isso aqui — digo, empurrando uma pilha considerável de biografias na direção de Sienna. — Coco Chanel, Madame de Pompadour, Sarah Bernhardt, todas elas foram pagas por homens pelo simples prazer de suas companhias.

— Então você está sugerindo que devo aceitar o dinheiro do Bill? — pergunta ela, atônita.

— Bem, não só do Bill. Quero dizer, foi isso que me deu a ideia, e, se você conseguir resolver aquele cabelo dele, acho que poderiam dar certo juntos. Mas eu estava pensando em algo mais ambicioso. Talvez a gente pudesse montar uma empresa que oferecesse a companhia de mulheres maravilhosas a todos os tipos de homens. Uma espécie de serviço de encontros.

Sienna ergue uma das sobrancelhas... e dá uma gargalhada:

— Tru, meu bem, você está com um parafuso a menos? Um serviço de encontros para homens dormirem com mulheres? Existe um nome para isso. E, além do mais, é ilegal.

— Não é, não — digo, mostrando o resultado de minhas pesquisas. — Não existe nada de ilegal em apresentar homens a mulheres. O que eles fazem depois disso é problema deles. Seria um negócio como qualquer outro.

— Um negócio. Como um *personal stylist*? Só que, em vez de uma gravata, nós o ajudamos a arrumar um boquete?

— Algo do tipo. Mas é claro que se eles quiserem que a gente encontre uma gravata, podemos ajudá-los. Deve existir um monte de homens como Bill que são respeitáveis, porém tímidos com as mulheres. Nós estaríamos fazendo um favor a eles, ajudando a transformar nerds em sujeitos com quem você teria um encontro.

— Eu não imagino por que você acha o Bill tímido. Ele tem deixado mensagens na minha secretária eletrônica de hora em hora.

— Ele adora você. E já me ligou dezenas de vezes para perguntar o que pode fazer para tê-la de volta.

— Já mandou tantas flores que meu apartamento está parecendo a casa de uma matrona italiana no Dia das Mães.

— Pelo menos as flores são bonitas. Lembra o bilionário que mandou um pingente horroroso de lagartixa cravejado com um diamante de 6 quilates?

— Era uma tartaruga.

— Tanto faz. E você lembra o que disse na época? "Preferia que tivesse me dado o dinheiro", foram suas exatas palavras! E por que não pegar o dinheiro e pagar as contas? Francamente, preciso fazer alguma coisa ou vamos parar debaixo da ponte. Além do mais, acho que eu seria capaz de gerir um negócio. Sou organizada e me concentro nos detalhes. E depois de anos lidando com integrantes impulsivos e exigentes do comitê para arrecadação de fundos como Avery Peyton Chandler, tenho bastante habilidade em lidar com pessoas. Talvez essa seja minha vocação.

— Vocação: virar cafetina?

— Não, não uma cafetina. Não vou gerenciar um bordel. Seria algo mais como senhora presidente de qualquer que seja o nome da empresa que a gente montar. E você seria a diretora executiva. Ou, se quiser, *você* seria a senhora presidente e eu a diretora executiva.

Sienna abre a boca e balança a cabeça.

— Ah, não, nada de "nós", madame. Prefiro vender enciclopédias ou tônico capilar. Você não vai conseguir me convencer a participar de um esquema maluco como este!

Sienna se levanta para sair, mas dou um puxão em sua saia e a coloco de volta na cadeira.

— Em primeiro lugar, mocinha, *você* sempre foi a mente brilhante da dupla. Durante toda a nossa amizade, esta seria a primeira vez em que faríamos algo que foi ideia minha. Você me deve isso. Lembra do primeiro de abril em que ajudei você a raspar as letras da placa do estacionamento da faculdade transformando-a em "estacionamento cult" e fomos suspensas por três dias inteiros? E não foi você que sugeriu aquele peeling de ácido glicólico que nos deixou com o rosto todo inchado e marcado na véspera do encontro anual de arte e cinema? Teve uma diretora na festa que me convidou para participar de um documentário sobre vítimas de queimaduras.

— A Jessica Alba frequenta a mesma esteticista. Até hoje não sei o que deu errado. Além do mais, era mais difícil conseguir horário para fazer aquele peeling do que arrumar ingressos para a final da liga de basquete — responde Sienna, usando a peculiar lógica de Nova York que diz que quanto mais você espera por uma coisa, melhor ela é.

— Bem, hoje é o seu dia de sorte. Nem precisa esperar pela próxima consulta. — Visto o casaco e puxo Sienna pelo braço, adotando um ar de gerenciamento determinado que, apesar de novo, me cai incrivelmente bem. — Não posso fazer isso sem você e não aceito "não" como resposta. Nós vamos passar no consultório do Dr. B para ele consertar a minha cara e então vamos almoçar com Bill. Ele já está cuidando dos detalhes.

✍

Bill está sentado a uma mesa dos fundos de uma dessas cantinas italianas do centro, parecendo um personagem de *O poderoso chefão*. Está de óculos escuros e, em vez do terno de advogado da Brooks Brothers, camisa branca e gravata vermelha, optou por uma camisa preta e um paletó de smoking mais preto ainda. Enquanto eu e Sienna nos aproximamos da mesa, ele leva uma enorme taça aos lábios, toma um gole e faz sinal para nos sentarmos. Sienna havia se recusado a vir, mas, ao ver a transformação atrapalhada de Bill, não consegue evitar um sorriso.

— Bem-vindas — diz ele, entrelaçando as mãos sobre a mesa e falando como um Marlon Brando empolado. — Estou aqui para fazer uma oferta que vocês não podem recusar. — E, então, tira os óculos escuros e vira-se para Sienna. — Sinto muito, não quis ofendê-la. Eu faria qualquer coisa no mundo para me redimir com você.

Bill pega a mão dela, e, apesar de Sienna ter me avisado que esta reunião não daria em nada, ela não a puxa de volta.

— Isso daria trabalho demais — afirma ela.

— Eu escalaria o pico mais alto, atravessaria o rio mais largo, eu...

— Tudo bem. — Ela ri. — Agora você está me deixando preocupada. Pare enquanto ainda está por cima. Está perdoado. — Seus olhos se estreitam e ela gira a cabeça em minha direção. — Mas, só para esclarecer as coisas, seus loucos, não vou fechar negócio algum com vocês.

Bill recoloca os óculos e diz para fazermos o mesmo. Quando Sienna se recusa, tiro um Ray-Ban da sua bolsa e o coloco em seu rosto. Então, coloco meu Persol, comprado no ano passado, quando eu ainda gastava dinheiro com artigos de luxo. Li uma vez que se você estiver se sentindo mal pode enganar o corpo e fazê-lo sentir-se melhor se olhando no espelho e sorrindo. Se Sienna estiver devidamente caracterizada, talvez diga o que eu e Bill queremos ouvir. Além do mais, a excêntrica apresentação de Bill é muito mais divertida do que um PowerPoint — e já o ajudou a reconquistar o coração de Sienna.

Bill puxa um bloco amarelo cheio de anotações e o coloca meticulosamente sobre a toalha xadrez vermelha e branca. Então, pega uma caixa de fósforos e, sob a luz de uma vela enfiada numa garrafa de Chianti, começa a leitura de caso. Nós três vamos estabelecer um acordo de parceria para gerir uma "agência de emprego temporário". Como Sienna e eu estamos sem dinheiro, ele vai fazer o investimento inicial e descontar uma parcela dos primeiros rendimentos. Nós teremos uma conta de pessoa jurídica, um registro federal, e vamos até pagar impostos. As mulheres que trabalharem para nós serão terceirizadas. Elas pagarão uma comissão à nossa agência e irão assumir a responsabilidade por seus próprios impostos. Iremos contratá-las por meio de anúncios em revistas perfeitamente legais, e só aceitaremos clientes por indicação.

— Conheço uma dúzia de homens como eu, inteligentes, mas um tanto lentos em relações sociais. E o melhor é que eles são os mandachuvas que estão negociando planos de socorro financeiro e arquivamentos de falência. São provavelmente as últimas pessoas do universo que ainda estão ganhando rios de dinheiro. E eu não tenho nem ideia de quantos deles pagariam uma fortuna para conhecer uma mulher.

— Uma fortuna de quanto, exatamente? — pergunta Sienna, passando o dedo pela borda de sua taça.

— Eliot Spitzer estava pagando 5.500 dólares por hora para uma agência de acompanhantes. Mas o garanhão só estava interessado em rapidinhas. Nós vamos oferecer um serviço mais refinado. Os clientes e as acompanhantes irão a festas e encontros, e nós esperamos que eles desenvolvam um relacionamento mais longo. Pensando nisso, cheguei à cifra de 1.500 por hora. Com um limite mínimo de quatro horas.

— Seis mil dólares? — pergunta Sienna, incrédula.

— Isso, para o básico. Sexo oral, beijo de língua, engolir, tudo isso será extra. E vamos oferecer desconto para encontros mais longos. O que vocês acham de 10 mil para a noite inteira?

— Doze mil — digo.

Bill ri.

— Fechado. E a nossa comissão é de quarenta por cento.

— Mas por que esses caras, ou qualquer um, pagariam tanto para ficar com uma mulher? — indaga Sienna.

— Exclusividade — respondo. — Por que você paga 400 dólares por um jeans de grife que é feito com o mesmo tecido das calças de lojas de departamento?

— É o mesmo motivo pelo qual as pessoas se dispõem a pagar uma fortuna por um bom sushi. Os clientes querem ter certeza de que o produto que estão comprando vem de uma fonte confiável — completa Bill. — Nossas mulheres serão atraentes, inteligentes, o tipo de mulher que você poderia levar para um jantar com seu chefe ou para conhecer seus pais. E na cama serão a fantasia de qualquer homem.

Pelo olhar de Sienna, posso ver que ela está começando a comprar a ideia. Até Bill acrescentar um último detalhe:

— E, aliás, só trabalharemos com mulheres de pelo menos 40 anos.

— Quarenta? Prostitutas de 40 anos? — exclama Sienna, batendo com a mão sobre a mesa. — Agora tenho certeza de que vocês dois enlouqueceram!

— Não são prostitutas, são cortesãs — responde Bill pacientemente. — E estou falando sério. Para ter sucesso no mundo dos negócios, hoje em dia, é preciso estabelecer um nicho, e os homens que conheço me dizem que este pode ser o nosso. Impressoras com jato de tinta, pisos de bambu... um dos meus clientes é um psiquiatra especializado em tratar viciados em smartphones. Cada um desses exemplos preencheu um setor do mercado que ainda não havia sido explorado.

— Mulheres mais velhas e homens mais jovens. É uma tendência, é só olhar para Hollywood — explico. — Courteney Cox Arquette é sete anos mais velha do que o marido, David; Katie Couric é 17 anos mais velha do que o namorado; Demi ficou casada com Ashton por um bom tempo e ela é 16 anos mais velha do que ele.

Bill tira seus óculos e os de Sienna e a olha como se estivessem sozinhos no restaurante.

— O que eu amo em você, Sienna, é que você é inteligente, bonita e cosmopolita. É diferente de estar com uma garota. Eu me sinto como se pudéssemos ficar juntos para sempre e eu nunca me cansaria. E acho que outros homens também sentiriam o mesmo. Quero dizer, que eles poderiam sentir a mesma coisa por outras mulheres — acrescenta rapidamente, antes que ela tenha a impressão de que ele estaria disposto a dividi-la com alguém. — Os homens que conheço são bem-sucedidos, inteligentes, mas precisam dedicar muito de seu tempo às próprias carreiras. Eles precisam de mulheres experientes e sofisticadas que os ensinem sobre a vida no mundo lá fora.

O que eu amo em Bill — ah, deixe-me enumerar o que amo nele agora. Que ele ache que essa é uma ideia viável e que tenha elaborado um plano para fazê-la funcionar. Que depois de conhecer minha amiga por apenas 48 horas ele possa usar, sem malícia, a palavra "amor", o que teria custado meses — e um pé de cabra — a qualquer outro homem. E que, para um cara que parecia tão americano, ele tenha interesses agradavelmente europeus — gosta de mulheres mais velhas e de tudo o que elas têm a oferecer. Nesse momento, o celular de Sienna apita, e ela olha com expectativa para seu BlackBerry — o mesmo que fervilhava com furos de reportagem e convites para jantares e que, desde sua demissão, parece tão silencioso. A menos que seja para trazer más notícias.

— Meu corretor de ações. Ele sempre manda uma mensagem quando o mercado cai cem pontos. O que tem acontecido de hora em hora. Estou começando a achar que talvez ele não consiga pagar a conta do telefone — brinca Sienna ironicamente. — Sem falar de como eu vou pagar a minha.

— A empresa vai pagar sua conta de telefone, a conexão de internet, as corridas de táxi e todas as regalias às quais você acabou se habituando, como comida — diz Bill, aproveitando a oportunidade para confirmar que nosso plano oferece estabilidade financeira. — Acho que podemos ter muito sucesso. Se tudo correr dentro das minhas expectativas, você vai se reerguer e comprar aquele apartamento nos próximos dois anos.

— E seria divertido. Você mesma acabou de dizer que agora que está sem emprego não tem muito que fazer — acrescento, sabendo que, mais do que ninguém, Sienna gosta de viver a 160 quilômetros por minuto.

Ela me olha, volta o olhar para Bill e mais uma vez para mim. Otimista, Bill descruza os braços e estica as mãos em nossa direção, numa espécie de cumprimento dos três mosqueteiros, um gesto que só o nosso Bill, que é como penso agora em nosso sócio, poderia sugerir.

— Ah, droga. Não é como se eu tivesse uma proposta melhor. Minha carreira na TV já foi para o buraco, a data de vencimento do aluguel está chegando, o mundo inteiro está à beira de um desastre e o ar que vocês dois estão dando às coisas... é como se isso fosse praticamente um dever feminista. Estou dentro — diz Sienna animada. — O que a gente tem a perder?

No caminho de casa, paro no supermercado para comprar lagostas, batatas, ervilhas e uma garrafa de sidra espumante para comemorar. A mesma refeição que Peter e eu comemos quando ele foi promovido e eu descobri — depois de anos tentando — que estava grávida das meninas. Empolgada pelo ânimo do sucesso ainda não conquistado, mas, até onde sei, inevitável, acrescento chocolates trufados e 1 quilo de cerejas frescas.

Entro num táxi e, apesar de estarmos na hora do rush, desfruto uma charmosa viagem pela cidade — se havia buracos no asfalto, voamos sobre eles, e, como por milagre, pegamos todos os sinais abertos. Meu timing hoje está impecável. O motorista está pendurado no fone de ouvido, num telefonema com um amigo — um perigo para a direção, tenho certeza, mas muito menos mortal do que na época em que, desesperados por uma conversa, eles insistiam em falar de tudo, desde reclamar do prefeito até derramar-se em elogios à última novela.

Terrance se oferece para carregar minhas compras, mas digo que não é necessário.

— É um bom exercício — respondo, erguendo as sacolas sem qualquer esforço, como se estivessem cheias de luz.

Coloco as compras no chão, junto do suporte para guarda-chuvas do lado de fora do apartamento e procuro as chaves dentro da bolsa. Sem necessidade, porque Molly logo me puxa para dentro de casa.

— Mãe, você precisa ver isso. O papai está fazendo o jantar — diz ela, me empurrando para a cozinha, onde Peter, que não sabe a diferença entre um liquidificador e um pacote de macarrão, está despejando tiras de alface em uma grande saladeira. O fogão está cheio de panelas, e, pelo canto do olho, vejo um saquinho vazio de arroz instantâneo. Com trinta segundos a mais, é possível fazê-lo no micro-ondas.

— Hum, amor, o cheiro está bom — digo pensativa, embora, depois de um momento, perceba que não há cheiro de comida, boa ou ruim, pela cozinha.

Peter pisca e aponta para um pacote de lasanha congelada.

— Nada como uma comidinha feita em casa.

— O que vale é a intenção. — Abro a geladeira, pego a mostarda e, de brincadeira, sujo o avental dele. — Um toque de autenticidade.

Peter sorri e gira meu corpo, me puxando para um beijo.

— O que é tudo isso? — pergunto, sentindo uma onda de alívio e agitação de vê-lo feliz depois de semanas amuado. — Não vai me dizer que você viu uma entrevista com a Halle Berry hoje?

— Melhor— responde ele, deslizando as mãos por meus quadris.

Paige entra na cozinha e revira os olhos.

— Ah, por favor, vamos parar com isso? Vocês não sabem que demonstrações públicas de afeto podem traumatizar os filhos pelo resto da vida? — Ela pega uma cenoura da salada e joga para cima.

— Papai conseguiu um emprego — diz de forma tão corriqueira como se estivesse divulgando a tabela de horários dos trens.

— É, papai conseguiu um emprego! — grita Molly, envolvendo Peter num abraço de parabéns.

— Conte para a mamãe para quem você está trabalhando — diz Paige, maliciosa.

— Sim, fale tudo, quero saber todos os detalhes.

— Foi tudo tão rápido — começa Peter, procurando as palavras. — Mal sei por onde começar.

— Ah, eu começaria por aquela solteira maravilhosa — diz Paige. — Sabe, mãe, aquela Tiffany que se mudou para o 3A?

— Tiffany, Tiffany Glass? A do vestidinho justo cujo caminhão de mudanças quase me esmagou feito panqueca? — pergunto. — Ela acabou de se mudar! Vocês já se conhecem por tempo suficiente para ela pedir uma xícara de açúcar?

— Na verdade foi sabão em pó. Ela estava precisando de um pouco de sabão em pó. — Peter ri, nervoso. — Encontrei com ela na lavanderia do prédio e ela me pediu para mostrar como usar a máquina de lavar. Nós conversamos e ela me convidou para um café no seu apartamento. Disse que parecemos simpáticos.

— Avisei para não deixar o papai lavar a roupa — resmunga Paige.

— E o que você vai fazer para Tiffany Glass? — pergunto no tom mais equilibrado que consigo.

— Ela tem uma linha de maquiagem que está vendendo bem em Seattle e quer expandir os negócios. Eu seria o chefe de operações em Nova York. Não é o salário com o qual estou acostumado, mas o emprego tem grandes oportunidades para crescimento.

— A linha de maquiagem se chama BUBB — completa Molly com ar encorajador. — "Be U But Better", seja você mesma, mas melhor. Simpático, não? Eu li sobre ela na *Teen Vogue*.

— E ela contratou você por quê?

— Porque ela não faz testes em animais e precisa das suas duas filhas adolescentes e da esposa de meia-idade para servir de cobaias! — responde Paige com sarcasmo, já que é óbvio que Peter sabe tanto de maquiagem quanto sabe preparar o jantar. Que, aparentemente, não vai sair, já que começo a sentir o cheiro da lasanha queimando.

Abro o forno e Peter se apressa na minha frente para recolher os restos da comida congelada destruída. Ao jogar a fôrma em cima do fogão, ele grita:

— Droga! — E enfia a ponta do dedo queimado na boca. — Preciso deste emprego — diz com firmeza. — Não importa se é vendendo ações ou maquiagem ou widgets, seja lá o que isso for.

Sou um executivo bem-sucedido com, até uns meses atrás, um currículo exemplar.

Abro o armário da cozinha com a caixa de Band-Aids e outros itens de emergência médica (incluindo duas latas de sopa) e pego um tubo de aloe vera para passar na mão de Peter. Conseguir esse emprego pode ser tudo de que precisamos para restaurar a paz nesta casa.

— Os últimos meses não foram culpa sua. Esta é uma excelente notícia. Tenho certeza de que você vai fazer um ótimo trabalho — digo, deixando de lado minhas suspeitas a respeito de Tiffany. Só porque ela é uma mulher bonita, não existe motivo para pensar que a proposta não tenha sido autêntica. Ou que ela tenha escolhido Peter apenas porque ele é o homem mais atraente do prédio.

— Acho que é uma grande oportunidade — defende ele, com uma animação na voz que não escuto há muito tempo. — Já comecei a delinear nossas estratégias e a trabalhar numa projeção financeira. Tiffany vai pagar as parcelas do financiamento atrasadas e o condomínio como um adiantamento do meu salário. O que eu ganhar mal vai dar para nos manter pelo próximo ano, mas acho que esse negócio de cosméticos pode ser bom e pelo menos você não vai ter que trabalhar. Eu sei que você prefere ficar em casa com as meninas. E, pelo jeito — diz ele, rindo e jogando o resto da lasanha no lixo —, precisamos de você aqui de volta.

— É bom estar de volta — digo, hesitante.

Há apenas algumas horas eu conhecia a emoção de estar no controle dos meus próprios planos. No entanto, Peter ainda não sabe de nada, e não quero eclipsar as novidades dele. Além do mais, ele tem razão, vai ser bom voltar a algo pelo menos semelhante à normalidade. Ele beija meu rosto e vai até a sala para gravar o jogo do Mets no TiVo enquanto as meninas colocam a mesa. Abro a geladeira, descongelo quatro bifes pequenos no micro-ondas e pondero entre preparar vagem ou brócolis. Pego uma tábua e, apostando todas as minhas fichas, pico, meio sem pensar, a couve-flor, o aipo e todos os legumes da geladeira, até a última cenoura.

— Nunca teria funcionado — digo para mim mesma ao destroçar uma couve-de-bruxelas particularmente obstinada.

Sienna tinha razão, meus planos eram loucos. Ela vai ficar tão aliviada quando eu telefonar amanhã de manhã para colocar um freio nisso tudo. Mas foi divertido ir à biblioteca; preciso voltar lá mais vezes. Talvez ligue para Pamela e para Melissa para ver quais eventos de caridade estão vindo por aí. É sempre bom me manter ocupada. Coloco os bifes na grelha e empilho os legumes na *wok* — e digo "empilhar" literalmente, pois os legumes estão quase caindo para fora da panela. Jogo uma boa quantidade de molho teriyaki por cima e coloco o fogo no máximo. E então me sento à mesa da cozinha e tiro os sapatos. De repente, estou muito, muito cansada. Foi um dia longo e ainda não acabou, embora eu só consiga pensar em descansar a cabeça na mesa, só um pouquinho.

Minutos depois, Paige e Molly entram correndo na cozinha e me acordam.

— Mãe, tudo bem? — pergunta Molly, colocando as luvas térmicas para retirar a *wok* queimada da boca do fogão e os bifes carbonizados da grelha.

— Você está igual ao papai — diz Paige, puxando da gaveta um cardápio de entrega em domicílio e tirando o celular do bolso. — Acho que sou a única capaz de alimentar esta família.

Acabamos comendo pizza, e somente à meia-noite me dou conta de que as lagostas de comemoração ainda estão dentro do gelo, na bolsa térmica do lado de fora da porta do apartamento. Visto um robe, pego o elevador até o térreo e entrego as sacolas para Terrance.

— Bom apetite — digo, sem esperar por um obrigado.

Está muito tarde para cozinhar lagostas, e, de repente, tudo me parece muito cansativo, até mesmo uma garrafa de sidra.

Oito

Cartas na mesa

Na manhã seguinte, sem nada melhor para fazer além de me preocupar com os preparativos do novo trabalho de Peter com a sedutora Tiffany Glass, resolvi iniciar uma arrumação do closet, tirando do cabide saias, vestidos e calças estampadas de cintura baixa, arremessando as peças em pilhas de "definitivas", "talvez" e "onde eu estava com a cabeça?". Mas, sem conseguir me livrar de nada, embrulhei todas as roupas que sabia que não usaria nesta estação.

— Ui, isso aí parece um caixão — disse Paige, ao ver a caixa de cedro em que eu estava guardando meus tesouros de tecido.

— Você tem razão. Mas nunca se sabe quando uma moda vai ressurgir dos mortos.

— Que fraco, mãe. Me dá um dinheiro para eu ir ao shopping com a Heather e comprar roupas que pelo menos eu talvez use?

— Seu pai acabou de conseguir um emprego e você já quer ir às compras?

— Com o dinheiro do meu aniversário do ano passado. Sobrou um pouco.

Arremessei uma camisa branca de mangas bufantes:

— Um dia você vai *adorar* que eu tenha guardado essa blusa romântica.

Minha filha me olhava com ar de pena enquanto eu pegava minha bolsa.

— Tudo bem, mas você vai ter que me pagar com o dinheiro da sua poupança — disse a ela, entregando-lhe três notas de 20 dólares. — Vamos só ver daqui a vinte anos o que vocês vão achar dessas botas sem dedos que adoram hoje.

— Que eu estava na moda. M-o-d-a. — Paige riu, me agradeceu e saiu para a escola, e eu voltei para o meu trabalho ingrato.

Quando cheguei à pilha de equívocos que ainda estavam com a etiqueta de compra, além do vestido colante tamanho 38 que nunca mais vou poder usar de novo (pelo menos não sentada), fiquei agradecida por receber uma ligação com um convite para o almoço. Mesmo vindo de Naomi.

— Você e Sienna podem me encontrar ao meio-dia? — propõe ela, e eu aceito na hora. É sempre mais fácil ver minha mãe estando com minha melhor amiga a tiracolo. E eu também poderia contar a Sienna que vamos colocar um ponto final naquela ideia insana de agenciar mulheres.

~~~~~

Três horas mais tarde, em um restaurante japonês, Naomi está bebericando saquê em um copo de cerâmica branca.

— Estou pensando em fazer estreitamento de pélvis. O que vocês acham?

Ajeito-me na cadeira e pego um segundo guardanapo para cobrir o que já está em meu colo. Posso ser judia, mas acredito na Imaculada Conceição — recuso-me a imaginar que minha mãe é, de fato, sexualmente ativa. Mas Sienna está intrigada. Ela apoia o queixo nas mãos e se inclina para a frente, interessada.

— Laser ou radiofrequência? — pergunta, claramente antenada com as últimas tendências em termos de manutenção pélvica.

— Eletroestimulação para melhorar o tônus muscular — responde Naomi, enquanto tento, sem sucesso, não imaginar uma corrente elétrica passando através da vagina de minha mãe.

— Você sabe dos exercícios, não é? — pergunta Sienna.

— Claro. Estou pensando em contratar um *personal trainer*. — Naomi ri.

— Meninas — digo, batendo com os palitinhos num copo d'água, tentando chamar a atenção das duas. — Eu já alisei o cabelo, fiz tratamento de sobrancelhas e deixaria o Dr. B injetar esperma de filhote de baleia macho virgem em mim se soubesse que isso me faria parecer 15 dias mais jovem. Mas vocês precisam estabelecer um limite. Não dá para recorrer à boa e velha virilha cavada?

Naomi semicerra os olhos, ergue um sashimi e o aponta em minha direção.

— Órgãos sexuais de aparência mais jovem podem fazer uma mulher se sentir muito mais confiante.

— Mãe, se você fosse um pingo mais confiante, seria capaz de fazer uma republicana conservadora radical como a Ann Coulter precisar de terapia. Isso é porque você está dormindo com o Dr. Barasch?

Naomi empurra um pedaço de peixe pelo prato e torce o nariz.

— Também. Mas é que vamos ter um reencontro das Misses Metrô. Não vejo nenhuma delas há vinte anos, e, se você quer saber, isso é bastante intimidador.

Por um breve e iluminado momento, há quase meio século, Naomi teve a própria imagem — com seus grandes olhos castanhos e os curtos cabelos escuros ondulados num permanente — colada em todos os trens subterrâneos de Nova York. A foto que representava a promessa de uma vida espetacular, na verdade, acabou resultando em uma decepção espetacular. Quando eu era criança, costumava imaginar como seria ter uma mãe de aparência normal, que nunca tivesse contado com o fato de que sua imagem a conduziria para a fama e fortuna. Que não me visse como um reflexo inferior. Mas, quem quer que essa mulher fosse, não era minha mãe. Na biografia de Naomi, o concurso para Miss Metrô foi o seu ápice, e dá para imaginar por que essa reunião a deixaria ansiosa. Mas não justifica ela achar necessário tonificar os músculos da pélvis.

— Mãe, eu sei que as outras misses sempre foram competitivas, mas tenho certeza de que não vão organizar uma competição de virilhas.

— Eu sei — concorda Naomi, empurrando o prato e servindo mais saquê em seu copo. — Só não consigo pensar em mais nada para consertar.

Ela faz cara de que está tudo bem, e eu quase posso acreditar. Não fosse pela falha em sua voz.

— Você é linda — diz Sienna, dando um tapinha em sua mão.

— Eu sei — responde Naomi. — É que eu não conquistei todas as coisas que deveria ter conquistado. Algumas delas ingressaram em carreiras de sucesso como modelos. Uma se tornou advogada famosa. E outra desenha joias para o Johnny Cash.

— Desenhou, mãe, ela *desenhou* joias para o Johnny Cash — corrijo, como se isso pudesse diminuir o baque.

— Desenha, desenhou... O que importa é o que eu tenho para mostrar por esses anos todos? Ganhar aquele concurso teve um significado. Eu andava de metrô todos os dias só para ver a expressão no rosto das pessoas. Um sujeito ficou tão animado quando percebeu que eu era a garota da foto que caiu e bateu com a cabeça. — Naomi suspira, como se o balanço irregular do trem não tivesse nada a ver com o acidente. E como se a habilidade de causar ferimentos fosse uma prova de beleza excepcional. — Sienna tem sorte, ela tem uma carreira. Ou pelo menos tinha. Diga, meu bem, você acha que algum dia vai voltar a trabalhar?

— Para falar a verdade, acho que sim.

Balanço a cabeça, tentando indicar a Sienna que não diga mais nada. Pois, mesmo que minha mãe acredite na nossa história de fachada da agência de emprego temporário, ela vai me torrar a paciência com conselhos indesejados. E, além do mais, isso agora já nem é mais verdade. Mal posso esperar para ouvir o suspiro aliviado de Sienna quando eu disser que estamos abandonando o projeto. Embora, nesse instante, os suspiros sejam de Naomi — e estejam direcionados à gracinha do garçom.

— Obrigada, muito, muito obrigada mesmo. Você é tão gentil — diz Naomi, como se ele estivesse doando sangue para ela e não limpando a mesa. Assim é minha mãe. Triste num instante, animada no seguinte.

— Não é nada. E, desculpe o comentário, mas este vestido vermelho realmente lhe cai muito bem.

E, desculpe o comentário, mas este garçom realmente é muito espertinho. Acabou de ganhar uma gorjeta de trinta por cento.

Naomi se levanta e sorri com sensualidade.

— Já vou para minha aula de ioga Bikram. A temperatura chega a 40 graus lá, e isso deixa a gente tão flexível.

O garçom sorri e, enquanto Naomi se dirige até a porta, ele nos serve duas xícaras de chá.

— A amiga de vocês é fogo — diz ele, como tantos outros, confundindo minha mãe com alguém da mesma idade que eu.

— Que ela é fogo não há dúvida. Só tenha o cuidado de não se queimar.

Sienna ri.

— Eu não conseguiria falar com a minha mãe nem sobre fio dental.

— *Por favor.* Será que a gente pode seguir a conversa sem ter que mencionar as partes privadas da minha mãe?

— Partes privadas? É assim que você chama?

— É. E também ainda falo "número um" e "número dois", se você quer saber.

— Quero muito — diz Sienna. — Você vai ser uma cafetina muito provocadora mesmo. Mais ou menos como um dono de restaurante chinês. "Uma 37 para o rapaz de terno preto." "Uma 54 para o cara bronzeado." "O careca aqui quer uma 49."

— Sessenta e nove. — Rio. — Acho que é o 69 que é tão popular. — Assopro meu chá e dou um gole. — Aliás, preciso falar sobre isso com você...

— Eu sei, eu também. Olhe só — diz ela, tirando o Kindle da bolsa para me mostrar o que está lendo.

— *Fanny Hill*? — Fico surpresa de ver que Sienna, sempre tão apaixonada pelas atualidades, esteja lendo uma história fictícia libidinosa de quase 250 anos de idade.

— *Fanny Hill* — responde ela, passando as páginas do leitor digital com o dedo. — A história de uma pobre moça do campo que aceita uma série de amantes para conseguir sobreviver e... tem uma vida e tanto! Estou fazendo meu dever de casa, igual a você. Na noite passada, fiquei até tarde vendo *Uma linda mulher*. E estou com *Poderosa Afrodite*, *Irma la Douce*, *Klute*, *O passado condena*, *La Belle de Jour* e *Nunca aos domingos* na fila do Netflix. Quem poderia dizer que existem tantas histórias sobre essas mulheres de futuro?

— É, mas não se engane com *Uma secretária de futuro*, que é sobre a Melanie Griffith fingindo ser sua chefe para subir alguns degraus em sua escalada profissional. Mas a Melanie Griffith fez uma prostituta em *As aparências enganam*, o que foi esquisito, muito esquisito. Mas não tão esquisito quanto *Uma estranha entre nós*, quando ela fez o papel de uma policial que se disfarçava de judia hassídica.

— Melanie Griffith de judia hassídica? — Sienna gargalha, interrompendo a exibição do meu conhecimento enciclopédico de cinema. — Agora você vai me dizer que ela colocou silicone durante as filmagens de *A fogueira das vaidades*...

— ... e que, se você comparar a primeira e a segunda metade do filme, parece que alguém inflou os peitos dela com uma bomba de pneu!

Sienna ri.

— Ah, só a gente mesmo. Fico feliz que você tenha me convencido a entrar nisso, vamos nos divertir tanto! Por que você não passa lá em casa hoje para fazermos uma maratona de filmes? A pipoca fica por minha conta.

Bebo um gole d'água e fico brincando com um guardanapo, dobrando-o, sem pensar, no mesmo formato da pirâmide do banquete contra o aquecimento global — é difícil imaginar que houve uma época, há pouco tempo, em que minha maior preocupação era o formato de um pedaço de tecido. Ainda assim, não esperava que Sienna estivesse tão animada com nosso novo empreendimento. E agora me sinto culpada de desistir.

— Boas notícias — digo, evitando contato visual. — A gente não vai mais precisar abrir um negócio. Peter conseguiu um emprego.

O corpo inteiro de Sienna murcha visivelmente enquanto ela digere minhas novidades. Ela esfrega as mãos, pressionando uma contra a outra diante do rosto como se fosse uma freira prestes a rezar — ou um promotor de *Law & Order* pronto para o ataque.

— Entendi — declara ela, de forma sombria. — Peter conseguiu um emprego e você não precisa mais montar um negócio. Ou você acha que não precisa mais trabalhar. Que bom para você.

— Desculpe, não foi o que eu quis dizer — murmuro, confusa. — Essa ideia era uma maluquice. Você foi muito legal em ter levado adiante só por minha causa. Mas agora eu posso voltar a cuidar das meninas, e tenho certeza de que você vai conseguir um emprego. Muito em breve.

— Muito gentil da sua parte. Mas, metade das redações de jornal de Nova York foi dizimada junto comigo. Então, não, não acho que eu vá conseguir um emprego de novo. Talvez nunca mais.

— E o dinheiro da rescisão? — pergunto, sentindo-me culpada e pensando em como pude deixar que Sienna pagasse por minha aplicação de botox tão despreocupadamente.

— Você quer dizer o paraquedas dourado que eu devia ter recebido quando fui demitida? Ele nunca abriu. Não ganhei um centavo. Só falei aquilo porque sabia que você não iria ao Dr. B de jeito algum e porque achei que você estava precisando de uma dose de ânimo. É isso que os amigos fazem. Apoiam uns aos outros.

— Eu apoio você — digo, envergonhada. — Só não vejo como podemos seguir adiante com esse negócio.

— Isso é porque o Peter está trabalhando?

— É, ele está numa empresa que está começando. Não vai ganhar muito dinheiro no início, mas ele diz que tem potencial. E acho que ele precisa se sentir o homem da casa de novo. Ele está descontrolado desde que perdeu o emprego.

Sienna tamborila os dedos na mesa, impaciente.

— Você não ouviu o que Naomi disse sobre oportunidades perdidas? Você nunca sentiu necessidade de ter uma coisa própria? Quando você me falou sobre abrir esse negócio, estava empolgada de um jeito que eu não via há anos.

— Ah, eu estava fora de mim — comento, subestimando a adrenalina que senti e disposta a apoiar os planos de meu marido. — Além do mais, Peter está começando uma coisa nova, vai parecer que estamos competindo.

— Não se você não contar para ele.

— Mas eu prometi. Peter e eu prometemos que nunca mais teríamos segredos entre nós — digo, lembrando como aceitei um biscoito recheado em vez de um pedido de desculpas decente Mas eu dei minha palavra. — E eu não poderia abrir uma empresa agora nem que quisesse. Minha prioridade é cuidar da minha família. As meninas precisam de mim — tento explicar. — Você se lembra de quando o Woody Allen deu entrada num processo pela guarda do filho e o juiz perguntou o nome dos professores dele?

— Ele não foi capaz de dizer um só nome.

— Nem o Peter poderia. "Deve ter um com 'A', estou certo?", ele diria com uma gargalhada se eu perguntasse para ele.

— Então, prepare uma lista — responde Sienna. — Prepa re um monte de listas. Palavra de escoteira, a gente monta um esquema para você estar em casa todos os dias na hora em que as meninas chegarem do colégio.

Nos dias em que elas vão para casa depois do colégio, penso. Entre os treinos de futebol e os infinitos encontros de Paige e a dedicação de Molly ao jornal do colégio e à causa mundial, mal vejo as duas antes de irem para a cama.

— Elas cresceram, têm vida própria — suspiro. — A ideia é criar crianças felizes e independentes, mas um dia você descobre que seus filhos são felizes e independentes. E que preferem assistir ao novo filme da Kate Hudson com os amigos, e não com você.

— Diga a palavra mágica e a gente pode assistir a qualquer filme juntas hoje à noite. Até os da Kate Hudson, mas não os do Matthew McConaughey, tá? Gosto de homens mostrando o peito nu como qualquer mulher, mas aquele cara não tem uma camisa sequer?

Eu me ajeito na cadeira e alinho os palitinhos em paralelas perfeitas.

— Tudo bem — falo devagar, tentando me convencer de que estou tomando a decisão correta. — Eu topo.

— Você topa? — Sienna passa o braço ao meu redor com tanta animação que quase derruba minha xícara de chá. — O que fez você mudar de ideia?

— Cuidando das meninas, eu estou envelhecendo e me afastando da possibilidade de conseguir um emprego. Em poucos anos, elas vão estar na faculdade — digo, esfaqueando a mesa com um dos palitinhos.

Sienna coloca a mão sobre a minha antes que eu faça um furo na toalha.

— E? — pergunta ela, conhecendo-me bem o suficiente para saber que não é só isso que estou pensando.

— Ah, nada demais, é uma bobagem — respondo. — Quando você falou das escoteiras, eu me lembrei do lema: "Sempre alerta." Por um instante, pensei no que aconteceria se Peter me deixasse. Não que ele jamais fosse capaz de...

— Não, ele não faria isso — afirma Sienna, categórica.

— Mas, e se fizesse? — Mordo o lábio, arrependida de ter dito algo assim em voz alta. — De qualquer forma, por mais que eu ame ser uma M&M, não é uma profissão viável na economia atual.

Sienna me olha de forma encorajadora.

— E...

— Vamos em frente! — exclamo, batendo de leve na mesa. — Já pensou em um nome para a empresa?

Antes que eu tenha tempo de recuar, Sienna pega o Black-Berry, abre o Memo Pad e começa a digitar algumas ideias. E eu rabisco no verso da conta do restaurante.

— Bill disse que gostava de mulheres mais velhas. O que você acha de Clube da Loba? — pergunta ela.

— Não, não podemos dar dica alguma sobre o que pretendemos fazer — respondo, cautelosa.

— SPTN? — sugere, combinando as iniciais dos nossos nomes como se fôssemos uma franquia de esportes. — Tru, Truce, SeeTru, SeeThrough, Newman-Post?

— Ou Post-Newman. — Rio, balançando a mão no ar como se estivesse diante de um banner. — Uma nova geração de molhos para saladas.

Ponderamos entre diversas ideias por alguns minutos até que Sienna chega a uma solução:

— Já sei! Agência Veronica! E só você, Bill e eu saberemos que o nome foi escolhido por causa de nossa grande irmã do século XVI, Veronica Franco, a inimitável cortesã e poetisa.

— Agência Veronica. É perfeito! — concordo animada, abandonando qualquer cautela no que diz respeito a tentar o destino. Sem falar no arriscado empreendimento de se aventurar no mundo da mais antiga das profissões.

Agora que estamos realmente abrindo um negócio, tenho um milhão de coisas para resolver. Minha reorganização do closet pode muito bem ir para o espaço, penso animada, enquanto caminho pela Madison Avenue com uma leveza que não sentia em semanas. Embora eu ainda tenha o cuidado de olhar para a calçada. Dá para imaginar o que Naomi diria se eu acabasse fraturando a coluna porque os *meus* saltos deslizaram num buraco?

Passo por um bistrô e vejo algumas M&M de jeans e jaquetas de camurça após um longo almoço, e as várias sacolas de marcas de luxo que poderiam ser reconhecidas apenas por um nome — Giorgio, Donna, Oscar e Hermès — embora, nos dias de hoje, suas lojas tenham ficado muito menos cheias e eu tenha notado que a fila do vendedor de cachorro-quente na esquina da rua 64 está maior do que o normal. Assim que a empresa deslanchar, estarei de volta para ver as novidades da estação. Ao ver meu reflexo numa vitrine, pego o celular. Eu venho dizendo a mim mesma que as raízes escuras em meus cabelos eram a última moda, algo como Sarah Jessica Parker na terceira temporada de *Sex and the City*. Mas minha juba listrada está parecendo mais um guaxinim do que uma celebridade ousada. Começo a discar o número de Angela Cosmai para ver se a mais famosa colorista de Nova York pode me encaixar em sua agenda, quando vejo Molly andando em minha direção. E ela não está sozinha.

Minha filha mais velha, mais sensata e estudiosa, aquela que espero ser equilibrada, confiável e descomplicada, está andando pela rua, de mãos dadas com um rapaz — um menino lindo, com o rosto emoldurado pelos cabelos louros, calças cáqui e um blazer azul-marinho, e que parece recém-saído de um episódio de *Gossip Girl*. Molly está sem os óculos de coruja e tirou o elástico dos cabelos, deixando as mechas escuras caírem sobre os ombros. Enquanto gira a cabeça em direção ao Adônis adolescente, ela abre um sorriso bobo. O que pode existir nos primeiros e etéreos estágios do amor para fazer até uma Condoleezza Rice rir feito uma idiota? E então, grito, animada:

— Oi!

Molly me olha discretamente, balança a cabeça de forma quase imperceptível e continua a andar.

— Quem era? — escuto o rapaz perguntando enquanto eles passam por mim e reconheço o emblema da escola de Molly no blazer dele.

— Não sei, uma mulher qualquer — responde ela, me olhando por sobre o ombro e erguendo a mão num sinal de que não devo dizer nem mais uma palavra. Vejo o menino pegar a mochila de Molly e envolvê-la com seu braço forte. Molly ri e enterra a cabeça no ombro dele. — Obrigada pelo cheeseburger — escuto-a dizer, enquanto eles viram a esquina. — Estou me divertindo tanto, Brandon.

✺✺✺✺✺

Mais tarde, naquela noite, Paige está no quarto terminando um trabalho de história quando escuto a chave de Molly girando na porta. Esperei por ela a tarde inteira, e ela chega à cozinha toda animada e cheia de pretextos.

— Desculpe, mãe. Eu sei que foi idiota não dizer oi, eu só estava com vergonha de, você sabe, apresentar o cara com quem eu estava saindo para a minha mãe — diz ela sorrindo, enquanto tira a mochila dos ombros.

A mesma mochila que há algumas horas era carregada pelo Brandon dos cabelos dourados. O mesmo Brandon — eu fiquei sabendo depois de conferir os arquivos da escola assim que cheguei — por quem a irmã dela tem uma queda.

Eu não sei se Molly sabe que Paige gosta desse menino ou se Paige sabe que Molly saiu com ele, e tenho que descobrir um jeito de fazer com que as duas saibam o que está acontecendo sem que se magoem ou que transformem isso numa competição do tamanho de uma Olimpíada. Nada fácil quando se trata de gêmeas que foram esquadrinhadas e comparadas entre si desde o dia em que nasceram.

Sempre dissemos às duas: "Celebrem suas diferenças!" Mas como poderíamos não fazer comparações? Quando Paige começou a andar, aos 10 meses, foi impossível não empurrar Molly para que seguisse seus passos. Molly tinha apenas 1 ano quando começou a falar frases completas, enquanto Paige ainda estava balbuciando. E, enquanto Molly tinha a postura e a beleza crescente, mas ainda embrionária, de uma Anne Hathaway em *O diário da princesa* e *O diabo veste Prada*, Paige era a versão loura insinuante e autoconfiante da atriz no segundo ato.

Molly sempre foi mais tímida e hesitante em situações sociais, mais inclinada do que a irmã extrovertida a observar à distância. Por isso, apesar de minha resolução de ser tão neutra quanto a Suíça, no fundo estou torcendo por ela. Desde que esse tal de Brandon Marsh não esteja brincando de jogar uma contra a outra.

— Saindo com ele, é? — pergunto com o máximo de serenidade, limpando alguns pratos e empilhando-os na lava-louça.

— Mãe, você nunca faz isso direito — diz Molly com carinho, aproximando-se e tomando o cuidado de manter as tigelas e os pratos de salada na parte de cima e os pratos maiores adequadamente posicionados na parte de baixo.

— Então, esse menino...

— Ai, mãe, a gente se divertiu tanto! Nós fomos tomar um milk-shake de chocolate e comer cheeseburger, e quando a conta veio eu me ofereci para dividir, mas ele disse: "Deixe comigo", então eu deixei, mas eu disse: "A próxima é minha", e então a gente caminhou pelo parque, e ele carregou a minha mochila, e eu sei que devia ter apresentado você. Desculpe, é só que foi estranho esbarrar com você e eu queria parecer legal, mas da próxima vez eu prometo que digo oi. Ah e... — Ela ri, enquanto separa os talheres, olha para cima e abre um sorriso radiante. — ... O nome dele é Brandon Marsh.

— Parece ótimo, meu bem, hum, Brandon Marsh — repito com cuidado, enquanto tento situar um nome que me é familiar. — Ele não está na aula de laboratório da Paige?

Uma leve sombra cobre o rosto de Molly, e ela se vira de costas para colocar um conjunto de garfos na cestinha da lava-louça, com os dentes para baixo. Algumas pessoas argumentariam que, arrumados dessa forma, os garfos poderiam se embolar e não ficar completamente limpos. Mas, em nossa família, nos preocupamos mais com a possibilidade de que alguém seja mortalmente ferido na hora de tirar a louça da máquina.

— E daí que o Brandon está na aula de laboratório da Paige? — pergunta Molly. — Pela primeira vez um garoto gosta de mim!

— Um garoto gosta de você, que garoto? — pergunta Paige, perambulando pela cozinha com um dos fones de ouvido do iPhone pendurado, tendo obviamente escutado apenas a última frase da declaração da irmã.

Molly e eu nos entreolhamos.

— Brandon Marsh gosta de mim e eu saí com ele hoje e a gente comeu cheeseburgers — diz Molly com uma insolência que eu nunca ouvi antes. Talvez por inexperiência, entusiasmo ou numa tentativa desesperada de marcar território com esse tal de Marsh, ela coloca Paige, que normalmente não precisa ser provocada, na ofensiva.

— Grande coisa — comenta Paige, brincando com a tampa de um pacote de muffins. Ela abre o pacote e passa o dedo em cada um dos bolinhos, para que ninguém mais queira comê-los, fecha a embalagem novamente e a coloca na cesta de pão. — Então o Brandon Marsh comprou um cheeseburger para você. Oh, oh, que manchete de jornal!, vamos ligar para o *New York Times*. Brandon compra refrigerantes, batatas fritas, salada e qualquer coisa que as meninas queiram sete dias por semana. Ele é um comedor de guloseimas compulsivo — diz ela com desdém. — Mas Brandon e eu temos uma coisa muito mais profunda e significativa. Ele estuda comigo. Nós temos uma ligação intelectual.

Diante da perspectiva de Brandon e Paige ingressarem no concurso nacional de ciências — ou até de se apoiarem um no outro para conseguir uma nota melhor —, Molly solta uma exclamação:

— Ah tá — diz ela, mal conseguindo conter o riso. Eu imaginaria que Molly fosse se encolher diante de uma disputa com a irmã, sem falar da novidade, pelo menos para mim, de que esse Brandon é um conquistador. Mas, diante da situação, ela defende seu território. — Você só está com inveja porque um garoto gosta de mim, e não de você — comenta ela, jogando a última faca dentro da lava-louça com um pouco de vigor demais.

— Inveja? De você? Acho que não. Aliás, se você quer saber, ouvi falar de uma marca nova de xampu anticaspa — diz Paige, passando pela irmã e limpando o suéter dela de caspas imaginárias.

Molly afasta a mão de Paige e finge respirar fundo.

— E eu ouvi falar de um desodorante novo.

— Meninas, parem com isso. Eu não quero vocês duas brigando por causa de um garoto idiota.

— Ele não é idiota — revida Molly.

— E a gente não está brigando. Brigar significaria que existe uma batalha de vontades, um adversário à altura. Vocês duas acham que eu sou a idiota da família, mas eu presto mais atenção nas aulas do que vocês imaginam. Não, Molly e eu não estamos brigando — diz Paige alegremente. — Se o assunto é quem vai ser a namorada do Brandon, então não existe disputa.

Nove

Delícia da tarde

Muita coisa pode acontecer em uma semana, especialmente quando você está lidando com uma rixa entre duas filhas, um marido que está trabalhando para sua vizinha sexy e dois sócios que fazem o coelhinho da Duracell parecer estar sob o uso de sedativos. Sem falar que entre os preparativos para o encontro das Misses Metrô minha mãe convenceu o Dr. Barasch a fazer aulas de fisiculturismo com ela.

— Eu preciso ficar sarada — explicou Naomi no jantar da noite passada, ao descrever a rotina puxada de levantamento de peso que tinha iniciado e que esgotaria qualquer pessoa com metade de sua idade. E então, virando-se para o namorado de 72 anos, ela geme: — Você não quer ficar sarado, Gordon?

Molly desatou a rir, cuspindo toda a água que tinha na boca em cima da toalha de damasco.

— O Dr. Barasch de sunga?

— Com a pele coberta de óleo? — Paige riu baixinho. E então, ajeitou a postura e fixou o olhar em Molly. — Ainda não acabou — disse, sombria.

— Não está nem perto disso — respondeu Molly, e as duas voltaram ao silêncio sepulcral que cobriu a casa como uma nuvem de tempestade desde que declararam guerra por Brandon.

Desde aquela briga, minhas duas bonequinhas (que na certa me *matariam* se me ouvissem chamando-as assim) mal resmungam uma com a outra, a menos que seja para relatar seus avanços na batalha por Brandon, o jovem destruidor de corações. Parece que as duas já conseguiram fisgar o rapaz para um almoço o mesmo número de vezes — duas, cada —, mas, como Paige é sua dupla de laboratório, ela tem uma vantagem técnica. O quadro-negro na cozinha virou um placar, computando o Tempo passado com BM. Por enquanto, o "15!" exuberante de Paige, que ela decorou com corações flechados, reina sobre o "9" de Molly. Não apenas as gêmeas se tornaram silenciosas, como o meu conselho de mãe está entrando por um ouvido e saindo por outro. Nenhuma das duas quer ouvir que garoto nenhum é mais importante do que a irmã — especialmente um garoto que está brincando com, no mínimo, duas garotas ao mesmo tempo. Quem sabe quantas mais esse Casanova usuário de creme antiacne tem no papo?

Quanto a Peter, a rotina de exercícios de Naomi o deixou intrigado. É claro que ultimamente ele parece aberto a todo tipo de novas experiências.

Desde que começou a trabalhar com a glamorosa Tiffany Glass, ele tem prestado muito mais atenção em sua aparência — trocou as antiquadas gravatas listradas de seda por colarinhos abertos e calças com um corte que valoriza suas coxas musculosas. Atenciosamente, ah, tão atenciosamente, feitas sob medida pelo alfaiate particular de Tiffany.

Peter diz que tem tentado estar mais na moda porque agora está no ramo da beleza, e os clientes esperam que ele aparente mais vitalidade. Qualquer mulher mais desconfiada poderia argumentar que se trata dos sinais de um marido que está apaixonado por outra que não a própria esposa — um novo guarda-roupa, interesse em cuidar do corpo e uma cordialidade que beira o inapropriado. Na noite passada, Peter até parecia estar gostando da companhia de Naomi, o que só pode significar que seu nível de endorfina está fora do padrão. Mas, após meu lampejo de insegurança no outro dia sobre a possibilidade de ele me deixar, tomei a decisão — uma bastante madura, devo acrescentar — de não permitir que minha imaginação me leve à loucura. Tiffany não é uma ameaça, a menos que eu a deixe se tornar uma ameaça. E eu pretendo repetir isso e repetir isso e repetir isso até acreditar.

Ainda assim, para alguém que está habituado a se sentir nu em qualquer coisa que não seja um terno de três peças, Peter parecia suspeitamente disposto a tirar a roupa e se besuntar de óleo bronzeador.

— Fisiculturismo... Parece algo que eu gostaria de tentar — disse ele, trocando o pedaço de frango marsala em seu prato por um brócolis sem manteiga. — Você sabia que antes de Arnold Schwarzenegger se tornar governador da Califórnia e até de fazer *O exterminador do futuro* ele foi Mister Universo? — perguntou ela às gêmeas.

— O governador do futuro? — disse Paige, que parece ter voltado a falar, ao menos conosco.

— *O exterminador do futuro* — respondeu Peter com um suspiro exagerado. — Alguém pode me explicar por que a gente manda as meninas para aquela escola particular que custa os olhos da cara?

— O que você acha das aulas de fisiculturismo, Tru? — pergunta minha mãe, tentando trazer a atenção de volta para ela.

— Acho que tonificar o abdome é mais razoável do que tonificar a pélvis. Só me parece esforço demais para um reencontro de ex-beldades. Mas se isso a fizer feliz, mãe — respondi, mas assim que as palavras saíram de minha boca, percebi como soei condescendente.

— Feliz? Não é uma questão de felicidade — revidou Naomi.

— É uma questão de orgulho. — E então, assim que me servi

109

de uma segunda porção de purê de batatas, ela acrescentou. — Acho que você não entenderia.

Mas Naomi está errada. Eu *entendo*. Tenho me sentido muito orgulhosa nestes últimos dias, embora nunca, nem em um milhão de anos, eu vá contar a minha mãe o porquê.

Assim que decidi seguir em frente com nossos planos de abrir a Agência Veronica, as coisas fluíram rapidamente. A (provavelmente única) coisa boa a respeito da crise financeira é que agora é fácil encontrar um lugar para o escritório com um aluguel barato — mesmo que as nossas exigências fossem incomuns. A maioria das empresas procura um prédio ostentoso com porteiro na entrada, mas dada a natureza do nosso trabalho (e sua ilegalidade), precisamos de um prédio desconhecido que não tenha ninguém na portaria vigiando as entradas e saídas de nossas funcionárias ou dos clientes. Como prometido, Bill bancou as despesas iniciais; se as projeções dele estiverem corretas, a agência deve começar a pagá-lo em menos de dois meses. Levamos mesas de casa e arrebatamos um sofá Ligne Roset pela metade do preço em uma liquidação, e Sienna nos emprestou uma litografia vinho e preta de Barnett Newman e um busto de Mozart para dar um ar de sofisticação ao escritório. A máquina de expresso foi um luxo, mas uma boa xícara de café pode ser crucial para o moral da equipe. Mesmo que, por enquanto, "a equipe" seja apenas nós três.

Em seguida, dividimos as funções. Bill vai avaliar os clientes e cuidar do orçamento. Eu fiquei encarregada de tudo o que estiver relacionado com as funcionárias. E como todo mundo é capaz de reconhecer Sienna da TV — e precisamos manter nossas identidades anônimas —, minha amiga famosa vai lidar com a papelada da empresa e fazer os depósitos bancários. A operadora levou dois dias a mais do que o prometido para instalar a linha telefônica e os computadores, mas até mesmo isso pareceu um pequeno milagre em se tratando de Nova York, uma cidade conhecida por seu passo acelerado exceto, ironicamente, quando se trata de instalar conexão à internet. E então, no final da semana passada, demos o passo que vai transformar nosso negócio virtual em realidade. Colocamos um discreto anúncio na última página do *Village Voice*:

> A Agência Veronica procura mulheres atraentes, articuladas, bem-educadas e com mais de 40 anos para trabalho durante meio período. Conhecimento de esportes e finanças recomendável, mas não indispensável.

Já obtivemos mais de uma centena de respostas.

Eu me sento na cadeira ergonômica que meus sócios insistiram em comprar. Quando reclamei do preço, Bill argumentou que a cadeira correta impede que os músculos do pescoço fiquem tensos. E, quando Sienna acrescentou que elas eram uma bênção para a postura — e que nós pareceríamos mais magras se não ficássemos completamente encurvadas numa cadeira ordinária —, ela me convenceu. Estou prestes a ligar para as candidatas quando me dou conta de que não tenho ideia do que devo dizer. Não quero dar muitas informações por telefone, mas também não quero o escritório cheio de mulheres achando que vão ser entrevistadas para trabalhar na biblioteca de um convento.

Bill passa os dedos pelo cabelo, que não está mais tomado por tufos desgovernados. Não sei se, como alguns dizem, o amor é capaz de milagres, mas no mínimo parece ter dominado os redemoinhos de Bill.

— Diga que é para um serviço de acompanhantes — diz ele, parado atrás de Sienna e massageando os ombros dela apaixonadamente. — Mulheres charmosas, gentis, bem-vestidas e que desejem passear pela cidade com um homem atraente.

❧❧❧

Francamente, considerando a descrição da vaga, eu me surpreendi que metade das associadas do eHarmony não tenha aparecido. Três dias depois, começamos a avaliar as mulheres e a solicitar que enviassem suas fotos por e-mail. Agora, o escritório está lotado de possíveis candidatas.

Olho ao redor da sala. As 35 cadeiras dobráveis que pegamos emprestadas com o zelador não serão suficientes, penso enquanto vejo aquelas mulheres de todos os tipos e tamanhos — altas, baixas, de nariz arrebitado e com as maçãs do rosto proeminentes — disputando um lugar para sentar. Elas sacam balinhas de hortelã, potinhos de gloss e batons vermelhos, enquanto se perguntam o que fazer com os casacos — se dobram sobre o colo ou penduram no encosto da cadeira. Uma ruiva na primeira fila despe um casaco de pele de coelho falsa e o coloca embolado sob a cadeira. O casaco encosta na candidata de trás, que solta um berro horripilante:

— Um rato, um rato! — grita, correndo pela sala.

— Sempre funciona — murmura a ruiva, e, como sua possível empregadora, tento decidir se sua astúcia é um pró ou um contra.

Bill inicia a reunião e passa a palavra para mim. Sienna está trabalhando de casa, e, como uma medida de segurança adicional, usamos codinomes. Como somos a Agência Veronica, Bill e Sienna decidiram se chamar Archie e Veronica, igual aos personagens dos quadrinhos criados nos anos 1940. Eles sugeriram que eu poderia me chamar Betty, a amiga impassível e muito menos glamorosa. Mas depois de anos como Truman, eu mesma vou escolher meu nome, obrigada.

Coloco-me na frente da sala.

— Boa tarde, senhoras, muito obrigada por comparecerem — digo no mesmo tom usado dezenas de vezes na presidência do comitê de organização de eventos. — Eu me chamo Anna Bovary.

Admito que foi uma escolha incomum. Mas o que posso fazer se minhas personagens preferidas são Anna Karenina e Madame Bovary?

Uma mulher magricela segurando uma bolsa de couro de jacaré na primeira fila leva a mão até a boca e reprime uma risada. Mas a referência literária passa despercebida do restante da plateia, que me inunda de perguntas sobre o salário, quantas mulheres vamos contratar e, ah, claro, o que exatamente elas vão ter que fazer.

Ensaiei essa parte durante dias e dias.

— Somos uma agência de acompanhantes muito exclusiva — digo, encarando o mar de rostos. — Estamos procurando por mulheres especiais que combinem com nossos clientes. Empresários de sucesso que passam tempo demais no trabalho e que precisam de ajuda para relaxar.

— Relaxar? Isso é algum eufemismo para bater uma punheta? — pergunta uma loura de peitos fartos sem rodeios, e meia dúzia de mulheres se apressa para fora do escritório, inventando desculpas.

— Você sabe onde fica o Al-Anon? Ou qualquer outro programa de 12 passos para alcoólicos? — pergunta uma morena, quase tropeçando.

— *Yo no hables inglés* — balbucia uma que parece irlandesa.

— Está tudo bem — fala Bill, suavemente. — É para isso que estamos aqui hoje, para ver qual de vocês combinaria conosco e vice-versa. Nós imaginamos que nossos clientes desejem conhecer nossas funcionárias de forma mais íntima, mas vocês não terão que ficar com ninguém que não queiram. No entanto, eu conheço todos os homens pessoalmente e acho que vocês irão gostar da companhia deles. O salário é excelente, e esperamos ajudá-las a desenvolver um relacionamento sério, e não de uma noite apenas.

— Anna — uma voz soa no fundo da sala, e eu levo um tempo para perceber que se dirige a mim —, estou um pouco confusa. O anúncio dizia que vocês estão procurando mulheres com mais de 40 anos. Eu achava que esse tipo de emprego era para mulheres mais jovens.

— Estamos procurando mulheres com personalidade e experiência — diz Bill. — Nossos clientes são o tipo de homem que aprecia um bom vinho...

— Meu ex-marido sempre me disse que para sair comigo só mesmo com muito vinho — diz a ruiva da pele de coelho falsa, que se apresenta como Lucy.

— E o meu disse que ninguém mais iria me querer — acrescenta baixinho uma bela mulher no fundo da sala, chamada Rochelle.

— Mostre para ele! — diz Lucy, encorajando-a. — Esqueça esse canalha. Ele já era.

— Nós vamos ter que dormir com esses homens? — pergunta alguém.

— Fala sério, nós vamos *poder* dormir com esses homens? — Patricia, a candidata da bolsa de jacaré, interrompe, arrancando sonoras gargalhadas.

Uma a uma, pedimos que se encaminhem para uma entrevista em particular na sala ao lado. Bill e eu respondemos às perguntas e ranqueamos cada candidata de acordo com seu PAB — personalidade, atitude e beleza.

Eliminamos uma com um forte sotaque do sul de Nova York e outra que pediu adiantamento de salário para "botar peito". Não acho que seja uma boa ideia dar dinheiro a uma funcionária que ainda não trabalhou por ele. Ou — a menos que estejamos dispostos a arrumar uma clientela um pouco diferente — contratar uma acompanhante que vai gastar um mês de salário em curativos. Uma candidata potencialmente promissora tem os olhos vermelhos e lacrimosos, o que ela diz ser uma condição permanente.

— Dá para acreditar? Eu usei colírio todos os dias por quase um ano e agora estou tendo um efeito colateral. Não importa o que faça, meus olhos não voltam ao normal. Quem diria — murmura ela, lamentando-se, vestindo o casaco e agradecendo por nosso tempo —, é possível abandonar a heroína, mas não um inofensivo colírio.

Ao final da tarde, contratamos dez mulheres atraentes e educadas que estou ansiosa por conhecer melhor, como a magricela Patricia, uma gerente financeira desempregada, com MBA feito no melhor curso de finanças do país, e Rochelle, a recém-divorciada cujo marido a chamou de indesejável, mas que, na verdade, é uma fã ardorosa do Knicks e usa sutiã 44. E também contratamos Lucy, a do casaco de coelho. Ela parece saber trabalhar em equipe, e eu admiro sua coragem.

Assim que nossas novas funcionárias deixam o escritório, Bill se desculpa e diz que precisa correr para uma reunião com um cliente. Enquanto estivermos operando no escuro, ele pretende manter seu emprego principal.

— Foi um ótimo começo — diz ele. — Mal posso esperar para contar para Sienna hoje à noite.

— Dê-lhe um abraço por mim, tá? E diga que fiquei muito triste por ela não poder estar aqui hoje. Trabalhar com ela é a melhor parte da história.

— Eu sei, mas é preciso ter cuidado. Além do mais, ela está encarregada de manter o registro dos clientes, os contatos, números de cartão de crédito, passatempos preferidos, alergias, gostos... Além de monitorar quanto está sendo pago às acompanhantes. Vai ter muito que fazer.

— É verdade, mas Sienna não é do tipo que aceita o papel de coadjuvante em nada — comento, pensando como minha melhor amiga passou uma vida sob os holofotes, e imaginando como ela vai se adaptar aos bastidores.

Bill ri e diz que não preciso me preocupar.

— Está tudo sob controle — diz ele, me dando um beijo leve no rosto e seguindo para a porta de entrada. — Não fique procurando cabelo em ovo.

De volta ao apartamento, tudo parece sob controle também — sob o controle de Tiffany Glass. Enquanto o escritório novo e o

115

depósito estão em obras, Tiffany e Peter se instalaram em nosso apartamento. Eu já estava começando a me acostumar com o ambiente tranquilo de nossa sala de estar, livre de quinquilharias graças ao eBay, quando as caixas, catálogos e centenas de potes de hidratante facial da BUBB transformaram minha casa num pequeno armazém.

— Onde está todo mundo? — pergunto, surpresa ao ver uma extravagante orquídea na mesa do hall de entrada e seguindo os sons de risada que cruzam o apartamento, vindos de meu quarto. Uma faixa de luz sai da porta entreaberta do banheiro. O mesmo banheiro que está fora de uso há semanas.

— Tru, você chegou, achei que ia demorar mais algumas horas — diz Peter, inquieto, assim que abro a porta e observo a cena.

O chão de ladrilhos quebrados está artisticamente reformado, a banheira de Carrara que os rapazes tinha se recusado a instalar está, como que por mágica, em seu devido lugar, e Tiffany Glass — em toda a sua glória loura e dourada — está, de forma absolutamente enervante, sentada em minha bancada espelhada, admirando o próprio reflexo.

— Surpresa! — exclama ela, erguendo-se e batendo palmas.

— Quando entrei para usar o banheiro e vi que vocês não tinham uma banheira na suíte principal, decidi que precisava resolver isso *imediatamente*! Eu não podia deixar o Peter vivendo desse jeito. Nem você — acrescenta Tiffany, tentando emendar.. — Não, não, não, não, *não*!

Tiffany tem o entusiasmo desenfreado próprio de um aluno de jardim de infância que está dando de presente um porta-retratos feito de palitos de picolé, embora o presente dela seja muito menos bem-vindo.

— Que gentil — respondo, contraindo os lábios. E por que Tiffany tinha que usar o meu banheiro se podia ter usado o lavabo? E por que diabos ela não parou de brincar no banheiro depois que instalou a banheira? Fico furiosa ao ver que Tiffany trocou meu discreto espelho de aumento por um espelho curvo de 1 metro de altura no qual cada ruga e pé de galinha parecem mais profundos do que a falha geológica da Califórnia. — E o que aconteceu com minhas persianas romanas? — choramingo, caminhando em direção à janela, que já foi elegante, mas, agora, está coberta por uma cortina de bolinhas vermelhas e uma moldura forrada com um tecido de estrelas copiadas dos livros infantis.

— Eu sei, não é lindo? — exclama ela, aproximando-se para brincar com o tecido diáfano. — Tilly e Milly. Elas fizeram o quarto do bebê da Tori Spelling! É um feito e tanto conseguir que façam um banheiro de adultos, mas para mim, bem, vamos apenas dizer que eu ajudei uma delas a resolver um probleminha de acne, mas *nunca* vou revelar qual. Não, não, não, não, *não*! Mas elas me devem! E você *não* precisa me agradecer. Só o seu olhar já compensa.

Eu me viro, e vejo meu reflexo rígido com os lábios cerrados no espelho do tamanho de uma tela de cinema. Ou Tiffany não tem a menor noção e acha que eu realmente gostei da reforma nem um pouco bem-vinda que ela fez no banheiro ou está bancando a loura burra e gostosa para preparar o terreno para o que realmente quer — e eu seria uma idiota de não reparar que isso inclui meu marido de covinhas e olhos azuis. Seja como for, ela é uma adversária à altura. Mas apenas se eu permitir, digo a mim mesma, lembrando minha resolução de não me deixar levar pelas táticas de Tiffany.

— É muito gentil da sua parte. — Caminho até Peter para envolver seus ombros num abraço possessivo. — E acho que eu deveria agradecer pela linda orquídea na entrada também, não é?

— Na verdade, a orquídea foi uma contribuição minha — diz Peter, radiante e aliviado por eu não estar chateada com a reforma, ou melhor, a invasão que sua chefe loura e audaciosa promoveu em meu espaço pessoal.

— Sim, Peter é sempre muito cuidadoso — diz Tiffany, aproximando-se e apertando o queixo dele.

— Sim, ele é! — Reforço meu abraço e dou um beijo em sua bochecha.

Tiffany revida pegando a mão de Peter. Eu deslizo os dedos pelo corpo de meu marido sinuosamente, deixando-os dançar sobre a sua bunda. Ela me encara e reflete sobre seu próximo passo. Sei que estamos no banheiro, mas estou torcendo para que não cheguemos ao ponto de uma de nós erguer uma perna e marcá-lo com o próprio cheiro.

Tiffany, no final das contas, tinha uma estratégia melhor debaixo da cartola. Ou melhor, em cima das sandálias.

— Meu Deus, escorreguei — diz ela, fingindo ter tropeçado no piso novo e caindo sobre Peter, que foge do meu abraço para segurá-la.

Ela envolve os braços no pescoço de Peter e apoia-se em seu corpo, como se sua cintura fina e o amplo tórax dele fossem encaixes de um quebra-cabeça.

— Meu herói! — grita, e meu marido fica vermelho.

— Ah, não, não, não, não, *não*! — Peter ecoa a marca registrada de Tiffany, e os dois caem na gargalhada.

Por um momento, não posso me mexer, não sei o que fazer.

Eu podia acertar a cabeça de Tiffany com um pote de hidratante facial BUBB e ver se ela é capaz de permanecer em pé. (Como se *esta* fosse a verdadeira questão.) Ou podia dar um chute em uma de suas bem-torneadas canelas e aleijá-la de uma vez. Em vez disso, limpo a garganta e me coloco entre eles.

— Certo — digo, juntando meu braço ao de Tiffany e conduzindo-a para fora do banheiro. — Vamos levá-la de volta ao seu apartamento e colocar esses pés para cima.

— Eu carrego — diz Peter, gentil, e, embora eu concorde, insisto em acompanhá-los.

Em seu apartamento, Tiffany finge mancar até o divã de chenile cor-de-rosa. Assim que ela percebe que não vou embora sem Peter, diz que não devemos nos preocupar.

— Voltem para casa, para a sua família — diz ela, dramaticamente. — Eu vou ficar bem aqui sozinha. Estou acostumada a ficar só. Mesmo se meu tornozelo estiver deslocado ou até fraturado.

— Então tá, tchau, cuide-se — digo, arrastando Peter. E então, estupidamente, acrescento: — Qualquer coisa que precisar, é só avisar.

Malditas aulas de judaísmo! Cinquenta e duas vezes por ano, durante sete anos, eu ouvi que a Torá nos manda ajudar nossos vizinhos — além de que ela nos proíbe de matá-los.

— Bem, já que você falou, Tru, acho que preciso de um pouquinho de gelo. E talvez de algumas revistas. Ah, e tem um cobertor fofinho na prateleira de cima do meu closet que me deixaria muito mais confortável.

— Tudo bem, eu pego — diz Peter, que, ao contrário de Tiffany e sua distração fingida, é capaz de ler meu rosto e sabe que estou perdendo a paciência.

Momentos depois, Peter volta com os itens de Tiffany. Coloco o saco de gelo sem cerimônia no pé dela, enrolo o cobertor apertado como se fosse uma múmia egípcia, mal deixando espaço para que ela se mova, e deixo uma *US Weekly* sobre seu peito, a 5 centímetros do nariz. Tiffany me agradece superficialmente. Mas é claro que ela não deixa escapar a chance de se derramar mais uma vez sobre Peter:

— Se você não tivesse me segurado, eu não sei *o que* eu teria feito! — choraminga.

— Não tem de quê, madame — diz Peter, curvando-se num cumprimento formal. E então ele promete ligar mais tarde para saber como ela está.

Deixamos o apartamento e caminhamos em silêncio até o elevador. Minha boca está franzida e meus braços estão soltos ao longo do corpo. Peter sorri e pega minha mão.

— Eu sei, eu sei, eu sei — diz ele com um risinho. — Não precisa dizer. Tiffany *é* um pouco exagerada. Você odiou o banheiro, não é?

— A-ham — respondo, enquanto entramos no elevador e aperto o botão da cobertura. — E aquela coisa no pé dela, não foi um movimento muito original.

— Tiffany pode flertar um pouco, às vezes — observa Peter, num cúmulo de eufemismo. Em seguida, ele vai me dizer que Henrique VIII tinha problemas de compromisso.

Ergo uma sobrancelha.

— Tá, Tiffany às vezes flerta demais. Mas é o jeito dela. E, apesar da aparência, ela é uma excelente mulher de negócios.

— Talvez seja por causa da aparência — respondo, atrevida.

Peter olha em meus olhos e segura meu queixo com as mãos.

— Você sabe que não precisa se preocupar, não é, meu amor? Eu sou seu, todo seu. Embora tenha sido excitante quando vocês duas ficaram me disputando.

Disputando? Antes que eu tenha a oportunidade de me fazer de inocente e dizer que não faço ideia do que ele está falando — ou que eu nocautearia Tiffany Glass antes que ela chegasse perto dele —, Peter pisca de forma suspeita. Ele joga o casaco sobre a câmera de segurança e aperta o botão de parar no painel do elevador. Em segundos, o elevador freia num baque.

— O quê? — pergunto, enquanto Peter me pressiona contra a parede e me beija com força, me impedindo de falar e até de... pensar.

— Ainda bem que o condomínio nunca instalou aquele elevador novo — comenta ele, esfregando os lábios nos meus. — O que era cheio de alarmes.

E então, ele tira meu suéter e avança faminto sobre meus seios.

Dez
Novidades no coração

Feito duas adolescentes experimentando o primeiro absorvente íntimo, Sienna e eu estamos sentadas de pernas cruzadas sobre o tapete de zebra da sala de estar do apartamento dela, tentando descobrir como se usa o Lumigan que ela conseguiu com o oftalmologista.

— Por que você não insistiu para ele lhe passar uma receita de Latisse? — pergunto, fechando a tampa do frasco e tentando entender por que Sienna não comprou a versão produto de beleza do novo acentuador de cílios em vez do remédio para glaucoma do qual ele é derivado.

— Porque só estará à venda em dezembro. Além do mais, estamos trabalhando com um orçamento limitado, lembra? — diz Sienna, piscando as pestanas, que acho lindas. — O remédio de glaucoma sai pela metade do preço.

— Interessante. Então o consumidor só está disposto a pagar um certo preço para se proteger da cegueira, mas o céu é o limite quando se trata de cílios longos, grossos e que não precisem de rímel?

— E isso é alguma surpresa? — Sienna ri. — Surpresa vai ser se isso realmente funcionar. — E ela se vira para o laptop à procura de instruções no Google.

Bill passa pela sala com uma xícara de café e um exemplar do *Wall Street Journal* e se abaixa para beijar Sienna.

— Vejo você às duas da tarde, Tru? — pergunta Bill, confirmando nossa ida ao shopping com as novas funcionárias da Agência Veronica para comprar roupas de trabalho.

E, então, ele coloca sua xícara — sem um porta-copo — sobre a estimada mesinha de centro Noguchi e se dirige à porta.

Desde que começou a sair com Sienna, Bill parece feliz e relaxado, e, eu juro, até mudou a postura. Quanto a Sienna, ela está radiante. E por que não? Bom sexo é melhor para a pele do que a loção de cenoura e gergelim mais cara do mercado. Mais do que isso, ela parece não se importar que a mais perfeita ordem e simetria de sua sala de estar tenha sido perturbada por esta xícara de café errante — ou por este homem.

— Parece que está dando certo — digo, dobrando o tapete de zebra para dar três batidinhas no piso de madeira clara. Sienna dá de ombros.

— Vamos ver. Meu relacionamento íntimo mais longo até hoje é com a mulher que faz minha limpeza de cólon. — Sienna pega a xícara e eu a sigo até a cozinha, onde ela se ocupa em passar um pano sobre uma bancada absolutamente limpa. — Mas eu vou falar uma coisa sobre o Bill — acrescenta ela, espremendo o pano com as duas mãos e deixando o sabão escorrer sobre a bancada, com um largo sorriso no rosto. — O sexo tem sido fantástico.

— O meu também. — Eu estava esperando a manhã inteira por uma oportunidade para contar sobre minha apimentada aventura no elevador com o mesmo homem que me levou ao altar há vinte anos. — Peter estava investindo dentro de mim. O elevador começou a balançar e eu passei o tempo todo morrendo de medo de que os cabos arrebentassem ou que as portas abrissem e alguém visse a gente! — Sinto meu rosto ruborizar e cubro a boca com as mãos. — Foi o máximo.

— Sexo no elevador? Você e Peter? Feito *Atração fatal*?

— Bem, foi deliciosamente ilícito, mas eu não vou acabar cozinhando coelhinhos. — Sorrio.

— Com um simples molho sauté, quem sabe? Eu achava que esse tipo de coisa só acontecia conosco, as solteiras. O contrato de casamento não vem com uma cláusula trocando paixão por segurança? Não parece muito justo que você possa ficar com as duas.

— Eu sei, quero dizer, foi do nada, não consigo imaginar o que deu em Peter. — Embora uma explicação lógica tenha me perseguido a noite toda. — Você não acha que Tiffany tenha sido o estopim, acha? — pergunto, ansiosa.

— O quê? Claro que não — responde Sienna, largando a esponja.

— Bem, Tiffany não tirava as mãos do Peter, e, sem dúvida, ele estava gostando da atenção. E meu marido e aquela mulher passam horas juntos todos os dias, enfurnados naquele apartamento até as meninas chegarem do colégio.

— E daí? Foi você que o Peter... Bem, *qual* seria a palavra certa? Atacou? Violentou?

— *Abusou* é o que Naomi diria. Mas, de verdade, você acha que a paixão ardente de Peter por mim foi só desejo por Tiffany?

— Claro que não — exclama Sienna com firmeza, porque, mesmo que ela acredite no contrário, o que mais ela poderia falar? — Você é sexy, bonita e desejável, e o seu marido *abusou* de você lascivamente no elevador. Aquela outra? A idiota da Tiffany? Esqueça. Não fique procurando cabelo em ovo.

Sienna tem razão: não tenho nada a ganhar fantasiando sobre Peter fantasiando sobre Tiffany Glass. Embora eu realmente adoraria saber como ela acabou no meu banheiro, que só tem passagem pelo meu quarto, aliás. Ainda assim, neste momento, outra imagem, mais prazerosa, está se formando em minha mente — Sienna e Bill montando uma aconchegante casa juntos. Porque, quer ela perceba ou não, algo absolutamente sísmico está para acontecer com minha melhor amiga.

— Agora há pouco, quando você disse "Não fique procurando cabelo em ovo", você sabia que o Bill também fala isso? — E dou uma gargalhada. — Melhor abrir o olho, senhora "Eu nunca vou me casar" Post. Esse cara está conquistando você muito mais do que você é capaz de imaginar.

Foi Patricia, nossa gerente financeira, quem sugeriu que passássemos na Madison Avenue para conferir a liquidação de lingeries no Lower East Side. Meus pais costumavam me levar lá todos os domingos quando eu era criança, mas, ao sair do metrô e encontrar Bill e as novas funcionárias para nossa excursão de compras, percebo que uma nova leva de imigrantes — uma que está na moda — chegou ao local. Apartamentos com varandas, novíssimos, se apertam entre os prédios da virada do século. Lojinhas simpáticas de designers e boates brotaram pelas estreitas ruas feito mato nascendo no cimento. Minha caminhada ao longo da Orchard Street se transforma em um passeio nostálgico quando passo pela loja em que costumava comprar balas de 1 centavo e que agora vende velas de 40 dólares, e alguns números depois do Russ & Daughters (aonde meu pai sempre ia para o "melhor" esturjão) vejo o Landmark Sunshine Cinema, tão sofisticado que promove até estreias com tapete vermelho. Ainda assim, fico feliz ao descobrir que a loja de lingerie indicada por Patricia é uma das últimas no estilo das antigas lojas de roupas íntimas. O tipo de estabelecimento que me lembro de frequentar com Naomi.

Assim que nosso pequeno grupo entra na loja, um homem, que se apresenta como Morris, surge atrás de um balcão de madeira. Ele está usando uma camiseta que já foi branca mas está amarelada pelo uso, suspensórios e um solidéu — tão sexy quanto um carro dos anos 1980. Mas ele conhece suas lingeries. E suas clientes. Morris tira nossas medidas e combina cada uma com seu "par perfeito".

Patricia leva um sutiã azul-escuro de aro e fita. Para Rochelle, Morris escolhe um bustiê de alças cruzadas e cristais Swarovski no bojo.

— Uma ótima peça, traz muita felicidade. — Morris suspira, enquanto Rochelle volta sorrindo do provador.

— Talvez você possa indicar algo para mim! — Georgy, uma loura magrinha, se aproxima e pergunta: — Será que você tem aquela meia-calça que esconde a celulite?

Morris ri e diz: — Meu bem, um furinho aqui e outro ali, quem se importa? Só as mulheres ligam para celulite, os homens não. Se você usar um conjuntinho preto com uma camisola transparente na altura da coxa, eu prometo, homem nenhum vai ser capaz de resistir.

Escolho uma delicada camisola de seda amassada. Tinha prometido a mim mesma que depois da festa beneficente iria comprar uma lingerie, mas, de lá para cá, aconteceram tantas coisas que não tive tempo. Ainda assim, agora que Peter e eu estamos fazendo sexo no elevador — e Tiffany Glass está solta por aí —, preciso oferecer o melhor que posso para justificar a vontade de meu marido de tirar minhas roupas. E uma camisola sensual vai me colocar mais no clima também. Uma camisola de seda deixa você com mais vontade de dar em cima do seu maridinho. Diferente dessas calças de moletom com camiseta que acabei me habituando a usar e que são muito melhores para atacar o banheiro com um esfregão e uma escova.

Morris embrulha nossas compras, e Bill paga a conta com o cartão de crédito.

— Vocês podem me pagar depois que começarem a trabalhar — ele garante a elas. — Sem pressa. — Com um salário de 1.500 dólares a hora, nossas funcionárias estarão ganhando mais do que algumas modelos de passarela, e, de acordo com a pesquisa de Bill, os clientes gostam de vê-las se despindo. — Eu conhe-ço alguns caras que a primeira vez na vida em que viram uma mulher pelada usando meia arrastão ou algum tipo de calcinha com babado foi na *Playboy*; é o meu caso, inclusive — diz Bill, nostálgico. E então, ele pega um lindo sutiã bordado para Sienna e um corpete com transparências.

— Isso foi muito melhor do que quando eu saí para comprar meu primeiro sutiã — digo com uma risada assim que saímos da loja. — Na época, a vendedora gritou o mais alto que pôde, como se estivesse anunciando o ganhador do bingo: "Tamanho 36, bojo pequeno. Eles ainda fazem bojo pequeno?" Acho que meu peito encolheu uns 7 centímetros, junto com a minha autoestima.

— Ah, meu bem — diz Lucy rindo —, isso não é nada. Imagi-na o que é ser tamanho 34, bojo pequeno. Até o meu irmão tinha mamilos maiores do que os meus.

Bill se afasta do grupo. Ou estamos começando a deixá-lo envergonhado ou ele realmente precisa voltar para o escritório de advocacia. O restante de nós — que se dane a acidez esto-macal — segue para a Katz's Delicatessen, o restaurante de Meg Ryan e seu falso orgasmo em *Harry e Sally*. Bill Clinton também já comeu lá — mas depois das quatro pontes de safena o geren-te resolveu tirar a foto dele do mural. Porém, quando passamos diante de uma vitrine aparentemente inocente, Patricia sugere um desvio para mais algumas compras antes do almoço.

— Brinquedos da Babeland? Eu adorava fazer compras para as meninas quando elas eram pequenas — digo, nostalgicamen-te, enquanto Patricia abre a porta.

— Tru, meu bem, esses não são o tipo de brinquedos que uma mãe compraria — comenta Patricia, pegando um vibrador de acrílico muito grande e muito roxo.

Fico vermelha, e ela me passa um modelo rosa-claro um pou-co menor e menos espalhafatoso.

Se não for visto de perto, o lugar iluminado e cheio de pra-teleiras com artigos coloridos pode ser facilmente confundido com uma loja de brinquedos infantis. Uma adolescente mexe em um massageador de clitóris cuja embalagem diz MELHOR DO QUE CHOCOLATE. Uma senhora que já poderia ser avó, usando sandálias Crocs, pergunta sobre "um anel peniano vibratório, recarregável, claro... não queremos que a pilha acabe num momento crucial", ela completa com uma piscadela. Se eu não soubesse das coisas, acharia que ela estava comprando uma cabeça de, hum, alho.

Georgy pega uma tira de bolinhas azuis e começa a enrolar no pescoço. Lucy se aproxima e explica que as bolinhas graduadas são usadas um pouco mais embaixo e que, na verdade, são inseridas dentro do seu corpo.

— Ui, acho que sei do que você está falando, só não quero pensar nisso — diz Georgy, largando a tira feito uma batata.

Patricia recomenda que todas comprem uma loção Rocket Balm.

— Deixa o pênis mais sensível. Ele vai ter o orgasmo do século, o que significa uma gorjeta maior.

Mas eu estou mais intrigada com um brinquedo que tem o famoso selo de aprovação da Boa Dona de Casa.

— Eu adoro o Naughtibod! — comenta uma jovem vendedora que me viu olhando para o vibrador. — Você pode ligar ele no iPod ou num CD player e ele pulsa com a música. Gosto de usá-lo com a "Abertura" de *Guilherme Tell*.

— Hum, música para acompanhar um vibrador? Que tal "My Boyfriend's Back"? — Eu rio.

Fico indecisa por alguns minutos, mas, quando a vendedora diz que colocará minhas compras numa embalagem de papel marrom, pego o Naughtibod e um pequeno pote de Rocket Balm para usar com a camisola sexy. Com certeza este não é o mesmo bairro em que meus pais me traziam. Mas também eu não sou mais a mesma menina que meus pais costumavam levar para passear.

— Postura! — repreendo Sienna com bom humor assim que entro no escritório e a encontro encurvada em sua cadeira ergonômica, debruçada sobre a escrivaninha. Coloco as sacolas recheadas de lingeries exóticas e brinquedos sobre minha perfeitamente funcional mesa da IKEA, tiro os sapatos e caminho descalça até a cozinha, que Sienna deveria ter suprido de bebidas e petiscos. Abro a porta da geladeira.

— Nem um refrigerante? — pergunto, observando que os armários também estão vazios.

— Não tive tempo de ir ao supermercado — responde ela, no limite da provocação.

— Tudo bem, acho que já comi o suficiente por hoje — balbucio, ainda animada pela agitação da tarde. — Depois do Katz's, encontramos uma lojinha de doces. E Lucy, você lembra, a moça bonita que foi à entrevista com um casaco de coelho...?

— Deve ter sido ótimo — comenta Sienna, me interrompendo. — Passei o dia atendendo o telefone, devolvendo as cadeiras dobráveis e tentando decifrar essa porcaria de sistema de contabilidade. Como foi que eu acabei ficando com essa tarefa? Não sou capaz nem de controlar meu talão de cheques. — Ela puxa uma sacola e pega o vibrador musical. — Mas fico feliz de ver que sua tarde foi proveitosa.

— Bill comprou uma coisa para você também. Duas coisas, aliás. São lindas, ele vai fazer uma surpresa hoje à noite — digo, parada ao lado da cadeira de Sienna e passando a mão por suas costas. — Dia difícil?

— Acho que sim. — Ela dá de ombros.

Sienna empurra uma pequena pilha de papéis para o canto da mesa com a borracha de seu lápis até que eles caem no chão. E então ela suspira, e nós duas nos abaixamos para recolher.

— Me desculpe. Estou acostumada a ficar na redação, histórias chegando, pessoas correndo o dia inteiro. É um pouco estranho, de repente, ficar de lado. Acho que estou sofrendo as dores da redescoberta.

— Ei, mudar de carreira, abrir um negócio e se apaixonar pela primeira vez em trocentos anos têm que fazer seu coração bater acelerado.

— Se apaixonar? Quem mencionou qualquer coisa sobre se apaixonar? — pergunta Sienna, determinada. Mas ela mal pode evitar que seus lábios se curvem num leve sorriso. — Vamos chamar de "gostar", está bem? Assim, quando acabar, eu não vou me sentir tão mal.

— Tudo bem, "amar", "gostar", não vou dizer nada que amedronte você. Embora eu ache que Bill não seja de se jogar fora. Mas, para falar a verdade, também tenho me sentido um pouco agitada esses dias. É muita mudança. Peter trabalhando com aquela ridícula da Tiffany Glass faz com que ela passe tanto tempo em nossa casa que chego a pensar em cobrar aluguel. É claro, ela está pagando o financiamento, o que talvez faça com que se comporte como se fosse a dona do pedaço.

— Não se preocupe, a reforma do escritório dela tem que acabar algum dia. Até o Taj Mahal só levou vinte anos para ser construído. Além do mais, você vai ser capaz de pagar tudo sozinha muito em breve. Começamos a trabalhar com os clientes em alguns dias.

— Eu sei, tenho pensado sobre isso. — Minha voz diminui até quase um suspiro. — Não quero mandar vibrações negativas para o universo. Mas você tem medo de que alguma coisa, sabe, dê errado? Como alguém descobrir que tipo de negócio a Agência Veronica realmente promove, e a gente acabar na cadeia?

— Não, Bill é muito cuidadoso. Ele conhece todos os clientes pessoalmente. — Sienna balança a cabeça.

— Bom, vamos nos certificar de que nenhum deles vai dar o nosso número para o Charlie Sheen. Ou o Eliot Spitzer.

— Fechado. Aliás, acabo de me lembrar, talvez você não se importe de dar o próprio número para o marido, não é? Recebi duas ligações dele hoje querendo saber onde você estava. Parece que era importante. Não vá me dizer que você esqueceu de carregar o telefone de novo!

— Droga!

Procuro o Nokia vermelho dentro da bolsa, e, de fato, ele está sem bateria. Sienna ri da minha total desconsideração por todas as coisas eletrônicas e me passa o BlackBerry, que nunca está mais de 1 centímetro longe de seus dedos.

Enquanto teclo o número de Peter, penso nas desculpas para justificar a razão de ficar fora o dia inteiro. Adoraria dizer que categoricamente odeio mentir para meu marido, que isso é horrível e que vou parar assim que puder. Mas toda a minha vida sempre girou em torno de Peter e das meninas, e ter uma "vida secreta" — uma em que sou uma mulher de negócios com um projeto só meu e na qual ninguém me conhece como a "mulher do Peter" ou a "mãe da Paige e da Molly" — está se revelando surpreendentemente gratificante. Além do mais, quanto exatamente sei sobre o que Peter anda fazendo atualmente? Quanto eu jamais soube? Meu marido ficou sem emprego durante três meses inteiros e eu nem sequer desconfiei. Talvez seja por isso que eu esteja escondendo isto de Peter, para me vingar e provar que ele não é o único que pode ter uma vida dupla. Além do mais, não estou exatamente mentindo para ele sobre ter um negócio... Se meu marido me perguntar "Tru, você está mantendo uma agência de acompanhantes?", eu já prometi a mim mesma que vou responder que sim. Mas até lá, ou até que eu esteja pronta, simplesmente prefiro não mencionar determinadas coisas.

Peter atende no segundo toque, e, antes que ele consiga dizer qualquer coisa, já estou tagarelando uma explicação.

— Desculpe pelo sumiço, esqueci de carregar o telefone de novo. Ainda bem que meu cérebro não precisa de pilha ou minha cabeça estaria constantemente apitando, feito um desses aparelhos que estão no final da bateria. De qualquer forma — digo, tentando manter a história simples, de modo a não ser pega em minha própria mentira —, já estou com Sienna agora. Estava fazendo compras. Comprei um...

Peter desiste de esperar uma pausa e me interrompe com o motivo da ligação:

— Tru, estou no hospital Mount Sinai. Você precisa vir para cá agora. Naomi teve um infarto.

༄

— Infarto, mãe — repito entorpecida, enquanto Sienna e eu praticamente atropelamos uma mulher com duas crianças para pegar um táxi.

— Emergência — diz Sienna, e o taxista pisa fundo no caminho até o hospital.

Tendo assistido a todos os seriados de TV sobre o mundo médico, de *Doogie Howser* a *House*, eu achava que sabia como seria uma emergência, mas estava errada. Em vez do passo apressado que prende a atenção dos telespectadores, na vida real, a área de espera do hospital é dominada por uma nuvem de resignação letárgica, sem nenhum George Clooney ou um Hugh Laurie à vista. Pacientes de olhar vazio se desmoronam sobre cadeiras de metal aparafusadas ao chão. (Não que alguém pareça remotamente disposto a roubá-las.) Crianças respiram com dificuldade, pessoas apertam a cabeça e a barriga, além dos muitos narizes escorrendo, o suficiente para fazer a fábrica de lenço de papel Kleenex parecer um bom investimento, se é que isso seja possível nos dias de hoje.

Sou a única pessoa na fila para ser atendida pela enfermeira do balcão de informações. No entanto, ela se recusa a desviar o olhar de seus papéis.

— É uma emergência. Naomi, F-I-N-K-L-E... — começo a soletrar o sobrenome de minha mãe depois de dizê-lo duas vezes e não obter qualquer resposta.

— Sim, senhora, todos são emergências. É por isso que este lugar se chama sala de *emergências* — responde ela secamente, ainda se recusando a estabelecer contato visual e falando com a própria mesa, cheia de formulários.

Estou a ponto de ameaçar chamar a enfermeira-chefe, o chefe do hospital ou o chefe da CNN quando Paige e Molly aparecem correndo. E, com elas, Brandon Marsh.

— Sra. Newman, sua mãe está bem — diz Brandon. Seu tom de voz indicando que está tudo sob controle deveria ser tranquilizador, mas francamente, vindo de Brandon, não posso evitar ouvir um quê de arrogância.

Molly se aproxima e me dá um beijo.

— Ela está bem, mãe, de verdade. O médico disse que o infarto de Naomi foi brando, mais como um aviso.

Paige me puxa pela mão, e os três me guiam junto com Sienna por um labirinto de corredores para que eu possa ver com os próprios olhos.

Minha mãe, que Deus a abençoe — o que, obviamente, já fez —, está deitada numa maca estreita. Está recebendo alimentação intravenosa, um fino tubo azul de oxigênio preso em volta das orelhas segue até as narinas, e uma série de eletrodos em formato de discos presos em seu tórax se liga a um aparelho de eletrocardiograma que fica apitando. Naomi parece um estranho experimento científico, porém com as unhas bem-feitas. Ela ergue um pouco a cabeça e nos chama para perto — onde já está rodeada por Peter, Dr. Barasch e Tiffany Glass.

— O Dalai Lama não pôde vir. — Ela abre um sorriso débil, esforçando-se para conseguir falar mais alto do que um sussurro. — Mas todos os meus outros amores vieram. Vieram feito pintinhos.

— Pintinhos não, meu bem — diz o Dr. Barasch, nervoso. — Família.

— Pintinhos, família, todos vieram. Menos você, Tru. Você está um pouco atrasada — Naomi me repreende.

— Agora ela está aqui — afirma Peter, pegando minha mão e colocando-a sobre a de Naomi.

Não tenho ideia de quando Tiffany ou Brandon viraram "família". Mas agora não é hora de discutir ancestralidade. Naomi parece exausta. Sua pele naturalmente corada está pálida, e não estou acostumada a ver minha mãe, sempre em movimento, deitada tranquilamente sobre uma cama. Mas ela está lúcida (para não falar de reclamona), e, pela expressão no rosto das pessoas, vai ficar bem. Ainda assim, sinto meus olhos marejados.

— Mãe, o que aconteceu? Você tem certeza de que vai ficar bem? — Peter se posiciona atrás de mim e coloca as mãos sobre meus ombros.

— Nós estávamos na aula de fisiculturismo — conta o Dr. Barasch, mas seus olhos se enchem de lágrimas e ele os limpa.

— Sua mãe estava no supino reto — diz Tiffany —, supino reto *simétrico*, não é, Naomi? Para não ficar com um lado do corpo maior do que o outro.

— Isso, bíceps — murmura Naomi, exibindo um muque com o braço esquerdo.

— Naomi sentiu uma dorzinha no peito, que começou a aumentar. E estava com dificuldade para respirar. Eu liguei para a emergência — acrescenta o Dr. Barasch. — Na ambulância, puseram aquela pílula de nitroglicerina debaixo da língua dela.

— Ela já tomou aspirina e betabloqueadores, e o médico disse que pelo eletrocardiograma não houve dano grave no coração — comunica Brandon com a eficiência de um atento residente dos seriados de TV. Parece que, a qualquer momento, pode brotar um estetoscópio nele.

Molly se aproxima e passa a mão na testa de Naomi.

— Isso é muito bom, vovó.

Naomi, que estava quase dormindo, de repente, arregala os olhos.

— Do que você acabou de me chamar?

— *"Vó-glamour"*, Molly chamou você de "vó-glamour", um apelido para *glamorosa* — diz Brandon, sem perder tempo e marcando um grande ponto. — Igual à Goldie Hawn. Só que *mais* glamorosa. — Ele está entre Paige e Molly, segurando as mãos de cada uma.

— Mais glamorosa do que a Goldie Hawn, acho que posso viver com isso. — Naomi sorri, virando-se para as netas. — Gostei desse Brandon — e acrescenta, numa provocação: — Qual de vocês vai ser a namorada dele?

Esta é a minha mãe: você pode diminuir o compasso do seu coração, mas não o de sua língua. Talvez eu devesse achar reconfortante que nem mesmo um contato leve com a morte possa amansar seu gosto por uma intriga. No entanto, neste momento nada parece reconfortante.

Uma enfermeira sisuda entra para verificar o monitor de Naomi e nos expulsa do quarto.

— Isso aqui é um infarto, gente, e não uma festa. Eu não sei quem deixou todos vocês entrarem, mas todo mundo para fora, agora! A Sra. Finklestein vai passar a noite sob observação, e, se tudo correr como imaginamos, amanhã vocês podem buscá-la depois da ronda matinal. Quero dizer, *um* de vocês pode buscá-la. — Eu tento erguer a mão, mas: — Volte amanhã. Melhor se programar para ficar com sua mãe em casa pelos próximos dias.

Sem opção, nos despedimos e deixamos o quarto. Ao sair, Tiffany, que estava com Peter quando ele recebeu a ligação e insistiu em levá-lo até o hospital, diz a Naomi que irá visitá-la em meu apartamento durante a semana.

— Eu estou sempre lá mesmo. Vou levar umas amostras, e a gente pode fazer uma mudança no seu visual.

Enquanto caminhamos pelo corredor, começo a me dar conta da monstruosidade da situação e sentir o sangue voltando para a cabeça. Paro buscando me apoiar na parede e começo a soluçar descontroladamente. Sienna e Peter correm para me confortar.

— Sua mãe é forte como um touro, ela vai ficar bem, querida — diz Sienna, alisando meu braço.

—- Sienna está certa — concorda Peter. Meu marido deve ser o último homem moderno a ainda andar com um lenço. Ele o retira do bolso interno do casaco e carinhosamente limpa meus olhos inchados. — Naomi é uma pessoa que não se deixa abater. Na semana que vem já vai estar de volta ao supino reto, levantando 30 quilos.

— Eu sei, é só que eu nunca pensei, quero dizer, é verdade, Naomi vai sair dessa novinha em folha. Provavelmente vai convencer o cardiologista a fazer o plano de saúde pagar por uma cirurgia de abdome — digo, tentando permanecer forte.

Depois de alguns minutos eu me contenho e me viro para o Dr. Barasch. Ele a ama. Estava com ela quando isso aconteceu. Só então começo a me dar conta do quanto deve ter sido ruim o dia de hoje para ele. Ao vê-lo de pé, sozinho num canto, me aproximo para lhe dar um abraço.

— Sinto muito, deve ter sido assustador. Como posso agradecê-lo? — pergunto, envolvendo-o em meus braços. — Fico tão grata de saber que você estava com ela.

— Bom trabalho, Dr. Barasch — diz Brandon, talvez o aluno do oitavo ano mais confiante (ou petulante) do planeta para dar um tapinha nas costas do diretor do colégio.

Os ombros do Dr. Barasch estão encolhidos, e sua imponente figura agora parece menor, como se os seus ossos tivessem desmoronado, abatidos pelo peso do mundo. Ele se afasta do meu abraço, cobre o rosto com as mãos e começa a chorar.

— Os chineses costumam dizer que, quando você salva a vida de uma pessoa, deve tomar conta dela para sempre. — O Dr. Barasch enfia as mãos nos bolsos e olha para os sapatos. — Eu não vou conseguir, não vou conseguir passar por isso, vi minha mulher... — E então ele se apressa pelo corredor em direção ao grande letreiro vermelho escrito SAÍDA. — Avise a Naomi que sinto muito. Não vou conseguir passar por isso de novo.

Onze

Morte e sexo

Nem mesmo Jay Leno consegue me fazer dormir. Paro por dez minutos numa reprise de *Frasier* e vejo um comercial de pílulas para incontinência urinária em que um grupo de homens num barco a remo está com vontade de ir ao banheiro. (Vocês estão num barco, gente, por que não podem simplesmente se levantar e fazer xixi no lago?) Peter, como sempre, está tão longe na Terra do Sono que nem percebeu que estou tão agitada em nossa cama queen size quanto um inseto preso dentro de um vidro de geleia, ou que, numa tentativa de arrumar companhia para meu sofrimento, já esbarrei "acidentalmente" no tórax dele diversas vezes. Lá pelas duas da manhã, me conformo em passar a noite acordada, visto meu robe e me arrasto até a cozinha. Não que eu vá comer alguma coisa agora, mas não consigo ficar na cama preocupada com o coração de Naomi, que, em menos de 24 horas — e eu não tenho ideia de como vou encontrar palavras para explicar a ela sobre o Dr. Barasch —, sofreu um golpe duplo.

Pego uma caixa de saquinhos de chá na despensa e vejo Molly sentada na mesa redonda da cozinha, folheando mecanicamente as páginas de uma revista de moda. Ela ergue os braços em minha direção e eu me abaixo para um abraço.

— Por que essas coisas acontecem, mãe? — pergunta ela, melancólica.

Olho para a revista, que por acaso está aberta numa página de testes: Certo ou Errado. No entanto, sei que Molly não está se referindo à péssima escolha pela saia-calça de lantejoulas.

— Eu não sei, meu bem, talvez seja uma espécie de aviso.

— Você quer dizer que a vovó deve tomar mais cuidado com a saúde? — Antes que eu possa responder, Molly balança a cabeça. — Mas, olhe só para ela, ela faz tudo certo. Quem cuida melhor de si mesma do que Naomi? Ela faz exercícios, não come porcarias, se ela pode ficar doente... — Sua voz falha.

— ...então seu pai e eu também podemos, é isso?

— Por aí, acho.

Tiro uma mecha ondulada de cabelos da frente dos olhos dela.

— Seu pai e eu vamos viver por muito, muito tempo ainda. Tempo suficiente para ver nossas filhas se formarem na faculdade e se casarem, e também para estragar nossos netos.

Molly me olha de lado e franze a boca.

— Mãe, você não pode ter certeza, você não pode saber que vai fazer tudo isso. Como qualquer um de nós pode?

Aperto-a junto a mim. Quando as meninas eram pequenas, achavam que eu tinha uma espécie de força mágica telepática maternal que me avisava quando elas tinham se comportado mal na creche e, mais importante, que garantia a segurança delas quando estávamos separadas. Mas minhas bebês não são mais bebês. Agora, elas sabem que sou apenas uma mortal que não pode ver o futuro e que não tem um olho na nuca. No entanto, espero que também saibam que eu me jogaria debaixo de um ônibus para protegê-las. E que sempre vou fazer o possível para acalmá-las.

— Você tem razão, meu bem, não dá para *saber*. Nenhum de nós pode saber nada. E é isso que torna a vida tão misteriosa e... maravilhosa e, em alguns momentos, assustadora. Mas você pode apostar que as minhas chances, as do seu pai e as da sua avó são bastante altas. De alguma forma, o que aconteceu hoje foi uma coisa boa. Agora que Naomi sabe que o coração dela é vulnerável, ela pode tomar duas aspirinas por dia e sempre carregar uma pílula de nitroglicerina. Seu pai e eu também nos protegemos. Eu faço meus acompanhamentos médicos, tomo minhas vitaminas. E prometo nunca sair de casa com um agasalho de plush amarelo. Assim, pelo menos nunca vou morrer de vergonha.

— Ah, mãe, você é tão boba. — Molly sorri. Ela pega a caixa de saquinhos de chá, anda até o fogão e enche a chaleira. — Também quero tomar conta de mim, mãe. Vou levar a sério e tentar entrar no time de natação. Você sempre diz que passo tempo demais estudando. Além do mais, vai cair bem para a inscrição para a faculdade. E eu tomei outra decisão — diz Molly, pensativa. — Vou parar de competir com Paige por aquele idiota do Brandon Marsh. Eca, você ouviu quando ele chamou a Naomi de "vó-glamour"? Ele é tão falso, segurando nossas mãos. Paige pode ficar com ele. Não quero ninguém que não tenha certeza se quer ficar comigo.

— Bom para você. É uma decisão bastante madura — digo, pensando que tenho amigas de 40 anos que não são tão sensatas quando se trata de homem.

A chaleira apita e Molly serve a água cuidadosamente em nossas canecas. Então, ela mergulha os saquinhos e caminha até o quadro-negro.

— Brandon não é boa coisa — comenta, apontando para a coleção de corações, flechas, números e exclamações em torno do nome dele. — Eu mereço um garoto que seja meu, não alguém como o Brandon ou o Dr. Barasch, que abandona você quando as coisas ficam difíceis. Eu quero um cara igual ao papai, um cara que vai estar ao meu lado, do jeito que o papai esteve com você hoje, mãe.

E sem mais, Molly dá uma última olhada para o placar, ergue o apagador e limpa o quadro.

～～～

Estava morrendo de medo de que quando eu desse a notícia a respeito do Dr. Barasch para Naomi ela tivesse outro infarto. No entanto, ela foi sombriamente calma.

— É assim que os biscoitos se esfarelam — disse, com indiferença.

— Sinto muito, mãe. Parece que a esposa dele passou por uma longa doença.

Naomi me lança um olhar de repreensão.

— Não que você esteja doente, mãe. O que quero dizer é que parece que ele está com medo.

— Com medo, quem está com medo? — Naomi se ajeita e passa a mão direita na cabeça. — E, para o caso de você estar programando alguma coisa, eu *não* gostaria de ganhar uma festa por piedade. A única coisa que quero agora é sair desta droga de hospital.

Quando vejo que a mão esquerda de Naomi está tão fechada que ela enterrou as unhas na própria palma é que percebo que entendeu o que acabei de explicar. O Dr. Barasch não virá buscá-la hoje. O Dr. Barasch não irá visitá-la em nosso apartamento mais tarde. O Dr. Barasch, companheiro de salsa, de levantamento de peso e, até agora, devoto namorado, nunca mais vai voltar.

A enfermeira responsável por dar alta chega com alguns papéis para Naomi assinar e insiste que minha mãe não pode deixar o hospital sem ser numa cadeira de rodas.

— Política da casa — explica ela desanimada, cruzando os braços.

— Tudo bem. — Naomi suspira. Ela se acomoda sobre o assento de metal frio e posiciona a bolsa cuidadosamente em seu colo. — Vamos andando. Sou uma mulher ocupada.

No apartamento, Peter e Tiffany estão à nossa espera com uma bandeja de frutas, biscoitos sem gordura e quatro taças longas decoradas com fatias de limão.

Assim que Tiffany começa a atravessar a sala para nos receber, Naomi segura meu braço:

— Ela mora aqui agora? — sussurra, me apertando com força. — Tiffany é bonita demais, você não devia deixá-la morar aqui.

— Ah, não, não, não, não, não. Eu tenho meu próprio apartamento — responde Tiffany, ao ouvir o comentário. — Mas agradeço por dizer que sou bonita. — E, então, vira-se em minha direção. — Peço desculpas por estar instalada em sua sala de estar, Tru. Mas você sabia que por causa da reforma no *seu* banheiro a equipe acabou atrasando um pouquinho a obra do escritório e do depósito?

— Não vai demorar, meu bem — diz Peter. — O mestre de obras disse que está tudo correndo muito bem. E quando foi a última vez que um mestre de obras mentiu sobre um cronograma? — Peter suspira. E então diz, virando-se para Naomi: — Estamos muito felizes de recebê-la aqui, mãe. Esperamos que fique o tempo que quiser.

— Isso mesmo — digo com sinceridade.

Eu fiquei apavorada quando pensei que algo grave tinha acontecido a Naomi. Ela pode não ter sido a Mãe do Ano, mas é a única que eu tenho. E talvez ainda haja uma chance de reparar nosso relacionamento, de cada uma perceber o que há de bom na outra, em vez de apenas destacarmos os defeitos.

Naomi afunda no sofá, tira os sapatos e enfia os pés debaixo do próprio corpo. Para uma mulher de 68 anos, e ainda mais uma mulher de 68 anos que acabou de sofrer um infarto, ela parece incrivelmente ágil.

— O quê? Eu passei a noite num hospital e, de repente, todo mundo começa a me chamar de "mãe"? — Ela se irrita.

— Desculpe, Naomi — diz Peter.

— E sinto muito pelo Dr. Barasch — acrescenta Tiffany, inclinando-se para dar uma palmadinha no braço de Naomi.

Ela empurra a mão de Tiffany para longe e fita o horizonte como se nem tivesse ouvido o nome do namorado. Então, lentamente, vira-se para nos encarar.

— Nós nunca mais vamos falar deste assunto, entenderam? — diz ela, com frieza. — Aquele homem morreu para mim! — Ela vai até a mesa e pega uma das taças. — É melhor que isto seja gim-tônica e não limonada — encerra, tomando um generoso gole.

༺༈༉༈༺

Os três dias seguintes se passaram obscuros. A pose de Naomi durou tanto quanto uma revivescência no mercado de ações de Wall Street. Nos intervalos entre os ataques de choro e as refeições, minha mãe precisava de mais atenção do que um recém-nascido. Ela podia desatar a chorar a qualquer momento, mas tinha um apetite insaciável.

— Traga algum dos alimentos amarelos ou brancos — dizia, referindo-se a ovos mexidos, purê de batata, um pote de sorvete ou qualquer uma dessas comidas consoladoras pelas quais os amantes rejeitados anseiam. Durante um dia inteiro ela só comeu macarrão.

E então, vinham as tentativas de planejar o próprio funeral. Aparentemente, nos dias de hoje, ter um apartamento próprio de luxo não é suficiente — o padrão foi estendido para onde você passa a eternidade.

— Eu gostaria de um mausoléu, com um candelabro — disse ela, ontem, sem mais nem menos. — Algo modesto, talvez uns cem metros quadrados.

Fiquei tentada a perguntar pelo valor imobiliário — os preços são melhores no céu ou no inferno? Mas guardei os comentários sarcásticos sobre o assunto para Sienna. Naomi não estava no clima para ouvir provocações, não sobre a morte ou valores imobiliários ou sobre a gravação com as homenagens que esperava que fizéssemos e que ficaria junto com as fotos e a narração que ela pretendia deixar em sua nova cripta. E por que deveria estar? O infarto de Naomi não é motivo de riso. É assustador ver minha mãe buldogue agir como um cãozinho machucado. Não me afastei dela por mais de dez minutos. Tenho tentado fazer tudo o que posso. Ainda assim, hoje é o dia em que as funcionárias da Agência Veronica irão fisgar — digo, *encontrar* — seus primeiros clientes, e preciso ir ao escritório.

— Tudo bem, pode ir — responde Naomi com indiferença quando digo que preciso sair por algumas horas, enquanto coloco uma tigela de aveia diante da televisão que ela tem encarado inexpressivamente há dias. — Todo mundo vai embora.

— Eu vou voltar, mãe — digo, e, quando ela não se opõe ao fato de que não a chamei de Naomi, tenho certeza de que está mergulhando fundo em seu torpor.

O médico tinha me avisado que após um infarto, mesmo dos pequenos, é comum as pessoas ficarem deprimidas. Como se o rompimento com o Dr. Barasch já não fosse motivo suficiente para sofrer.

— Mãe, você não vai me falar para não te chamar de "mãe"? — repreendo.

— Pode me chamar de "mãe", de "avó", de "a velha da Park Avenue". Esse infarto foi o início de um novo capítulo. — Naomi se lamenta. — Qual é a diferença? O que importa?

Estou muito atrasada, mas não me atrevo a sair. Permaneço no sofá ao lado de Naomi, quando, graças a Deus, as meninas chegam à sala. Molly desliga a TV e, com estardalhaço, joga uma pilha de amostras sobre a mesa.

— Pegamos com a Tiffany. Novos batons, blush e um creme anti-idade incrível, que ela jura que vai fazer a sua pele parecer vinte anos mais jovem — anuncia Molly animada.

— Se a minha pele parecesse vinte anos mais jovem, desaparecia. Ficaria com menos 6 anos. — Paige aperta as bochechas da irmã.

Naomi pega o controle remoto e liga a TV novamente.

— O que eu não daria para ser jovem de novo — diz, distraída. — Menos 6, é uma boa idade.

— Mas vó, quero dizer, Naomi. Assim você não estaria viva.

Naomi ri e ajeita o edredom, que tem segurado em volta dos ombros como se fosse um cobertor de proteção. Há apenas alguns dias, ela não queria uma festa por piedade. Agora ela é a embaixatriz da depressão. Peço a Molly para colocar uma música.

— Que tal Rolling Stones. "You Can't Always Get What You Want" sempre me deixa ligada. Por que a gente não toca essa? — Levanto os braços e balanço os quadris, cantando a letra: — *You can't always get what you want. You can't always get what you want. But if you try sometimes, you just might find, you get what you ne...*

Paige se aproxima e coloca as mãos em minha cintura.

— Mãe, por favor. Não dance. E também nunca mais diga "me deixa ligada", está bem?

Naomi pega o controle remoto — erguê-lo parece sua principal forma de exercício atualmente — e desliga o aparelho.

— Acho que eu podia ouvir um pouco de música — diz ela, pronunciando as primeiras palavras positivas em dias.

Olho para as meninas com cara de "eu te disse".

— A gente só precisa tentar — sussurro, querendo ensiná-las que se você der duro o suficiente pode mudar algo da água para o vinho. Ou arrastar sua avó da melancolia de volta para a felicidade.

— Por que você não toca aquela música do Elton John? — sugere Naomi. — "Candle in the Wind"? Você sabe, a que tocaram no funeral da princesa Diana?

༺༺༺

Molly promete que ela e Paige vão colocar Naomi para ouvir algo alegre. No entanto, ao repassarem seus arquivos de músicas, descobrem que encontrar uma canção apropriada é mais difícil do que pensavam. Depois de cortarem a música em que Carrie Underwood rasga os pneus do caminhão do namorado que a deixou, e "Cry", de Kelly Clarkson, apenas baseando-se no título, acabam escolhendo uma seleção de canções animadas do Jonas Brothers.

Molly me passa o casaco e aponta para a porta.

— Vai, mãe. A gente sabe que você e a Sienna estão trabalhando em algum tipo de projeto secreto.

— O quê? — pergunto, desnorteada por descobrir que ela não comprou minha desculpa de que preciso ir ao mercado e fazer uma limpeza de pele urgente. — Só preciso sair de casa um pouco, e eu...

— Nós não somos cegas, sabemos que tem alguma coisa acontecendo — diz Paige. — Quero dizer, você tampa a boca e sai da sala para falar ao telefone o tempo todo, e não fica mais em casa como costumava. O papai levou duas horas para achar você quando Naomi ficou doente.

— Eu sei, sinto muito... Meu... meu celular estava sem bateria — gaguejo, desconcertada por ter que dar explicações para minhas filhas sobre onde estive, em vez do contrário.

— Nós achamos que é algum tipo de negócio, não é? Sienna está sem emprego, e nós precisamos de dinheiro, então faz sentido. Paige e eu achamos o máximo — diz Molly, minha irrepreensível otimista, em apoio.

— É, claro, sei lá. A gente só não está entendendo por que você está mantendo isso em segredo. — Paige dá de ombros.

— É só que queremos ter certeza de que vai dar certo, preferimos não alimentar as esperanças de ninguém. Mais para a frente... — E dou um longo suspiro: — Sienna e eu estamos abrindo uma agência de empregos temporários, mas prefiro manter isso só entre a gente, tudo bem? Vamos ver se vai dar certo antes de fazer disso algo maior. O pai de vocês sabe de alguma coisa? — pergunto, envergonhada.

— Não, papai está tão envolvido com a Tiffany e a BUBB que nem perceberia se a gente estivesse com um filhotinho de cachorro em casa — diz Molly, que vem tentando ganhar um há tempos, com malícia.

— Nada de cachorros. A última coisa que a gente precisa agora é de mais uma boca para alimentar e mais uma criatura para limpar! — declaro com um pouco de severidade demais. — Desculpe, meu bem, tenho estado distraída. Mas você sabe que não é um bom momento para acrescentarmos um membro a esta família, não é?

— Mas isso não significa que eu não possa continuar tentando, certo? Só preciso escolher o momento correto. — Molly acena com a cabeça.

— Isso — aceito.

Um momento em que minha mãe não esteja jogada no sofá como uma Violetta acamada de *La Traviata*. E no qual meu marido não esteja tão envolvido com seu novo negócio e sua nova chefe que, diferentemente de minhas filhas, nem perceba o que está acontecendo bem debaixo do seu nariz.

Molly me manda sair, prometendo cuidar de Naomi e tomar conta da casa.

— Eu ficaria para ajudar com a vovó, mas vou sair com o Brandon.

— E, eba, eu *não* — completa Molly.

— É, você ouviu essa, mãe? Molly acabou cedendo. Ela sabia que perderia, então abandonou a corrida.

— Não, eu decidi que o Brandon não é um prêmio bom o suficiente. Não vale a pena competir por ele. Mas eu poderia ter ganhado se quisesse. — E acho que ainda posso ouvi-la acrescentar: — Vai por mim, ainda posso. — Mas tenho certeza de que devo estar errada. Porque não foi há apenas três dias que a mais madura adolescente de 14 anos do mundo tirou Brandon da cabeça? Apagou-o de seu quadro-negro? E disse que não queria nenhum garoto que não a quisesse?

— Meninas, por favor, para mim e para o pai de vocês, nunca vai haver alguém bom o suficiente — digo, dando um beijo em cada uma ou, no caso de Paige, um beijo no ar, porque ela se afasta do meu carinho maternal.

Enquanto caminho até o elevador, a música sai tão alta do aparelho de som do Peter que posso escutá-la durante todo o caminho até o térreo. Não é Rolling Stones nem Jonas Brothers, mas também não é aquela choradeira fúnebre do Elton John. Ainda assim, não posso dizer que seja algo animador.

— *Yesterday* — um normalmente animado Paul McCartney se lamenta —, *all my troubles seemed so far away...*

Não tenho a menor dúvida de quem escolheu a música.

❧❧❧

Apesar do trânsito no centro da cidade, consigo chegar ao prédio da Agência Veronica em menos de vinte minutos. Os últimos sessenta segundos do trajeto, no entanto, são os mais longos.

— É o pessoal do quarto andar. Os operários estão segurando o elevador há horas — se desculpa o zelador, avisando que ir de escada deve ser mais rápido.

Ficamos no terceiro andar, mas os corredores estão cheios de poeira, e, quando chego à agência, o estrondo das britadeiras e furadeiras e o lamento irritante das parafusadeiras ecoam pelo escritório.

— Pelo menos não é "Candle in the Wind" — digo, apontando para o teto.

Sirvo uma caneca de café e pego um dos Dunkin' Donuts que Lucy trouxe para comemorar a inauguração. Não consigo evitar a lembrança de que Sienna saiu do emprego por causa deles — e o fato de que Lucy os tenha comprado hoje, mais do que em qualquer outro dia, parece um bom prenúncio. Nunca teríamos começado esse negócio se Sienna não tivesse ficado tão descontrolada por causa do marketing indireto. E fico mais do que feliz em fazer um brinde à empresa:

— À Agência Veronica e ao Dunkin' Donuts — digo passando as guloseimas adiante.

— À Agência Veronica e ao Dunkin' Donuts — responde nosso grupinho em uníssono, embora a maioria recuse os carboidratos adicionais.

— Eu não vou comer — diz Georgy, a lourinha que estava procurando meias-calças que escondessem a celulite. — Estou fazendo jejum para conseguir entrar na minha roupa preta e sensual de hoje à noite.

— Mas não sensual demais, não é? — pergunto, lembrando nossas funcionárias que a intenção é ser glamorosa, e não vulgar.

— Como a Carla Bruni depois de ter casado com o presidente da França, e não antes, quando namorava o Mick Jagger.

— Isso mesmo. Um homem que paga o dinheiro que eles estão pagando quer uma mulher que seja sofisticada fora do quarto e sexy dentro dele — diz Bill, puxando uma cadeira e convidando-as a fazer o mesmo. — Nós tentamos pensar em tudo, mas vamos repassar as regras novamente. Sendo bem seco...

Como sempre, Lucy é a primeira a fazer uma piada:

— Bem seco? Não é exatamente o que gostaríamos que acontecesse com uma gangue de prostitutas de 40 anos. — E Bill olha feio para ela.

— Digo, cortesãs — corrige Lucy, usando a descrição que insistimos em adotar. — A gente não quer que nenhuma das *cortesãs* tenha nada bem seco.

— Erro meu. — Bill ri. — Vamos tentar de novo. Sendo bem direto, vocês vão encontrar seus clientes para jantar, e um deles pode convidá-la para o apartamento, ou para um dos três hotéis em que discretamente fizemos reservas.

— E não esqueçam de nos avisar. Archie e eu queremos ter notícia de vocês — interrompo, orgulhosa de lembrar o codinome de Bill. — Vocês devem entrar em contato conosco quando o encontro terminar para sabermos como foi e quanto devemos cobrar. E se vocês precisarem de alguma ajuda durante o encontro, podem nos encontrar aqui no escritório ou pelo celular do Archie.

— Eu sei que algumas já fizeram isso antes e que, para outras, essa vai ser a primeira vez — continua Bill. — Mas não existe motivo para ficarem nervosas, e se vocês não quiserem que a noite siga em frente, a decisão é de vocês. Se houver alguma coisa que eles queiram fazer, mas que vocês não queiram...

— ... como usar um colar de contas? — pergunta Georgy.

— Como usar um colar de contas. — Eu rio — Ou *qualquer* outra coisa. Se você sentir que um cliente está pressionando, apenas diga: "Anna não me deixa fazer isso." E se não funcionar, diga que sente muito, mas que o encontro não está dando certo e que você vai conferir com a Anna se a agência pode encontrar outra pessoa que esteja mais de acordo com o perfil dele.

"Nossos clientes pagarão com cartão de crédito. Então não precisam se preocupar em cobrar deles ou em receber altas somas em dinheiro. Vocês receberão um cheque semanal, baseado no número de vezes que saírem com um cliente e nos serviços que prestarem. Sexo oral custa um adicional de mil dólares."

— E engolir? — pergunta Lucy.

— Mais mil dólares.

— E umas 450 calorias. — Georgy ri.

— Levem camisinhas — lembro.

— E os vibradores, as loções Rocket Balm e as calcinhas comestíveis — completa Lucy.

— E esperamos que vocês sejam boas companhias para jantar — relembro. — Espero que todo mundo tenha dado uma olhada nas atualidades.

— Dado? — Georgy ri de novo.

— Ah, garotas, vocês são piores do que uma turma de adolescentes excitadas do sexto ano. — Eu rio.

— Acho que atualmente são adolescentes excitadas do quarto ano — diz Patricia, a ex-gerente financeira. — E, aliás, homem nenhum, não importa quão jovem ele seja, quer pensar em disfunção erétil. Portanto, quando estiverem conversando sobre atualidades, acho melhor não levantar o assunto de que a resposta do México para essa economia *brochante* é distribuir Viagra.

— Pelo menos os desempregados do México não vão ficar com o você-sabe-o-quê brocha. — Lucy faz graça. — *Mucho* melhor que o pacote de estímulo norte-americano. E, já que estamos falando de pacote, não deixem seus clientes comerem alcachofra.

— Isso — concordo. — Alcachofras fazem muita sujeira e se desmancham completamente, vocês não vão querer que eles fiquem constrangidos pelos seus hábitos alimentares.

Lucy ri e me abraça:

— Anna, querida, eu estava pensando nos *nossos* hábitos alimentares. Alcachofras têm um cheiro forte e um gosto peculiar, e, você sabe, depois que passam pelo sistema digestivo do cara...

— Acho que ela quer dizer no caso de a gente fazer sexo oral. — Georgy me ajuda a compreender. — Você sabe, o gosto da...

— Ah, sim, claro. Achei que todo mundo já sabia *disso* — completo, enquanto elas riem.

— E lembrem-se — diz Patricia —, homens gostam de ouvir que têm pau grande.

— E o que as mulheres gostam de ouvir? — pergunta Bill.

— Que os quadris dela são pequenos! — Lucy ri.

Ao se levantarem para sair, Bill entrega uma folha a cada uma, com o nome do cliente, o local de encontro, a hora e algumas informações pertinentes.

— O meu gosta de beisebol — comemora Rochelle, a fã de esportes divorciada. — Yankees ou Mets?

— The Red Sox — responde Bill, ao digitar alguns botões em seu Palm Pilot. — Gary é de Boston. Algum problema?

— Não, serei diplomática — diz Rochelle, referindo-se à tradicional rixa entre seu time e o de Boston. — Não posso deixar que a política interfira em meu trabalho.

— Bom — diz Bill. — Mais alguma pergunta?

— Sim — responde Georgy. — Quem é Salman Rushdie e como devo me vestir para um evento da Literacy Partners no Mandarin Oriental?

— Opa — diz Bill, pegando o papel da mão de Georgy e trocando-o com o de Patricia. — Confundi o de vocês. Patricia, você vai com meu amigo Matt para o evento da Literacy Partners, no qual eles *homenagearão* o Salman Rushdie. E Georgy, você vai para a Hudson Cafeteria com o Gabe.

— Uma cafeteria? — diz Georgy, decepcionada.

— Não se preocupe, não é nenhuma lanchonete. É um lugar da moda e bem descolado. E fica, convenientemente, num hotel.

Depois que todas estão certas de que pegaram os dados corretos sobre seus clientes, elas começam a sair e eu as interrompo pela última vez. Nem posso acreditar que estamos mesmo, de verdade, finalmente começando nosso negócio. Estou tão nervosa que minha barriga dá voltas. E não consigo parar de brincar de mamãe galinha com minhas pintinhas de 40 anos.

— E não se esqueçam... — começo, emocionada. Mas, antes que possa terminar a frase, as mulheres da Agência Veronica a completam por mim.

— Vocês querem notícias!

E todas riem. Com abraços e acenos, elas seguem para se preparar para a noite.

Doze

Campo de batalha

Eu também poderia ir para casa, mas não quero. Gasto vários minutos arrumando as quatro folhas de papel sobre minha mesa em ordem alfabética, depois vou até a geladeira, que, graças a alguns cliques no site de compras, está fartamente abastecida. Organizo os compartimentos de soja, orgânicos e o iogurte grego integral na ordem decrescente de seu percentual de gordura.

Bill coloca a pasta sobre o ombro e se debruça sobre minha mesa.

— Você sabe que isso pode esperar, não sabe? Relaxe, vai dar tudo certo. Elas vão ficar bem. Não vão ligar antes de algumas horas, e eu tenho que voltar para o escritório para cuidar de algumas coisas.

— Pode ir. Ainda estou agitada por conta da reunião. Não estou pronta para voltar para casa.

— Naomi não vai morar em seu quarto de hóspedes para sempre — promete Bill.

— Eu sei. É só um alívio sair de casa um pouco. Por anos, quando Peter e eu brigávamos ou quando uma das meninas ficava doente, eu ficava absolutamente espantada com a facilidade que ele tinha para se esquecer de tudo e se entregar ao trabalho. Durante a reunião, também fiquei assim, absolutamente concentrada. Não precisei pensar em não pensar em minha mãe, simplesmente não pensei nela. Claro — admito —, agora que estou pensando em não pensar nela, já estou pensando nela de novo.

Bill sorri e me deseja boa sorte.

— Obrigada. E, quando você encontrar Sienna hoje à noite, não se esqueça de elogiar seus quadris estreitos.

— Pode deixar. Quem diria que manter um serviço de acompanhantes poderia ser tão didático?

Ligo para casa, e Molly me diz que Peter não está, Paige saiu com o namorado e ela está com Naomi, sozinha.

— Tudo bem, mãe. Naomi está no "MyFace".

— Você quer dizer Facebook?

— É, ela confundiu com o MySpace. Não é fofo?

— Uma graça. Sua avó é uma graça. Fico curiosa de saber o que ela estará fazendo. Mas você tem certeza de que não se importa de ficar de babá só mais um pouco?

— Não, sem problemas. Sei que você está ocupada. Aliás, vou lá ver o que Naomi está fazendo.

Volto a remexer meus papéis, mas o barulho constante da reforma no andar de cima está começando a me dar nos nervos. Deixo um recado sobre a bagunça na caixa postal do zelador, mas decido subir e falar com os operários por conta própria. Talvez indo lá pessoalmente, com uma abordagem educada, eu faça com que eles tenham mais cuidado nas marteladas.

Dirijo-me até a escada, mas a poeira que desce da obra faz a subida parecer mais uma travessia no deserto de Mojave do que uma simples caminhada ao andar de cima, sem falar que mal consigo enxergar dois palmos na minha frente. Então, em algum trecho entre o terceiro e o quarto andar, escuto um som que é muito mais ameaçador do que uma tempestade de poeira de gesso.

— Eu não me importo em pagar hora extra, você tem que terminar esse depósito e os nossos escritórios no prédio ao lado até sexta-feira. Minha mulher vai me matar se eu não tirar meu trabalho da sala de estar até a semana que vem.

Merda! Merda, merda, merda, merda, merda! Talvez existam outros maridos na cidade cujas mulheres irão matá-los se eles não tirarem o trabalho da sala de estar deles, mas quantos conseguiriam convencer os pedreiros com o cuidadoso mas autoritário tom calibrado de Peter? Ainda que o proprietário estivesse oferecendo um excelente negócio no aluguel, quais as chances no mundo de a BUBB e a Agência Veronica alugarem um escritório no mesmo prédio? Mal consigo distinguir as formas das duas figuras no topo da escada. Viro antes que eles possam ver meu rosto e corro de volta para o terceiro andar. Mas, assim que me estico para pegar a maçaneta, tropeço.

— Droga, meu salto quebrou! — chio.

— Precisa de ajuda aí embaixo? — pergunta Peter.

Tento controlar a respiração, que, de repente, está alarmantemente veloz.

— Não, obrigada — guincho, tentando disfarçar a voz. — Está tudo bem.

Em seguida, o mais rápido possível, dadas as condições de meus sapatos, corro para dentro do escritório e bato a porta.

Lá dentro, Sienna está debruçada sobre o laptop, rindo. Quando ela me vê, fecha rapidamente o computador como se tivesse algo a esconder.

— Graças a Deus você está aqui — suspiro, desmoronando sobre a cadeira e contando que Peter está no prédio. — Peter, que não tem ideia de que trabalho neste prédio, muito menos do tipo de trabalho que estou fazendo, está aqui, logo acima da gente. O que vamos fazer?

— Caramba, você tem certeza? — Sienna soa mais interessada do que assustada pela coincidência.

— Claro que tenho certeza. Depois de vinte anos, eu conheço a voz do meu marido. E sei como é a voz dele quando está bravo. Por exemplo: "Tru, nós estamos no mesmo prédio de escritórios

e você está gerenciando uma agência de garotas de programa?!"
É o meu pior pesadelo!

— Não, não é. Pior pesadelo, vamos ver: Naomi decide nunca mais sair da sua casa. Ou melhor, Paige tatua as iniciais de Brandon no umbigo... em letras pretas garrafais — diz Sienna, desenhando um B imaginário no ar.

Estou fazendo a maior força para tornar este momento zen, mas acho que vou ter que transformá-lo num momento ansiolítico tarja preta. Olho para Sienna, que está absolutamente calma.

— Por que você está tão tranquila? — reclamo.

— Porque você vai ter que contar para Peter sobre nosso negócio em algum momento e pode muito bem ser agora. Escute, sei que falei que você poderia manter tudo isso em segredo quando começamos, mas acho que foi um conselho ruim. Ele é seu marido, você precisa contar. Pense em como ele vai ficar chateado se descobrir antes de você contar.

— Paige e Molly já descobriram... a parte em que eu e você estamos trabalhando juntas. Falei que abrimos uma agência de empregos temporários.

— Boa, agora você precisa contar ao Peter também. Embora eu ache que você deva contar a verdade. Peter não é um puritano, é um empresário. E acredito que ficaria impressionado com o fato de que a gente esteja cobrindo um mercado ainda não explorado.

— Você quer dizer *despindo* um mercado não explorado. — Abro a porta e dou uma olhada no corredor, e, antes que alguém, como Peter, possa me ver, fecho rapidamente. — Vou contar, logo. Estou só esperando o melhor momento.

— A menos que encontre com ele no prédio antes disso.

— É isso — digo, percebendo que o barulho da obra finalmente parece ter cessado. Olho para o relógio. — Já passou das seis da tarde. Os pedreiros devem ter ido embora. Vou ligar para o Peter.

Pego o celular, agora e para sempre carregado. Peter atende no primeiro toque.

— Oi, meu amor — diz ele. — Desculpe, estou meio sem fôlego. Acabei de descer um lance de escadas. Só um segundo, estou deixando um bilhete de desculpas para o pessoal da sala embaixo da nossa. O zelador falou que o barulho da obra estava deixando todo mundo louco.

Olho para a frente e, é claro, uma folha de papel dobrada é passada por debaixo da porta. A porta atrás da qual está meu marido, a menos de 2 metros de mim.

— Peter está aqui, do lado de fora — sussurro e balanço os braços para Sienna freneticamente, para indicar *nada de papo*.

A última coisa que quero no mundo é que Peter ouça um barulho dentro do escritório e decida conhecer os vizinhos.

— Eu... o quê? — pergunto, tentando simular uma conversa com meu marido, que não tem a menor ideia de que sua proximidade me fez perder as palavras.

— O que você está fazendo agora? Você pode me encontrar para jantar? — pergunta Peter, impulsivo. — Nós não saímos há meses e estou com vontade de comemorar. Aliás, por que você não me encontra e eu mostro o depósito e depois levo você para conhecer o novo escritório?

— Jantar, adoraria, vamos jantar. Mas acho melhor esperar até que o escritório esteja pronto, assim será uma surpresa completa — improviso, tentando pensar num motivo, qualquer um, para evitar ter de subir ao andar de cima.

— Tudo bem — responde meu marido sem qualquer suspeita. — Guardamos a visita para a semana que vem. Estou indo agora. Você pode me encontrar em meia hora na Hudson Cafeteria?

— Ótimo — digo, distraída, ansiosa para que Peter desligue e vá embora. Escuto um barulho de passos no corredor e respiro aliviada. — Essa foi por pouco — suspiro, pedindo a Sienna que me ligue assim que souber sobre alguma das acompanhantes e sobre como o encontro está indo.

— Claro — diz ela, abrindo o computador e mergulhando novamente no que quer que estivesse fazendo antes de eu chegar. — Divirta-se com seu marido. Aonde vocês vão?

— Hudson Cafeteria — digo, saindo no corredor e olhando ao redor para ter certeza de que está tudo limpo. — Nunca fui, mas ouvi dizer que é ótimo. Outro dia mesmo alguém comentou comigo sobre o lugar.

Quando chego ao restaurante, Peter já está me esperando. Olho ao redor para as paredes de tijolos, o teto em estilo de catedral a quase 6 metros de altura, as cadeiras góticas e os vitrais nas janelas.

— Gostou? — pergunta Peter, dando uma palmadinha ao lado no banco de madeira da mesa coletiva. — O site deles descreve o restaurante como um salão de jantar de uma universidade da Ivy League. Mas o escolhi porque achei que a decoração iria agradar seu lado medieval.

— Esses vitrais claros ficaram perfeitos aqui — concordo, inclinando-me para dar um beijo em Peter.

Há apenas meia hora, meu coração estava acelerado só de pensar no pânico de encontrar meu marido. Agora, sentada ao lado dele, é quase como se meus batimentos cardíacos parassem. É impressionante como depois de todos esses anos seus olhos azuis e suas covinhas ainda me deixam derretida — isto é, quando me dou ao trabalho de olhar para ele, e ele, de sorrir. Há muito tempo não passamos um momento tranquilo juntos, mas esta pode ser uma noite e tanto. Pelo menos, assim eu espero.

— Você é um bom marido. Às vezes. — Brinco com ele.

— Nem sempre, mas eu tento — diz Peter, envolvendo meus ombros e me puxando para perto. — Não sou muito bom em dizer "desculpe", mas é verdade, Tru, me desculpe. Desculpe por ter sido um idiota e não ter contado sobre a demissão. Desculpe por deixar Tiffany redecorar o banheiro. Desculpe... — Peter para. — Você não vai me pedir para parar de pedir desculpas? — Ele ri.

— Só mais uma — peço.

— Tudo bem, sinto muito por tudo que aconteceu recentemente. Exceto por ter casado com você. E pelo sexo no elevador. Definitivamente, não sinto remorso algum pelo sexo no elevador. — Peter passa a mão por baixo da mesa até meu joelho. — Sou muito grato por você e pelas meninas. O infarto de Naomi ajudou a colocar as coisas em perspectiva. Temos uma vida boa, meu amor. Estou feliz de que as coisas estejam de volta nos trilhos.

— Eu também. — Deslizo a mão pela mesa de madeira e, sem querer, derrubo o saleiro de cristal. Rapidamente, coloco-o de pé e jogo um punhado de sal por cima do ombro esquerdo. — É preciso cegar o diabo depois de limpar a bagunça — digo com um sorriso. Parece bobo, mas, e se for verdade?

Peter ri. Ele não acredita em minhas superstições bobas, como as chama, mas está disposto a me agradar.

— Por que não? — diz, pegando o saleiro e jogando mais um pouco de sal por cima do ombro.

Uma linda loura caminhando atrás dele solta um gritinho.

— Perdoe-me — diz Peter, virando para se desculpar por sua péssima mira.

— Tudo bem, só levei um susto — diz ela, olhando para baixo para limpar os pontos brancos de seu longuete preto e apoiando-se no homem a seu lado, que segura sua carteira brilhosa. Ela sacode os grãos do corpete, olha para cima e quase engasga.

— Anna! Anna Bovary! — exclama a loura, que agora reconheço. É Georgy, minha Georgy, a Georgy que trabalha na Agência Veronica.

Só então me lembro por que Hudson Cafeteria me soava familiar: é o local do encontro da Georgy.

Balanço a cabeça devagar, de um lado a outro, tentando manter a calma.

— Anna, não, você deve estar me confundindo com outra pessoa — digo com firmeza.

157

Testes de QI não eram parte do processo de entrevista, mas agora vejo que talvez devessem ter sido feitos.

— *Anna* — insiste Georgy, apontando para mim e para si própria, como se fôssemos uma dupla de vocalistas dos anos 1950. — Sou eu, *Georgy*, da Agência Veronica. Eu conheço você, *eu* trabalho para *você*.

Peter me olha curioso, mas finjo não ter ideia do que essa estranha está falando. E, então, quando finalmente entende, Georgy sorri como uma doida e tenta consertar.

— Não, sim, claro, que estúpida, eu tenho miopia, ou hipermetropia. Sei lá, não vejo bem sem os óculos, desculpe a confusão — diz Georgy com uma piscadela.

Uma piscadela tão forçada que até o Stevie Wonder perceberia que alguma coisa está acontecendo.

O par de Georgy não quer atrair mais atenção e pede à recepcionista para levá-los para outra mesa.

— Lá — diz ele, apontando uma área mais reservada e menos iluminada na parte de trás do restaurante.

— Sem problemas, senhor.

Vejo Georgy e seu par escolhido por uma agência de encontros sentarem-se no cantinho aconchegante do outro lado do salão, enquanto a recepcionista retorna até nossa mesa.

— Sinto muito pelo incômodo — diz ela, revirando os olhos.

— Ouvi tudo. Anna Bovary, essa é boa!

— É mesmo — concordo, pegando meu copo de sidra e tomando um longo gole.

Peter tira a mão da minha e me olha inquisitivo.

— Anna Bovary, uma escolha engraçada — comenta ele, desenhando círculos imaginários com o dedo sobre a mesa, enquanto ordena os pensamentos (e as suspeitas). — Imagino que venha da união de Anna Karenina com Emma Bovary. Que é uma coincidência se você pensar que são as heroínas de seus romances preferidos.

— O que você está querendo dizer? — pergunto, tentando não cruzar o meu olhar com o dele.

— Estou dizendo que quero saber do que aquela mulher estava falando. Ela "trabalha" para você, fazendo o quê? O que é essa Agência Veronica que ela mencionou? Você nunca chegou a me falar o que estava fazendo durante as primeiras horas de Naomi no hospital, quando não conseguimos encontrá-la. E nestes últimos dias nunca está onde deveria. Sou seu marido, tenho o direito de saber o que está acontecendo.

Espalmo as mãos sobre a mesa e pressiono as pontas dos dedos. Normalmente, estaria contando até dez ou pensando em como suavizar as coisas. Mas não agora. Passei a vida inteira no papel de boa moça, a que tenta fazer tudo certo por todo mundo, a que sempre evita qualquer conflito, o oposto de Naomi. Mas agora sou o furacão Katrina, e os diques acabaram de arrebentar.

— Bem, sou sua esposa e também tenho o direito de saber o que está acontecendo. Como você teve coragem de manter em segredo que estava desempregado? Por. Três. Meses. Inteiros. Nossas economias esgotadas, você pegando dinheiro emprestado e usando nosso apartamento como garantia. Nós não perdemos nossa casa por um triz! — grito, juntando o indicador e o polegar tão próximos um do outro que sinto a circulação aumentar nos meus dedos. — E durante todo esse tempo você ficava no Starbucks, enquanto eu gastava dinheiro como se nós não tivéssemos preocupação alguma neste mundo.

— Mas você não deveria ter preocupação alguma neste mundo, é meu trabalho cuidar de você! — diz Peter, orgulhoso.

— Não, é nosso trabalho cuidar um do outro. E você não me deixou fazer isso. Você nunca deixa! Eu não sou mais a garota de 19 anos que marcava as aulas de acordo com as suas e que se deixou convencer a respeito de morar na Park Avenue quando eu achava que seria muito mais divertido morar no SoHo.

— Você não teria sido feliz num quarto e sala, nós concordamos. Não havia nem um supermercado na vizinhança quando você decidiu que queria morar lá. Como a gente ia fazer para conseguir comida, plantar verduras no telhado?

159

— E por que não? Por que não plantar as próprias verduras, ou então comer ervilha enlatada? Ou, sei lá, qualquer coisa que fosse diferente do que todos os banqueiros de investimento e suas esposas estivessem fazendo? Uma coisa original.

— Do que você está falando? Você enlouqueceu? Como essa conversa foi virar uma discussão sobre plantar verduras ou sobre o setor imobiliário?

— Porque você não escuta, você nunca me escuta! — exclamo, batendo o punho com tanta força na mesa que um pingo de sidra salta de meu copo.

— Calma, Tru — pede Peter. — As pessoas estão começando a olhar.

— Deixe que olhem. Não ligo para as outras pessoas, ligo para a gente. Você toma todas as grandes decisões, você diz que faz tudo pensando nos meus interesses, mas você nem sabe mais quais são os meus interesses. Eu mudei e você nem percebeu. Você nunca vai perceber!

— Perceber o quê... do que você está falando?

— Eu não sei, eu não sei — digo, começando a soluçar. Pingos enormes de tristeza, salgados e ferozes.

Peter, meu marido portador de lenços que, há poucos dias, foi tão carinhoso quando eu estava triste por Naomi, agora permanece inabalável diante de minhas lágrimas, e, na verdade, ele as recebe como um ataque pessoal.

— Ah, então agora eu a deixei tão triste que tudo o que você pode fazer é chorar. Tudo bem. Eu sou o marido malvado, podre, fedorento e que não presta para nada. E você é a esposa coitadinha, a vítima. Que bom que esclarecemos isso — acrescenta ele, aborrecido.

— Nós não esclarecemos nada, nada está direito — resmungo.

— Você tem toda a razão! — diz Peter, empurrando o banco para longe da mesa. — E nada vai estar esclarecido até você me contar o que está acontecendo. Nós prometemos contar toda a verdade um para o outro, ou você convenientemente se esqueceu disso?

— Convenientemente? Se esquecer? — repito as palavras de Peter, deixando que sejam assimiladas. — Foi você quem *convenientemente se esqueceu* de me contar que tinha sido demitido. Ou como você e Tiffany ficaram íntimos o suficiente na lavanderia para ela convidá-lo até o apartamento dela e lhe oferecer um emprego.

— É sobre isso então, alguma fantasia deturpada sobre Tiffany? Não dê muita atenção a isso. Tiffany é nova na cidade e não sabe em quem confiar.

— Nem eu! — Estou soluçando tão furiosamente que mal posso articular as palavras. Cubro o rosto com as mãos e tento segurar as lágrimas.

Peter sinaliza ao garçom para que traga a conta, e, quando ela chega, agarro o porta-contas preto de couro.

— Eu pago — digo, enfiando meu American Express dentro dele e devolvendo ao garçom.

— Com que dinheiro? — Peter ri, levantando-se e deixando o restaurante. — Caso você esteja interessada, vou voltar para o depósito para encontrar com o mestre de obras.

— Pois eu estarei no mesmo prédio — balbucio baixinho, embora Peter já tenha cruzado o salão sem ouvir o que acabei de dizer.

Treze

Segredos trocados

Com uma certa insolência, chego à portaria do prédio quase desejando encontrar Peter. Isso teria mostrado a ele! Mas enquanto eu me escondia no banheiro feminino para retocar o rímel, Peter já tinha subido para — a julgar pelo barulho vindo do andar de cima — fazer alguma coisa com um serrote.

— Você não acha que ele vai se machucar, acha? — pergunto a Sienna, embora ainda esteja irritada pela briga. — Não que eu me importe. Mas ainda sou a mulher dele; imagino que seja eu que tenha que levá-lo ao médico.

— Não, uma das garotas trouxe um kit de costura. Tenho certeza de que consigo consertá-lo aqui mesmo. Acho até que vi um vidro de mercurocromo no banheiro. A gente derrama o vidro todo sobre a ferida para ter certeza de que vai doer bastante. — Sienna fecha o computador e se aproxima, apoiando-se na beirada de minha mesa.

— Eu o odeio, sabia? — digo, impassível.

— Eu sei.

— Estou falando sério. Ele é um homem das cavernas.

— Meu bem — diz Sienna com carinho —, Peter pegou você numa mentira.

Desconfortável, mudo de posição em minha cadeira ergonômica.

— Pelo preço que este treco custou, devia vir com as penas da Mamãe Gansa — reclamo.

— Tru...

— Não quero falar disso. Peter nunca precisa falar quando não quer, por que eu preciso? Por que as mulheres precisam ser as grandes comunicadoras, a pessoa da relação que tem que andar o último quilômetro, ou os últimos 15 quilômetros, já que o cara não conseguiu encontrar com ela no meio do caminho? Como se um cara fosse capaz de chegar até o meio do caminho! — escarneço. — Quantas vezes você estava no carro com um idiota que se perdeu e que se recusa a pedir ajuda?

— Eu sempre dirijo.

— Não é disso que estou falando. Ou talvez seja.

— Ou talvez todo casal só precise de um bom GPS. Pense nisso como um auxílio conjugal.

— Eu te amo — digo, sorrindo. — Odeio o Peter, mas eu te amo.

— Tru...

— Tudo bem, eu te amo, mas não odeio Peter. Eu o odeio agora. Mal consigo reconhecê-lo.

— Ele é bonitinho. Com um ego insuportável.

— Olhe, eu sei que tenho que perdoar Peter por não ter me contado que perdeu o emprego. Ou não. Mas sei que temos que superar isso. E não posso jogar isso na cara dele toda vez que tivermos uma briga. Vou contar sobre o nosso negócio — digo, olhando ao redor para o bem-decorado escritório da Agência Veronica, que começou como nada mais do que duas salas vazias com as paredes descascando. — Mas ainda não sei por que sou eu que tenho que dar o primeiro passo.

— Talvez as mulheres sejam seres humanos emocionalmente superiores — sugere Sienna, balançando a cabeça. — Bem, eu não sou, mas a maior parte das mulheres é.

— E os homens levam o lixo para fora e arrastam as malas por aeroportos.

Sienna me dá um abraço. E então puxa um clipe vermelho do porta-clipes em minha mesa e começa a desdobrá-lo...

— Se eu fosse um tipo diferente de pessoa, talvez transformasse isto em um coração — diz ela, arremessando o pedaço de arame para o outro lado da sala.

— Se você fosse um tipo diferente de pessoa... — começo a frase, mas o telefone toca e corremos até ele.

— Agência Veronica! — atendemos em uníssono.

Aperto o viva voz para que as duas possam escutar.

— Veronica, Anna, são vocês? — gorjeia a ágil morena chamada Treena. — Estou aqui em cima, digo, no hotel, estou ligando do *trabalho*, está tudo bem, deu tudo certo, missão cumprida. Cumprida e...

— Acho que deu para entender. — Sienna ri enquanto Treena narra os pontos altos da noite: jantar em um restaurante ao qual ela sempre quis ir, mas que nunca pôde bancar; bate-papo tranquilo com sua companhia, Timothy; e uma maravilhosa, e ainda em curso, noite num hotel de luxo. — Você tem certeza de que ainda vou receber por isso? — graceja. — E não o contrário?

Sienna e eu desligamos e começamos a guinchar feito duas alunas de colégio. Quaisquer que sejam os problemas que eu tenha em minha vida particular, eles acabam de ser ofuscados, pelo menos por enquanto, pelo sucesso de nossa noite de inauguração. Bill chega com seu celular, rindo de orelha a orelha, assentindo com a cabeça.

— Amanhã, fechado... Só um instante, tem alguém me ligando... Não, eu não sabia que ela não era ruiva natural... Você gostou dela assim mesmo... Encontro a três? Acho que não... Se você gosta de *Shrek*, ela gosta de *Shrek* — diz Bill, equilibrando o Palm Pilot na orelha enquanto faz anotações na mão.

"Divertido", "perfeitamente natural", "um pouco tensa, mas depois melhorou", "quer me ver de novo": as críticas — aleluia! —, em sua maioria, são extremamente favoráveis. Georgy, curiosa para saber com quem eu estava na Hudson Cafeteria, achou que sua companhia podia perder uns quilinhos.

— Botei na dieta do Atkins, só proteína pelas próximas duas semanas — diz ela, como se seus serviços incluíssem orientação nutricional.

— Será que podemos cobrar um extra por isso? — Articulo as palavras para Sienna sem emitir sons, enquanto dou um soquinho de brincadeira no braço dela.

— Não, mas podemos cobrar pelo uso de fantasias — sussurra ela. — Uniforme de empregada francesa, algemas? Ele trouxe tudo numa maleta? — pergunta Sienna a Georgy, enquanto rabisca furiosamente no arquivo pessoal de Gabe. — Um adicional de 2.500 dólares. — Ela assovia. — E mais 500 no futuro, se fornecermos as fantasias.

Uma hora mais tarde, a maior parte das mulheres já dera notícias. Muitas comentam a capacidade dos parceiros mais jovens, de 30 e poucos anos, de se manterem vigorosos.

— Eu tinha esquecido como eles conseguem dar a segunda, logo em seguida! — exclama Treena, entusiasmada.

Outra oferece uma perspectiva diferente:

— Eu tinha esquecido que eles *querem* a segunda, logo em seguida — resmunga ela. — Preciso de um TiVo se algum dia quiser ver de novo meus programas favoritos.

Eu tinha acabado de pegar três garrafas d'água e colocado uma na frente de cada um quando fomos interrompidos por risadas e uma batida rápida na porta. Bill confere pelo olho mágico e manda Sienna se esconder na sala ao lado.

— É a Patricia e a Lucy. Rápido, antes que elas a reconheçam.

— Estou cansada de ser a sócia oculta. Quero conhecer as mulheres. O que importa se elas descobrirem quem eu sou? — Sienna amarra a cara.

— A gente fala sobre isso depois. *Shh*! — exclama Bill, carregando Sienna e o computador dela para detrás de um biombo japonês que separa as duas áreas de trabalho.

— *Shh?!* — implica Sienna, irritada.

— Quer saber de uma coisa? — pergunta Lucy, pavoneando-se para dentro da sala. Ela e Patricia estão segurando maços de dinheiro, que jogam frivolamente para o ar. — Está chovendo dinheiro, meu bem! — canta Lucy, enquanto somos inundados por um dilúvio de notas de 50 e 100 dólares.

— Nós somos o dinheiro! — balbucia Patricia, agitada. — Eu amo a cor do dinheiro! Você não ama a cor do dinheiro? É tão lindamente verde!

— Deixa eu ver o dinheiro! — digo, pegando um bolo de notas e abraçando-as junto ao peito.

Bill pisa numa nota de 100 e rapidamente se abaixa para desamassá-la.

— Estamos cobrando os valores diretamente dos cartões de crédito dos clientes. O que é isso tudo?

— Gorjeta! — exclama Lucy. — Dinheiro vivo, moeda forte, de circulação legal...

— De circulação *ilegal*. — Dou uma risada. Eu poderia começar um coro de "Nós somos o dinheiro", mas não quero parecer a mais velha da sala. Em vez disso, digo: — Isso é ótimo!

— Sim, muito bom! — Lucy sorri e se joga no sofá Ligne Roset vermelho. — Foi tudo tranquilo. Larry estava um pouco nervoso ao fazer o check-in no hotel sem malas, mas, quando estávamos preenchendo os papéis na recepção com os cartões falsos que vocês deram, peguei a mão dele, olhei apaixonadamente em seus olhos e disse: "Que surpresa de aniversário maravilhosa, meu bem! E a babá ainda disse que vai poder ficar até as duas?" A recepcionista ainda mandou uma garrafa de champanhe de brinde!

— Normalmente digo ao sujeito para subir primeiro. — Patricia ri. — E então chego alguns minutos depois e vou até o cara que mais se parece com o segurança do lugar e pergunto: "Você sabe onde fica o elevador para o décimo andar?" Em geral, espera-se que alguém do nosso ramo seja um tanto sorrateira. Por isso, não suspeitam de nada. Aliás — ela dá uma piscadela —, Matt é um excelente dançarino. Dentro e fora da pista de dança. E eu ainda encontrei um antigo colega no evento da Literacy Partners que me ofereceu um emprego.

— Você não nos abandonaria, não é? — pergunto, amassando uma nota de 50 entre os dedos.

— Não, claro que não; seria para um trabalho diurno. Gosto deste ramo. Terminei a faculdade tendo um ou outro amigo mais velho, como gostava de chamá-los. A única diferença entre mim e as alunas que dormiam com professores é que eu ganhava 30 mil dólares por ano. E dormia em lençóis melhores.

— Quem diria — respondo, na falta de palavras melhores, mas não de questionamentos.

Por que será que fico tão surpresa ao descobrir que a elegante profissional graduada pela melhor escola de finanças do país era uma garota de programa universitária? E por que, ah, por que eu sinto brotar uma pontinha de julgamento adolescente? Reunir mulheres e homens escolhidos a dedo é exatamente a minha nova profissão.

Outra batida à porta, e dessa vez é Rochelle, a divorciada tímida que, diferentemente de Lucy e Patricia, não parece nem um pouco animada com o encontro. Lucy envolve protetoramente os ombros trêmulos de Rochelle e a conduz até o sofá.

— O que foi, meu bem? — pergunta.

— Achei que conseguiria... Me desculpe... Meu marido disse que homem nenhum iria me querer, mas o Gary me quis, e eu não consegui. — Rochelle pisca, envergonhada. Ainda assim, ela não tem motivos para se sentir mal.

— Aqui, beba um gole d'água — digo, passando-lhe uma garrafa. — Está tudo bem. Nós dissemos que vocês não precisavam fazer nada que não quisessem, lembra?

— Eu sei, mas o Gary parecia tão legal, e faz parte do trabalho. Mas eu comecei a tirar a roupa no hotel... — Rochelle enxuga as lágrimas com as costas da mão. — Aquele vendedor, tão gentil, Morris, eu estava usando o bustiê com os cristais que ele escolheu para mim, mas, de repente, fiquei com tanta vergonha, saí correndo do quarto com o vestido ainda preso na cintura. O que o Gary deve ter pensado? E vocês? E todo mundo? Eu decepcionei todo mundo...

— Você não decepcionou ninguém — diz Patricia, suavemente.

— Eu não me saí muito bem no casamento e não sou nem um pouco melhor como prostituta — declara Rochelle, abatida, como se, de alguma forma, não conseguir dormir com um estranho por dinheiro fosse uma falha de caráter. — Acho que vou ter que voltar para a linguagem de programação. Pelo menos sou capaz de interagir com um computador sem ficar vermelha feito um pimentão.

— Venha aqui, Patricia e eu vamos levá-la para tomar um drinque. — Lucy sorri.

— Não seja tão dura consigo mesma. Este ramo não é para qualquer um — diz Bill.

Rochelle insiste que não merece ser paga pela noite, mas meu sócio a força a receber um cheque.

— Seu acompanhante, Gary, já ligou. Ele disse que espera não tê-la assustado e que gostou de conversar com você sobre beisebol. E, também, que achou você muito bonita. — Pela primeira vez, Rochelle sorri.

— Achei que Gary tinha ligado para pedir um reembolso. Você lidou muito bem com a situação — digo, admirada, depois que as três já haviam saído.

— Obrigado. — E Bill aponta para a divisória de papel que está entre nós e uma furiosa Sienna. — Você pode tentar dizer isso a nossa amiga aqui?

— Ih, posso defender você, mas acho que não foi uma boa ideia mandá-la se calar.

— Eu sei, saiu sem querer, como vapor escapando de um cano de aquecimento. Talvez eu devesse pegar um café para nós dois...

Levanto as sobrancelhas e Bill obedece, dirigindo-se aos fundos da sala.

— Sienna, me desculpe, eu não devia tê-la empurrado para fora da sala — diz ele, abrindo o biombo.

Nós dois esperávamos que ela estivesse indignada, mas Sienna estava tão concentrada em fosse lá o que fosse que estivesse fazendo em seu computador que chegou a levar um tempo para perceber que estávamos na sala.

— O que você está fazendo? — pergunto, tentando olhar por cima do seu ombro.

Como sempre, toda vez que estou a uma distância menor, Sienna fecha a droga do laptop.

— Nada.

— Bom, nada não pode ser. Se fosse nada, você diria qual nada que é. "Estou mandando um e-mail" ou "lendo os tweets do Ashton Kutcher" ou "no site de buscas procurando tudo sobre liquidações e coisas para fazer".

— Só porque você guarda um segredo do Peter não significa que todo mundo também tem segredos — resmunga Sienna, abraçando o computador contra o peito.

— Bom, acho que a carapuça serviu — digo, magoada com a reação de Sienna.

— Desculpe, só não estou entendendo por que você tem que ser tão intrometida.

— A Tru não está errada, meu bem — concorda Bill. — Por que você não diz o que é?

Sienna esboça um sorriso — não um sorriso despreocupado, no qual, com tanto charme, ela expõe excessivamente as gengivas. Este é seu sorriso profissional. O sorriso firme, educado e treinado que ela abre para as câmeras ou quando alguém pede um autógrafo enquanto ela teria preferido terminar o jantar.

— Tudo bem, se vocês dois realmente querem saber, estou no meu blog. Eu não nasci para ser auxiliar de escritório. Sou uma repórter altamente respeitável.

— Isso é ótimo — diz Bill, entusiasmado, envolvendo a cintura de Sienna. — Sei que você sente falta da redação. Fico feliz que esteja fazendo uma coisa de que gosta.

— Eu também — digo, com cuidado. — Mas por que você manteria isso em segredo? — E penso um pouco antes de acrescentar: — A respeito de que é esse blog?

— Uma coisinha ou outra — responde Sienna, evasiva, e as extremidades de seus lábios ficam um pouco mais rígidas. — Minha vida, como é ser repórter, um pouco do que faço agora.

Vida... repórter... o que faço agora... levo um tempo para assimilar as palavras de Sienna, mas, quando consigo, elas me atingem como uma tonelada de rochas. Num reflexo, fecho o último botão do casaco e cruzo os braços, como se pudesse me proteger das notícias.

— Você está mantendo um blog sobre a Agência Veronica? — pergunta Bill, assustado, ao entender a insinuação.

— Claro que não. Não sou idiota. Vocês dois querem parar de se preocupar? — reage Sienna, indiferente. — Não estou usando meu nome verdadeiro, nem o da Agência Veronica. Meu blog se chama *Madame XXX*. E não tem nada que possa nos relacionar ou relacionar as garotas e nossos clientes ao negócio de verdade. Eu nem menciono que temos um sofá Ligne Roset. No blog, o sofá é do Maurice Villency.

Catorze

O que esperar quando
se está suspeitando

— Quando cheguei ao nosso apartamento, estava exausta. Pensei que Peter já estaria dormindo, mas ele estava esperando por mim no hall de entrada, com as mãos na cintura, feito um segurança de boate. "Você não pode estar falando sério", eu disse. *Sabia* que ele estava atrás de mais briga. Mas, em vez disso, ele inclinou minha cabeça na direção da dele e me deu um beijo.

"Daí ele disse: 'Sinto muito que as coisas não tenham saído como planejei.' E eu disse que também sentia muito. Mas, quando comecei a me explicar, Peter me interrompeu. 'Shh!', ele sussurrou, dando um novo significado ao mesmo som que colocou você em maus lençóis com a Sienna."

— E ele carregou você até o quarto e vocês fizeram amor apaixonadamente? — pergunta Bill.

— Uau, acho que trabalhar numa empresa só de mulheres está mexendo com você, querido! Essa foi, de fato, uma pergunta muito mulherzinha. Mas não. Estávamos exaustos e dormimos lá mesmo, sentados no chão, apoiados um no outro. Se o entregador não tivesse arremessado o jornal contra a porta como se estivesse tentando derrubar um alvo num parque de diversões, ainda estaríamos roncando. Paige e Molly iriam descobrir os pais debruçados um sobre o outro no hall de entrada.

Já é de tarde. Bill e eu estamos na agência tentando manter o trabalho em dia. Mas até agora passamos a maior parte do tempo discutindo os últimos acontecimentos.

— Peter e eu vamos tentar sair para jantar de novo. E vou contar tudo sobre o nosso trabalho.

— Isso é bom — diz Bill. — Se você e Peter não conseguirem se entender, acho que não sobra esperança para o restante de nós.

— Existe muita esperança. — Aperto a mão dele. — Nunca vi Sienna tão feliz. Só precisamos conseguir convencê-la a parar de escrever o blog. Será que ela não percebe que isso pode destruir todo o nosso disfarce?

— Não conheço Sienna há muito tempo, mas dá para ver que ela gosta de agitar um pouco as coisas.

— Ou talvez tenha havido segredos demais — digo, pensando no desemprego de Peter, na agência, no blog de Sienna e no quão desconfiada eu me tornei em relação a meu marido desde que *eu* comecei a mentir sobre onde passo o dia todo. — Tudo bem, já chega — declaro, acordando de meu devaneio e passando o dedo pela agenda para verificar o calendário das funcionárias. — Vou só terminar algumas anotações. Quero chegar a tempo de ver Paige e Molly antes de encontrar Peter para o jantar.

Bill e eu passamos a hora seguinte trabalhando dedicadamente, trocamos histórias sobre as mulheres, seus clientes — e como é muito mais divertido gerenciar a Agência Veronica do que ser um advogado tributarista.

— Não importa quantos mil dólares eu economize para eles, todo mundo me odeia na época de pagar os impostos. Mas aqui os clientes nos enchem de amor incondicional.

— Isso é porque nossas funcionárias os enchem de sexo incondicional. Quero dizer, acho que não é incondicional. — Rio.

Estou reunindo alguns papéis e me despedindo quando o telefone de Bill toca. Ele ergue a mão, pedindo para esperar.

— É um colega de faculdade. Precisa de uma mulher para acompanhá-lo num coquetel da empresa, a pessoa que ele ia levar acabou de cancelar porque está resfriada. Duas horas, sem sexo, você pode ver quem está disponível?

— Sinto muito, não tem ninguém — digo sem olhar a agenda, porque sei que estão todas ocupadas.

Bill fala ao telefone de novo, faz uma careta e me pergunta:

— Consegue pensar em alguém? Ele diz que é uma emergência. Alguma coisa sobre o chefe dele favorecer empregados que estejam em relacionamentos estáveis, e não gostar que seus funcionários fiquem vagabundeando por aí. E o sujeito está atrás de uma promoção. — Bill faz uma expressão de cão sem dono que está prestes a pedir um favor, mas, antes que ele diga qualquer coisa, balanço vigorosamente a cabeça.

— Ah, não, nem pense nisso! Sou uma mulher casada! Com filhas adolescentes! Não sou uma prostituta!

— Cortesã — diz Bill. — E não vai haver sexo, prometo. J.T. só precisa de uma mulher atraente para ficar a seu lado e manter uma conversa agradável. Uma mulher de cultura, que seja dona de um serviço de acompanhantes e que queira ter um cliente eternamente grato a ela. Um cliente que está disposto a pagar 5 mil dólares. Das seis às oito. Você pode ir à festa e ainda tem tempo de sobra para jantar com seu marido. Por favor?

～～～～

Quando entro em casa a fim de me trocar para o encontro, não chego a *ver* Paige e Molly, nem escuto suas vozes. Como sempre nos últimos dias, elas estão fora de casa; mando uma mensagem para cada uma. Finalmente, depois de certa relutância, aceitei o fato de que elas preferem digitar em vez de falar ao telefone. (Embora eu ache que em vez de um cérebro mais desenvolvido a próxima geração terá polegares do tamanho de espigas de milho.) Tomo um banho, refaço a maquiagem e coloco meu melhor vestido de festa — uma imitação tão boa de um Versace que até Donatella precisaria de uma olhada mais cuidadosa para ter certeza de que não é autêntico. Duas horas depois estou nos braços de J.T., amigo de Bill — um sujeito baixinho de 34 anos, mas com os modos de uma criança. Ele desliza a mão por minhas costas, e, apesar de eu sacudir os ombros para cima e para baixo tentando retirar seus dedos gordos dali, eles permanecem firmemente plantados.

— Excelente lugar para uma festa — diz J.T., admirando o recém-reformado salão Alice Tully, no Lincoln Center.

O espaço ainda não está aberto ao público, mas esta noite alguns doadores especiais estão tendo uma pequena prévia. Fico apreciando a deslumbrante fachada de vidro de dois andares, o comprido bar de calcário e a parede de painéis de madeira.

— Deve ter sido um trabalho e tanto construir este lugar, mas valeu a pena — digo.

— Um trabalho caro. — J.T. ri entre os dentes, apontando uma parede que contém um agradecimento para a empresa dele, dentre outras, por suas contribuições. — Nada é construído nesta cidade sem dinheiro. Aceita uma bebida? — pergunta ele e, antes que eu possa responder, chama um garçom, que me passa uma taça larga cheia de sal na borda.

— Parece uma delícia, mas não posso — digo, dirigindo-me ao garçom para devolver.

— Todo mundo está tomando margaritas — resmunga J.T. — Apenas segure o copo. E leve à boca de vez em quando.

— O quê?

— A ideia é se enturmar. — E, quando olho para ele com uma expressão confusa, ele acrescenta: — Estou pagando, lembra?

Minhas costas se enrijecem, e olho para o relógio. Faltam noventa minutos, e nunca mais vou fazer isso novamente, prometo. É esse o tipo de canalha com quem nossas funcionárias estão fazendo sexo?

J.T. tenta descer a mão até minha cintura, mas afasto-a discretamente.

— Sem contato físico, foi o que combinamos.

— Tudo bem, tudo bem, não seja tão mal-humorada. Sem as mãos, olhe! — diz J.T., balançando as mãos. — Mas por 5 mil dólares é melhor você transbordar carisma. — Ele aponta para o outro lado da sala e começa a me levar até a mesa em que seu chefe está sendo entretido por diversos casais.

— Deixe-me retocar a maquiagem antes — peço, deixando J.T. com nossas bebidas até que se acalme um pouco.

Abro a bolsa e começo a procurar um batom. Enquanto passo com dificuldade por uma área particularmente cheia próxima ao bar, olho para cima, aterrorizada. Mesmo de costas, reconheço facilmente meu marido. E se eu não posso deixar de notar, quem não veria Tiffany Glass? Seu cabelo está arrumado num penteado alto ao estilo de Brigitte Bardot, e ela está sugestivamente debruçada na direção de Peter, limpando com o dedo um farelinho no canto dos lábios dele.

Deixo o batom cair e solto um pequeno suspiro assustado.

— Tru, é você? O que está fazendo aqui? — pergunta Peter, olhando-me confuso.

Abaixo-me para pegar o batom e passo as mãos por meus quadris.

— Acho que poderia fazer a mesma pergunta — digo, confusa. Não sei bem se deveria estar na ofensiva ou na defensiva. Claramente, nós dois temos muito a explicar.

— A anfitriã da festa é dona da CoverGirl. E eles estão pensando em investir na BUBB. Estamos aqui a trabalho. E você, qual é a sua desculpa? — Tiffany ri.

Do outro lado do salão, vejo J.T. erguendo os copos de margarita no ar, a cabeça girando de um lado para o outro, procurando por mim.

— Eu, hum, estou aqui com um amigo do Bill. Ele precisava de uma companhia de última hora — explico desajeitadamente, sem saber o que falar.

— Eu não sabia que você ainda saía com outras pessoas — comenta Peter, olhando-me ligeiramente irritado.

— E eu não sabia que seu "trabalho" envolvia ser paparicado pela Tiffany em coquetéis — murmuro de volta.

— Talvez seja melhor nós dois sairmos daqui antes que um de nós diga algo do qual vá se arrepender depois. Tiffany, tudo bem se eu for embora agora?

— O que você precisar, Peter — responde Tiffany solenemente, como se estivessem em *Casablanca* e ela estivesse abnegadamente mandando-o que entrasse naquele avião.

— Você precisa avisar sua companhia? — resmunga Peter.

— Não, era só um favor. Bem, talvez seja uma boa ideia — digo, entregando meu cartão da chapelaria a Peter e caminhando até J.T. — Desculpe por isso — digo a ele. — A agência vai tentar recompensá-lo de alguma forma. Estou com uma emergência pessoal que preciso resolver imediatamente.

Passei apenas trinta minutos com ele e tenho a impressão de que não é a primeira vez que J.T. é dispensado. Ele se empertiga todo e do alto de seu 1,60m me diz:

— Anda, vai embora daqui. Você não valia os 5 mil dólares.

Eu tenho que concordar com o sujeito. Não mantive minha parte do combinado. Mas o preço que a travessura desta noite vai custar a meu casamento pode ser muito mais devastador.

❧❧❧

Ainda assim, no táxi, as coisas vão bem mais tranquilas do que eu tinha previsto. Até consigo transformar minha história sobre J.T. — ao menos o tanto da história que estou disposta a revelar a Peter — numa anedota.

— Sou muito sortuda mesmo. Finalmente consigo sair com um cara de 30 anos e o sujeito é mais baixo que o Martin Scorsese... e mais medíocre que os personagens dos filmes dele.

Peter aceita minha conversa de que o amigo do Bill estava com problemas em conseguir alguém para levar à festa e que Sienna não podia ajudar porque eles tinham ingressos para o teatro. E eu, bem, eu pelo menos tento aceitar a explicação de Peter:

— A Tiffany às vezes flerta um pouco. Não significa nada.

— Eu sei que você fica dizendo isso — digo, aflita —, mas você tem ideia do que é ver aquela criatura se jogando em cima do meu marido?

— Desculpe. Acho que não deve ser muito agradável. Mas, depois de todos esses meses desempregado, estou feliz por essa oportunidade. E estou indo muito bem. Você só precisa aprender a não levar a Tiffany muito a sério, meu amor. Ela piscaria os olhos lascivamente até para um poste se não tivesse mais ninguém na sala. — Peter segura meu queixo e me dá um beijo longo e carinhoso.

— Tudo bem — digo, apoiando a cabeça em seu ombro, pensando onde posso encontrar um poste, ou um marido, para Tiffany Glass.

Peter passa a mão por meus cabelos, e depois de alguns instantes ele se afasta e me olha nos olhos.

— Tenho algo para contar, e acho que você não vai gostar muito. Mas, Tru, por favor, não tente encontrar um significado que não existe no que vou lhe dizer. Tiffany e eu vamos para o Havaí numa viagem de negócios. Ela acabou de me contar.

— Você está indo embora? — pergunto cuidadosamente, mordendo o lábio, que, há apenas alguns minutos, era fonte de tanto prazer.

— Não, eu não estou indo embora. Vou viajar por dez dias. Vamos amanhã de manhã.

— De manhã? Por dez dias? Com a Tiffany?

— Tru, Tiffany é minha chefe, isso é trabalho. Está tarde — diz Peter, cansado, quando o táxi estaciona na frente de nosso prédio e passamos por Terrance no caminho até o elevador.

— Também tenho uma coisa para contar. Abri um negócio com Sienna — digo, impulsivamente, assim que entramos no elevador. Escolhendo o pior momento e a pior maneira de fazê-lo. — Aquela mulher no restaurante, Georgy, lembra? Você tinha razão, ela trabalha para mim. Não sei por que não contei antes...

177

Tenho milhões de motivos, mas, na verdade, nenhum. Só que agora quero contar.

Peter permanece quieto pelo que parece uma eternidade. Ele vira as chaves de casa e passa por mim, caminhando até o sofá.

— Que tipo de negócio? — pergunta, finalmente.

Não, agora não. Não consigo acreditar que soltei isso assim. Mais uma explicação, é tudo o que a gente precisava! Não dá para explicar que estamos gerenciando uma agência de acompanhantes, especialmente porque Peter acabou de me pegar num encontro. Mas não quero mentir de novo e usar a história de fachada da agência de empregos temporários. Porque em breve, muito em breve, vou encontrar o momento certo de explicar tudo — e, quando conseguir, não quero ter de consertar mais uma mentira.

— Não quero dizer muito sobre isso até que eu tenha certeza de que vai dar certo — digo, ansiosa. — Você me conhece, sabe como sou supersticiosa sobre tudo.

— Acho que estamos quites — afirma Peter, enfiando as mãos nos bolsos e concentrando-se em seus pensamentos. — Não contei a você que perdi o emprego. Você não me contou que abriu uma empresa. Um belo par.

— Um belo par — digo, na esperança de que, como o "Shh" de Peter, eu consiga transformar algo negativo em positivo apenas com uma alteração no meu tom de voz.

Mas nem Mary Poppins poderia injetar um quê de otimismo no atual estado de nosso relacionamento, não com todas as coisas que aconteceram nas últimas semanas. E em minha vasta — e, nestes dias, aparentemente inexorável — experiência com problemas conjugais, o melhor que um casal pode esperar depois de um longo e exaustivo dia de brigas é um cessar-fogo temporário induzido por uma esmagadora necessidade de descansar.

Em silêncio, Peter se abaixa para desamarrar os sapatos. Tira a calça, fica só de cueca e abre os botões da camisa.

— Saio amanhã de manhã — diz ele, deixando sua cabeça cair sobre a almofada e mergulhando num sono profundo e imperturbável.

∿∿∿∿

Depois de uma noite maldormida, encolhida em nossa cama queen size, acordo para preparar a mesa para nós dois. Peter, no entanto, já saiu. Ando pelo quarto, endireitando livros que não precisam ser endireitados, afofando travesseiros e me abaixando para pegar o medalhão prateado que Paige procura há semanas e que está absolutamente visível, debaixo de uma poltrona. Na cozinha, paro diante da cafeteira, incapaz de decidir entre café descafeinado ou um expresso duplo.

Saio amanhã de manhã. As últimas palavras de Peter não param de rondar minha cabeça. Mas ele não quis dizer *sair* de vez. Peter quis dizer sair para pegar um avião. Para viajar para o Havaí com a Tiffany. Por dez dias inteiros.

— Ela é minha chefe, não tente encontrar um significado que não existe — repito as palavras dele, tentando me convencer de que são verdade.

E realmente acredito que, seja o que for que esteja acontecendo entre nós esses dias, quaisquer tropeços ou erros que qualquer um dos dois tenha cometido, Peter não é o tipo de sujeito que teria um caso.

"Ele até já falou isso na TV", penso.

Incapaz de me decidir por um café, coloco quatro colheres de sopa cheias de chocolate em pó numa caneca e me sento à mesa, relembrando as entrevistas sobre monogamia que Sienna fez há alguns anos com três homens de meia-idade. Um deles havia traído a esposa, o segundo admitia que poderia ter traído. Mas Peter foi firme.

— Amo minha esposa, amo estar casado, não vale a pena correr o risco — disse Peter, fazendo o papel de esposo fiel. E eu, o de alvo de inveja do meu grupinho de M&Ms.

Distraída, mexo o chocolate, ao qual esqueci de adicionar qualquer líquido. Saber que Peter nunca me trairia é uma bênção. Mas existe uma verdade mais dura aliada a isso. Em algum lugar no fundo de meu coração, sempre alimentei o medo de que, se Peter tivesse de fato uma crise de meia-idade — se ele algum dia se cansasse de mim ou se fosse inexoravelmente empurrado para outra mulher —, ele não me trairia, ele jamais teria um caso. Peter, meu honesto e extremamente fiel marido, teria que me deixar.

Naomi entra na cozinha no exato momento em que estou cuspindo um monte de chocolate em pó.

— Eca! — digo, passando as costas da mão sobre os lábios e limpando-as em meus jeans.

— Tru — Naomi me repreende. E então, vendo minha expressão, muda de ideia quanto a atacar minha falta de higiene, e vai até o fogão para esquentar uma panela de leite. Ela volta com uma caneca de chocolate e derrama o restante do leite na minha.

— Minha mãe, sua avó, costumava dizer que o chocolate quente é a canja de galinha da mulher assimilada, bom para qualquer aflição. É claro que em algumas vezes eu teria preferido uma caneca de canja, mas minha mãe não gostava muito de cozinhar.

— Deve ser de família. Mas somos muito boas em pedir comida — digo, tomando um gole da reconfortante bebida. — Sinto muito que a vovó tenha morrido quando eu ainda era muito nova. Eu teria gostado de conhecê-la melhor.

— Não, você não teria. Ela era osso duro de roer — afirma Naomi, sem rodeios.

— Mas... ela era sua mãe, quero dizer, deve ter alguma coisa boa da qual você gostasse nela.

— Ela me transformou em uma pessoa forte. — Naomi envolve a caneca com as mãos.— Por um tempo, enquanto eu era Miss Metrô, acho até que teve orgulho de mim. Mas então eu me casei com seu pai e tive você, e ela fazia questão de me lembrar que, na minha vida, tudo era ordinário.

Os pecados dos pais não perdem em nada para os das mães, penso, olhando Naomi, que está tão envolvida em suas próprias lembranças tristes da infância que nem percebe que poderia muito bem estar descrevendo a si mesma e a forma como ela me tratou. Você tem que ser muito tonta para falar para a própria filha que até mesmo a avó dela achava que a menina não era mais do que ordinária. Ao contrário de Naomi, no entanto, cansei de me aprisionar no drama e na loucura de minha família. Mais do que sentir pena de mim mesma, sinto pena dela.

— É uma pena que ela não tenha valorizado o quão especial você é — digo, pegando a mão de Naomi por cima da mesa.

Encabulada, ela se esquiva e se concentra em mexer o chocolate, levar a caneca aos lábios e colocá-la de volta na mesa.

— E é uma pena que sua avó não tenha percebido o quão especial você também é. — Ela para. — Sei que não é fácil para você me receber aqui, Tru. E fico feliz que você o tenha feito. Sei que não sou a pessoa mais fácil do mundo.

— Mãe, você, fácil? — Dou uma gargalhada, a primeira risada honesta que Naomi e eu demos em... bem, a primeira de todas, talvez.

— Então tá, Truman, não vamos ficar aqui o dia inteiro divagando sobre como poderia ter sido; tem muita coisa acontecendo ultimamente. Decidi seguir com a minha vida. E pela sua cara, sentada aqui amuada, acho que você também devia pensar a respeito.

— Está tudo bem, eu...

— Ah, por favor, a gente acabou de ter um daqueles repulsivos momentos mãe e filha de que a Oprah tanto fala e agora você vai vir com esse papo da CIA de que não tem nada para falar?

— É preciso uma mulher de coragem para concatenar a CIA e a Oprah na mesma frase. — Dou uma risada.

Naomi me fita com um de seus olhares de aço, o mesmo que me manteve na linha na época do colégio.

— Tru, não tente me dizer que está tudo bem. Você e Peter passaram a semana se alfinetando ou pisando em ovos. E essa tal de Tiffany Glass — cacareja Naomi.

— O que tem a Tiffany Glass? — pergunto, tentando extrair alguma informação.

— Ela é bonita e passa doze horas por dia com Peter, o que mais preciso dizer?

— Nada. — Desmorono na cadeira.

Naomi se inclina e passa os dedos por meus cabelos ralos.

— Você precisa de um corte decente, acho que dá para disfarçar um pouco essa escassez.

— Graças a Deus. Por um instante achei que minha mãe tinha sido abduzida por alienígenas.

— Não consigo evitar. Só critico porque quero o melhor para você. Mas talvez eu devesse aprender a criticar de forma... — Naomi para, sem saber como terminar a frase.

— Menos crítica?

— É, eu poderia criticar de forma menos crítica. Vai ser um desafio, mas estou aberta a desafios atualmente.

Olho minha mãe com atenção. Mal amanheceu, mas ainda assim, para andar do quarto de hóspedes até a cozinha, ela penteou e arrumou o cabelo, passou batom e rímel meticulosamente, e, embora a inclemente luminosidade matinal esteja invadindo o ambiente pelas janelas, praticamente não há qualquer sinal de rugas em sua bem-cuidada pele, tratada a laser. Apesar da amargura de Naomi, ou por causa dela, me tornei uma mulher razoavelmente feliz — inteligente o suficiente, pelo menos até agora, para valorizar as filhas e o marido. E ainda não sei exatamente o que vou fazer a respeito, mas sei que não posso me sentar enquanto Peter viaja irritado por dez dias, especialmente com Tiffany Glass. Se aprendi alguma coisa com Naomi, foi como sobreviver.

Ergo minha caneca e brindo com minha mãe.

— Espero que Paige e Molly herdem a sua resiliência. Meu senso de família. E a decência de Peter.

Apesar de querer enforcar Peter por sua irritante necessidade de ser o homem da casa, aquele que deve nos sustentar, sei que, no fundo, ele tem boas intenções.

— O que é isso, você está escrevendo o discurso de formatura delas? — pergunta Naomi com uma risada.

— Não, só estou um pouco emotiva.

Embora, nesse instante, planejar o futuro de minhas filhas — ou qualquer outra coisa mais exigente do que deitar a cabeça no travesseiro — pareça tão provável quanto um reencontro dos Beatles.

Tomo mais um gole do chocolate e sinto minha cabeça pesar em direção à caneca.

— Foi uma noite longa — digo, com sono.

— Mãe — diz Paige, invadindo a cozinha, colocando a mochila nas costas e pegando uma garrafa de suco da geladeira. — A noite já acabou, já é de manhã! Hora de começar um novo dia!

Quinze

Boca a boca

Meu "novo dia" não começa até o final da tarde — depois que já dormi, tomei banho e fui até o centro para encontrar Sienna. Graças aos meus esforços em economizar e a quão ocupada ando ultimamente, há tempos não faço nenhum tratamento de beleza especial, mas Sienna ouviu falar de uma novidade que parece indispensável. E ainda por cima, segundo ela, é dedutível do imposto de renda.

— Chama-se "limpeza de pele da gueixa" — diz Sienna, assegurando-me que, por causa do nosso ramo de negócio, a Receita vai considerar que é uma despesa de trabalho.

— Gueixas não são cortesãs — protesto. — Elas entretêm os homens, mas não dormem com eles.

E, o mais importante, ninguém deve saber *qual é* o nosso ramo de negócio. No entanto, ao me inclinar sobre a confortável cadeira branca de couro, abandono qualquer discussão a respeito da necessidade de manter nosso anonimato ou de nossa discordância quanto ao blog *Madame XXX* em prol de uma trégua de uma hora regada de mimos.

À meia-luz e ao som de flautas japonesas, duas jovens e belas esteticistas, Suki e Yuna, aproximam-se para se apresentar.

— Relaxem — diz Suki, posicionando nossas cadeiras de forma que Sienna e eu possamos ficar deitadas confortavelmente com a cabeça para trás.

Fecho os olhos, e Suki gentilmente massageia meu rosto com um pano quente e úmido. Então, ela bate levemente com as pontas dos dedos em minha testa e nas maçãs do rosto, tão suavemente que quase chego a dormir.

— Hum. — Suspiro, caprichosamente. — Isso foi uma excelente ideia.

— Agora vem a melhor parte — diz Yuna, enquanto abro os olhos para vê-la derramar um pó branco numa tigela.

Ela adiciona algumas gotas de água e tritura a mistura vigorosamente com um pilão. Quando a considera perfeita, aplica uma máscara grossa sobre o rosto e o pescoço de Sienna. Suki repete o mesmo procedimento comigo.

— Pinica um pouco — diz Sienna. — De um jeito bom. O que é isso?

— Muito especial. — Suki ri. — Chama *Ugui su no fun*.

— Que curioso — digo, enquanto Sienna, com seu espírito de jornalista, pressiona a dupla por mais detalhes.

— Você não saber antes de vir? — pergunta Yuna. — É a limpeza de pele especial da gueixa, para esfo, esfoli...

— Esfoliar? — Sienna tenta ajudar.

— Isso, obrigada. Ele es-foli-a, tira todas as camadas mortas. As gueixas, elas usam muita maquiagem, precisam de uma coisa muito especial para limpar a pele. É feito de rouxinol.

— De rouxinol? — pergunta Sienna, ativista fervorosa da PETA, espantada que um animal possa ter sofrido em nome da beleza.

— Não, não, não se preocupe. É parte de fora do rouxinol. É feito de cocô de rouxinol.

— Cocô de rouxinol? — repito, sentando-me num sobressalto.— Passei metade da vida em Nova York fugindo de cocô de passarinho e agora estou pagando 200 dólares para alguém esfregar isso na minha cara? Puta merda!

— Isso, isso, merda — concorda Yuna. — Quando falo isso para os clientes alguns deles também dizem isso.

Nem sequer escuto Suki tentando me assegurar de que o creme foi esterilizado e misturado a farelo de arroz. Recosto-me novamente, tentando não mexer um músculo até que ela consiga limpar toda aquela pasta fecal. Sempre venerei minhas filhas, mais do que posso expressar, mas todas aquelas mães na sala de espera do pediatra que ficam dizendo que o cocô do filho cheira bem deveriam visitar a Mayo Clinic para avaliar sua capacidade olfativa. Sem falar da sanidade mental. Sienna me olha e desata a gargalhar de meu desconforto agitado.

— Minha culpa. Esta é por minha conta — declara, animada. E então, ela finge lamber e estala os lábios. — Hum, hum, hum, parece galinha!

— Obrigada — digo, enquanto caminhamos até a rua e declaro que nunca mais, sob hipótese alguma, vou comer qualquer tipo de ave de novo. — Acho que era o que faltava para eu virar vegetariana — digo, quando o maître de um aconchegante restaurante de sanduíches e saladas na Madison Avenue cruza o salão em direção à mesa em que Naomi já está nos esperando. A princípio, ela não repara em nós, já que está debruçada sobre o computador.

— Ah, não, você também! Primeiro as meninas, depois Sienna, agora nem a minha mãe eu consigo arrancar da internet — suspiro, enquanto Sienna desliza para o seu lugar e eu me sento na frente de Naomi.

— É tão interessante as coisas que você pode descobrir aqui. Molly me ensinou a entrar no MyFace.

— Facebook — corrijo.

— MyFace, Facebook. Por mim eles podiam chamar de Spacebook. A questão é que estou me preparando para o encontro das Misses Metrô. E estou me inteirando de tudo sobre as outras misses.

Há meses que Naomi só fala nisso, está completamente obcecada com o reencontro das Misses Metrô. Isso até contribuiu para o seu infarto. — Ela jamais estaria levantando peso se não estivesse tão obstinada a entrar em forma.

— Mãe, é só uma festa — protesto.

— Não é "só uma festa" — desdenha Naomi. — Um lançamento espacial é só mais uma viagem? Essa reunião é como uma maratona, requer preparação e resistência. Vou armada até os dentes com as informações que conseguir reunir, e um novo corte de cabelo. — Naomi coloca os óculos e gruda o rosto no de Sienna. — Sua pele está tão limpa. Talvez eu devesse fazer essa limpeza de pele de vocês.

— Bem, sem dúvida ela pode fazer uma diferença "excremental"... — diz Sienna, piscando para mim.

— Você sempre fica linda depois das limpezas com a Elizabeth Arden, mãe. Melhor não tentar nada radical em sua pele a uma semana do grande dia.

— Tem razão. Como minha única filha se tornou tão inteligente? — Por um instante, Naomi parece me olhar com admiração, e então acrescenta: — Bem, por que não seria inteligente? Você é uma lasca do bloco principal.

Depois da conversa de coração aberto ontem, estou quase aliviada de saber que algumas coisas jamais mudarão. — Naomi é incapaz de me elogiar sem exaltar as próprias qualidades. Há uma semana talvez o comentário tivesse despertado raiva, mas hoje só me faz rir.

O garçom chega com os cardápios. Naomi pede um hambúrguer de 80 gramas sem maionese, eu peço uma salada Waldorf sem maionese, e, de brincadeira, Sienna pede "um pote de maionese e uma colher".

— Um pote de maionese... Ah, entendi, muito engraçado. — O garçom ri, reconhece Sienna e pede um autógrafo. Depois de anos recebendo atenção, Sienna sente falta de estar em evidência e, ao rabiscar no bloco de pedidos do garçom, abre um amplo sorriso, como se estivesse escrevendo o nome na calçada da fama, diante do Grauman's Chinese Theater, ao lado de Brad Pitt. — Obrigado, pode deixar que eu arrumo o pote de maionese — diz ele, enfiando o pedaço de papel no bolso e virando-se de volta para a cozinha. — Agora que você não está mais na TV, acho que a velha dieta pode ir para o espaço.

Sienna ergue a cabeça e suas narinas se abrem.

— A velha dieta não foi para o espaço coisa nenhuma, e, para sua informação, você ainda vai ouvir falar de mim, meu caro — escarnece ela, levando a sério demais uma tentativa de piada tão fraca quanto aquela.

Ignorando a contenda, Naomi volta a digitar em seu computador. Depois de alguns minutos, ela aponta a tela triunfalmente para mim. — E agora é a minha vez de me sentir mal.

— Se você quer saber, este é o hotel onde o Peter está hospedado — afirma.

Olho para minha mão esquerda e, ansiosa, giro a aliança. Tinha acordado de meu cochilo com a amnésia entorpecida dos que sofrem de estresse pós-traumático. Lembrava-me vagamente de que algo estava errado, mas escondi isso em algum lugar na memória e corri para encontrar Sienna. Agora, a sensação esmagadora de que meu casamento está correndo risco volta à tona. Massageio as têmporas com a ponta dos dedos, forçando os fatos a entrarem em foco novamente.

— Como você sabe onde o Peter está hospedado?

— Uau, gente, para tudo. Peter saiu de casa? — pergunta Sienna. — E por que você não me contou?

— Eu esqueci. E ele não saiu de casa. Está viajando. A trabalho. Tenho certeza de que está preso o tempo todo em alguma sala de conferências tediosa.

— Isso não me parece tedioso! — exclama Naomi, apontando para o computador.

Encaro o cenário tropical que ela exibe na tela. Palmeiras e cabanas de estuque cor-de-rosa pontilham uma praia de areia branca, ao longo de um oceano azul-esverdeado. BEM-VINDOS AO PARAÍSO, diz o banner em letras roxas femininas estendido sobre a imagem idílica. *Conheça Tiffany Glass e a equipe de esteticistas da BUBB; consultas grátis todos os dias desta semana.* Google, eu te odeio! Eu precisava mesmo ser lembrada de que Peter e Tiffany vão passar dez dias juntos numa ilha sensual e exótica enquanto estou aqui sozinha em Nova York?

— Algumas poucas lições e eu sou o próprio detetive Columbo. — Naomi se gaba.

— E eu estou enjoada — digo, enterrando a cabeça nas mãos e praguejando minha sorte geográfica. — Ele tinha que estar no *Havaí?* Não podia ser em Kalamazoo? Ouvi dizer que eles estão precisando desesperadamente de delineadores nos confins do Ártico.

— É bom que seja no Havaí, *bubale* — garante Naomi, confiante. Minha mãe só recorre ao iídiche quando quer demonstrar inteligência, e, embora não tenha a autoridade arrogante do latim, acho o ritmo familiar tranquilizador. — O Havaí é romântico, o clima é ardente. Vai regurgitar completamente o seu casamento.

— Mãe, acho que você quer dizer ressuscitar.

— Regurgitar, ressuscitar... vai melhorar as coisas. — O quadro que Naomi descreve é interessante, e começo a me imaginar naquela praia sem fim, caminhando de mãos dadas com Peter ao pôr do sol. Isto é, até minha mãe acrescentar mais um detalhe visual: — Você vai ter que comprar um biquíni novo. Talvez um maiô e uma canga. Ou uma túnica. Aquela Tiffany... — E, ao trazer a competição à tona, a voz de Naomi diminui à medida que ela se vê sem palavras para explicar exatamente como acha que eu poderia triunfar sobre a beldade peituda da Tiffany Glass.

— Talvez eu devesse comprar um burquíni, uma daquelas roupas de banho iranianas que cobrem tudo, exceto a cara — digo, desanimada. — Preciso de um plano.

— Não, o que você precisa é de uma passagem de avião. — Sienna ri. — Peter ama você; você só precisa voar até lá e arrastá-lo de volta para casa.

Voar, arrastar, comprar um biquíni — o tanto de energia física e emocional necessária para salvar um relacionamento que parece ameaçado.

O garçom chega trazendo minha salada, o sanduíche de Naomi e um pote grande de Hellmann's com três colheres.

— Um plano não é má ideia, *bubale* — diz Naomi, passando uma colherada generosa de maionese sobre seu hambúrguer. — Vamos ver o que a gente consegue preparar.

✿✿✿✿✿

No caminho de casa, paro no supermercado para comprar os ingredientes do empanado de frango, a comida preferida das meninas. Quando Molly e Paige eram pequenas, eu deixava as duas mergulharem os pedaços de frango no ovo e depois na farinha de rosca; enquanto o frango estava assando, elas misturavam mel e mostarda para fazer um molho picante, lambuzando-se com a mesma quantidade de molho que preparavam na caneca. Talvez as meninas até estejam em casa esta tarde para me ajudar. Se vou ter que explicar que o pai delas está numa viagem de negócios imprevista — e que vou deixá-las com Naomi para me juntar a ele por alguns dias —, quero que tudo pareça o mais normal possível. Mas faz tanto tempo que não preparo uma refeição que não seja uma bandeja de alumínio com comida congelada ou uma caixinha de comida gordurosa entregue em domicílio que esse jantar, por si só, já pode ser uma pista.

As luzes do apartamento estão apagadas, e, assim que entro em casa, tropeço numa mochila largada bem diante da porta de entrada.

— Paige Newman! Quantas vezes disse a você para não largar suas coisas pela casa para as pessoas tropeçarem?

Coloco as sacolas de compra no chão, acendo as luzes e vou até o quarto das meninas, que está vazio. Abro e fecho a porta da saleta e, enquanto caminho até a biblioteca, ouço um barulho indistinto. Sem aviso, escancaro a porta e percebo as silhuetas de um rapaz e uma menina. Mal é possível enxergar o contorno; na escuridão, eles parecem figuras em um jogo de sombras, só que os cabelos estão desgrenhados e os lábios colados. Acendo a luz e os dois adolescentes ruborizados me olham, assustados.

Os dois botões mais altos da blusa de minha filha estão abertos, e ela tenta fechá-la com as mãos. E então enterra a cabeça no ombro do rapaz, que a envolve com os braços. Brandon, aquele sedutorzinho idiota, com um sorriso irritante na cara.

— Brandon, vá embora agora! — grito, quase perdendo o controle.

— É para já, Sra. N — diz Brandon, com um sorriso silencioso.

Ele pega a gravata e o blazer do chão e — maldito seja — sopra um beijo em nossa direção.

Tremendo, envolvo minha filha e pressiono-a contra meu peito. E assim fico por muito tempo, tentando encontrar um jeito de falar com ela sem piorar as coisas com as palavras erradas. Por fim, seguro-a pelos ombros e encaro profundamente seus chorosos olhos azuis.

— Molly Newman, que diabos estava passando pela sua cabeça?

Molly fica em silêncio no sofá por alguns minutos. Então, ela abotoa a blusa e se levanta para sair da sala.

— O quê? Não venha me dizer que você não tem nada para alegar em sua defesa, mocinha? — digo, parafraseando todos os pais de seriados ruins da TV. Como é possível que eu tenha encontrado minha filha de 14 anos de idade com a blusa semiaberta agarrando-se no sofá com um menino, um menino que está saindo com a irmã dela, e, ainda assim, sou eu quem fica procurando as palavras certas?

— Desculpe — balbucia Molly de costas para mim. E então ela se vira e sua voz se torna mais ousada. — Você não entende? Pela primeira vez um menino gosta de mim. Ele disse que vai terminar com a Paige para ficar *comigo*. E não é qualquer menino, ele é popular, ele é o Brandon Marsh — argumenta ela, como se isso pudesse explicar tudo.

Esse é o meu castigo, penso com uma ponta de culpa. Quando tudo isso começou, há tantas semanas, eu estava secretamente torcendo por Molly — e agora, olhe só o que aconteceu: meu desejo foi realizado. Molly quer ser popular; quem não quer? A vida é exatamente igual ao que era na minha época do colégio, uma luta constante para ser aceito pelo grupo. Pelo amor de Deus, no mundo da TV, os telespectadores avaliavam o carisma de Sienna todas as noites. Em algum ponto, porém, se formos inteligentes, se tivermos sorte, povoamos nossas vidas de pessoas que nos amam exatamente pelo que somos. Não pelo que poderíamos ter sido ou pelo que fazemos por elas — como, por exemplo, se agarrar num quarto ou inflar o ego delas em busca de atenção. Preciso fazer Molly compreender que, ao ficar com Brandon, ela não só está traindo a irmã como está traindo a si própria.

Dou uma palmadinha na almofada ao meu lado no sofá. Cautelosamente, Molly cruza os braços e se senta.

— Então — digo, suavemente —, deve ser bom que o Brandon goste de você.

O que quer que Molly estivesse esperando de mim, não era isso.

— É — responde ela, hesitante.

— Ainda me lembro da primeira vez que beijei seu pai...

— Ai, mãe, por favor, você não vai me obrigar a ouvir essa história de novo, vai? De como você saiu para tomar café com ele depois de um grupo de estudos e que você o conheceu melhor e confiava nele antes de vocês dois ficarem juntos de verdade? Isso foi há centenas de anos. As coisas mudaram.

— Mudaram como?

Molly se ajeita desconfortavelmente no sofá onde, há apenas cinco ou dez minutos, estava estirada com Brandon.

— Bem, em primeiro lugar, as pessoas hoje não esperam mais tanto tempo. Digo, se você quer ter um namorado, precisa demonstrar que gosta dele.

Imagino que até Adão já tenha usado essa desculpa para conseguir convencer Eva, mas permaneço calada.

— Você queria ficar com Brandon? — pergunto com cuidado.

— Bem, claro que eu queria. Que garota não iria querer?

A que eu vi há apenas alguns dias e que disse que não ficaria com um cara que não a quisesse exclusivamente, penso, e, pela segunda vez em dois segundos, censuro meus comentários. Em vez disso, pergunto:

— Você gosta de beijar Brandon?

Molly cruza a perna esquerda sobre a direita, descruza e depois cruza a perna novamente na outra direção.

— Gosto, claro — responde, não muito convincente. — Quero dizer, eu não tenho nada com que comparar.

— Molly...

— Está bem, eu sei, você vai dizer que eu só estava beijando o Brandon para ele gostar de mim.

— E?

— Talvez, um pouco. Mas eu também estava curiosa.

— Você sabe que pode dizer não, não sabe? O que quero dizer é que, mesmo que você já tenha começado a beijar um garoto, não significa que você tenha que...

— *Aimeudeus*, mãe, agora você vai começar a citar aquela lista idiota que eles deram para a gente no sexto ano. "Não, não estou pronta." "Não, não quero ficar ralada por causa do carpete." E, é claro, minha preferida: "Não, tenho alergia!" Como assim, o cara vai ficar com medo de você ter um choque anafilático?

— É possível — respondo, sem muita convicção, porque racionalmente sei que é mais provável morrer em decorrência de uma alergia a amendoim do que a sexo, embora eu pudesse fazer qualquer coisa para que Molly alterasse o foco de seu afeto de Brandon para manteiga de amendoim.

Molly balança a cabeça e se levanta para encerrar a discussão.

— Eu poderia ser atropelada por um ônibus — diz ela, citando o pai, que parece acreditar que os perigos de se atravessar a rua me deixariam menos preocupada com o que quer que estivesse me afligindo, quando, na verdade, só me dá mais um motivo de ansiedade. — Pare de fazer disso o fim do mundo. Por que todo mundo nesta casa tem que fazer tanto estardalhaço com tudo?

— Porque eu amo você! Porque quero protegê-la! Porque você é muito jovem! Porque sim! — digo, frustrada, abandonando minha abordagem politicamente correta, compreensiva e cabeça aberta. — E, aliás — digo, enquanto Molly pega o iPod do chão e deixa o cômodo num estrondo —, você está de castigo. Por uns 150 anos.

Dezesseis

Analise *isto*

— Molly, era Molly, e não Paige — resmungo, incapaz de compreender os eventos da tarde de ontem.

— Talvez este seja o problema. Molly sempre foi fácil de educar. Se fosse com Paige, você ficaria magoada, mas não surpresa, o que provavelmente não é justo com nenhuma das duas. Tome aqui — diz Sienna, quebrando um pedaço de chocolate e me passando um quadradinho. — O rapaz da loja de produtos orgânicos me contou que cada lote deste chocolate foi exposto a cinco dias de gravações eletromagnéticas de ondas cerebrais de monges meditando.

— E ele falou que eles estavam rezando pela paz mundial e por zero calorias? — Passo o chocolate de um canto a outro na boca.

— Na verdade, ele disse que eles estavam rezando para juntar dinheiro para comprar um ar-condicionado para o mosteiro.

Rio e pego o restante da barra.

— Talvez eu compre alguns para mim no caminho de casa. Como sócias de uma pequena empresa, é praticamente uma obrigação moral comermos o máximo possível disso. E Molly também gosta de se engajar numa boa causa. Talvez eu consiga tirar Brandon da cabeça dela.

Sienna ergue uma sobrancelha, mas evita dizer o óbvio. Não importa a quantidade de endorfinas que uma barra de chocolate libera, nunca vai se comparar com a emoção de estar com um menino. Especialmente um que acabei de declarar proibido. Estou furiosa com Brandon. E comigo. E com Peter. Estou com tanta raiva de Peter que posso acabar rasgando as mangas da jaqueta favorita dele. O que diabos ele está fazendo no Havaí numa hora dessas? Ele deveria estar aqui para ameaçar retalhar aquele idiota do Marsh em pedacinhos com um facão de açougueiro caso ele chegue a menos de 30 metros de qualquer uma das meninas de novo. E então ele subiria na cama e diria que vai dar tudo certo.

Amasso o papel do chocolate e o arremesso na cesta de arame. Sienna e eu estamos sentadas diante de um espelho de duas direções, esperando o início de uma reunião de grupo de discussão que Bill organizou entre a Agência Veronica e os clientes. A sala onde a reunião vai acontecer tem carpete verde-claro, luzes suaves e poltronas aparentemente confortáveis. Do nosso lado do espelho, Sienna e eu estamos empoleiradas em cadeiras de metal dobráveis, e uma lâmpada fluorescente me deixa com a sensação de que somos nós que estamos sob investigação.

— Não consigo nem encontrar Peter — digo, deprimida. — Ele me mandou um e-mail ontem de Miami. Alguma coisa sobre a antiga empresa ter pegado o BlackBerry dele de volta quando foi demitido e que ele não quis gastar dinheiro renovando o plano internacional quando substituiu o aparelho. "Não achei que fosse precisar, não imaginava que fosse sair de casa de novo." A porcaria não funciona fora do continente.

— Ele deixou o telefone do hotel?

— Deixou, mas a ligação não completa. Tentei ligar a noite inteira.

— Tenho certeza de que vocês vão se falar hoje à noite. E você vai encontrá-lo no sábado, não é?

— Talvez — respondo, revirando a bolsa em busca do telefone. Nenhuma mensagem de Peter. Nem de Molly. — Não vou para o Havaí antes de resolver as coisas em casa.

— Eu não devia dar conselhos. — Sienna se recosta na cadeira e passa as mãos pelas minhas costas num carinho reconfortante. — Não sou mãe de adolescentes, aliás, não sou mãe de ninguém. Também não sou muito boa com plantas. Todo mundo diz que é impossível matar um cacto, mas de alguma forma eu consegui.

— Você é uma grande amiga. E parece que está se saindo uma grande namorada também — comento, olhando através do espelho para Bill, que acaba de entrar na sala e sorrir na direção em que sabe que estamos sentadas.

— Veremos — diz Sienna, dando um tchauzinho para o companheiro. — Mas a única coisa da qual tenho certeza é que você é uma excelente mãe. Molly não está se perdendo na vida...

— Ela está só perdendo outras coisas por aí? — pergunto, tensa com a escolha de palavras de Sienna.

— Não. Ela está saindo do ninho. E está fazendo exatamente o que os adolescentes fazem.

— Achei que você tinha acabado de dizer que não sabe nada sobre ser mãe de adolescentes.

— Fiz uma entrevista uma vez com a estrela do *Nanny 911*. E acho que me lembro de um incidente com o capitão do time de futebol...

— Droga! O maldito do Frank Nelson. — Balanço a cabeça. — Ele me disse que se eu fosse melhor de cama do que Serena Levine ele me levaria ao baile de formatura em vez dela.

— E? — Sienna me cutuca.

— Eu fui melhor do que ela, mas ele não me levou ao baile. Que canalha.

— Isso mesmo. Toda garota precisa sair com pelo menos um canalha. Assim, quando ela encontrar um bom sujeito, já será inteligente o suficiente para reconhecê-lo.

Graças a Deus tenho Sienna. Sempre posso contar com ela quando preciso de uma perspectiva racional. Ter uma amiga que não perde o controle diante de um simples problema é algo inestimável — sem falar de uma que se lembre do dia em que fugimos para furar a orelha e de toda a minha vida amorosa.

— Frank Nelson... Aliás, o que aconteceu com ele?

— Mecânico, alcoólatra, desempregado e divorciado. — Sienna não perde tempo. — Na verdade, ouvi dizer que é o diretor executivo de um fundo de cobertura de risco.

— Pelo menos a parte do "desempregado" provavelmente é verdade.

— E aqueles joelhos. O sujeito é um ex-jogador de futebol de 40 e poucos anos. Provavelmente não pode nem passar pela segurança de um aeroporto sem disparar um alarme.

Aperto a mão de Sienna. Daria tudo por um alarme que apitasse na cabeça de Molly e a prevenisse a respeito de Brandon. Ou para ouvir um toque de celular que indicasse que um de meus amores está tentando falar comigo.

Coloco o telefone no modo vibratório e aperto-o na mão. Sienna aponta para a sala do outro lado do espelho, onde os clientes da Agência Veronica — também conhecidos como os amigos de Bill — servem-se de café e se sentam em torno da polida mesa preta de conferências. Vários deles são musculosos, alguns têm um leve excesso na cintura, que, se estiver acompanhado de um terno caro o suficiente, diz ao mundo que se trata de um homem rico e bem-alimentado. (O irônico é que o mesmo excesso na cintura de um sujeito de camiseta e um cofrinho exposto o coloca numa classe social inteiramente diferente.) Em geral, nossos clientes têm aparência mediana, alguns mais bonitos, outros nem tanto, mas todos na sala têm uma coisa em comum: assim como Bill, nosso sócio e namorado de Sienna, são jovens. O que também não passa despercebido a Sienna.

— Olhe só para esses caras. Você tem noção de que quando os primeiros dentes deles estavam nascendo nós já usávamos aparelho? E que quando entramos para a faculdade eles estavam entrando no jardim de infância? — resmunga Sienna. Ela pega um espelho e passa um pente pelos suntuosos cabelos, que, aliás, estão num tom lindo, mais escuro do que quando aparecia diante das câmeras.

— Você sabe que o Bill não só a adora como também está nos ajudando a montar todo um negócio em torno da ideia de mulheres mais velhas e homens mais novos, não é?

— Claro, mas sempre achei que ficaria com um cara trinta anos mais velho, e não o contrário. Assim eu não teria que me preocupar quando minha aparência começasse a decair. O velho ranheta já estaria cego demais para reparar.

— Você vai continuar sempre linda. E não está mesmo preocupada com a diferença de idade, está?

— Não, claro que não. Mas às vezes eu queria estar com alguém que se lembrasse do caso Watergate. Ou dos colchões d'água. Ou de quando inventaram o irrigador oral Waterpik — diz Sienna, frivolamente.

Bill dá início à reunião, e eu aumento o volume no painel de controle do espelho para ouvir o que todos estão dizendo. Antes do primeiro assunto em pauta, Bill oferece uma bandeja de prata com guloseimas. Ao contrário de nossas acompanhantes, que, em sua maioria, rejeitaram os donuts, todos os homens aceitam a oferta — exceto um, que reconheço como Gabe, o homem que se encontrou com Georgy.

— Minha nova mulher me colocou na dieta do Atkins — comenta ele, com um amplo sorriso, parecendo feliz de ter uma mulher em sua vida que, mesmo recebendo um salário, se preocupa com a saúde dele. Claro, Gabe é o cliente que levou uma fantasia de empregada francesa e algemas para o encontro; ele *gosta* de receber ordens.

— Ah, fala sério — diz um sujeito de rosto vermelho enquanto pega um cannoli. — Pelo que Bill está nos cobrando, era melhor que o acordo viesse com alguma comida de graça.

— Larry, você não vai começar a reclamar dos valores agora, vai? Qualidade, senhores, tem um preço.

Larry dá uma mordida generosa em seu doce e fica com uma fina camada de cobertura de açúcar em torno dos lábios.

— Não, só estou dando uma dura em você — diz ele, com uma gargalhada.

— E, por falar nisso — intervém um sujeito que Bill apresentou como Mike, seu colega de faculdade —, foi uma dura mesmo. Bem dura, se é que vocês me entendem. E eu *gostcho*!

— E você me deixa com ânsia de *vômitcho*. — Dou uma risadinha, revirando os olhos.

— É verdade, cara, mulheres mais velhas são muito mais autoconfiantes — concorda o devorador de cannoli, Larry, que acaba de atacar um pãozinho doce.

Ou esses caras precisam trabalhar a fixação oral na cama ou a gente vai ter que colocar vários deles no programa do Atkins.

— Lucy me ensinou o que uma mulher quer — diz Mike.

— Patricia passou muito tempo fazendo o que *eu* queria — apontou Matt, o negociante que a levou para o evento da Literacy Partners. — Ela estava linda, foi ótima conversando com meus colegas e ainda ensinou à esposa do meu chefe onde conseguir uma bolsa de couro de jacaré em liquidação. Todo mundo ficou impressionado. Eu também. — Matt assovia. — Não dava um beijo de língua daqueles há... Bem, nunca.

E provavelmente isso também nunca lhe custou 1.200 dólares adicionais, imagino.

Até Gary, o fã de esportes que foi deixado num quarto de hotel pela tímida Rochelle, superou a decepção inicial.

— Obrigado pela amostra grátis. — Ele pisca para Bill, referindo-se ao cancelamento de seu pagamento e à noite de cortesia que marcamos com Diane, que ele descreveu como "um nocaute de mulher". Uma decisão sábia, já que podemos ganhar mais dinheiro com um consumidor satisfeito.

Sienna digita cada palavra em seu computador, e eu tento registrar todas na memória: autoconfiante, sofisticada, nocaute de mulher, cosmopolita, inteligente. Bill tinha razão, mulheres adultas e atraentes estão em falta. A Agência Veronica está preenchendo um nicho que parece mais promissor até do que piso de bambu. E fico muito feliz de fazer parte deste cobiçado grupo. Embora nem todos os homens na sala sejam maduros o suficiente para apreciar uma mulher mais velha.

— Cara, a Diane foi superlegal — diz Gary, unindo as pontas dos dedos. — Mas eu estava pensando, talvez este garanhão aqui pudesse se enroscar com uma potranca mais novinha, se é que você me entende. Tem alguma dessas no seu estábulo?

— Garanhão? Esse idiota acha que é um garanhão? Asno seria mais apropriado — exclama Sienna.

— Tudo que ouvi nos últimos vinte minutos foi o quão maravilhosas essas mulheres são. — Bill encara a mesa de nerds Mestres do Universo com severidade. — Isso, senhores, é porque se trata de puros-sangues.

— Também acho — diz Matt, erguendo uma xícara de café.

— Eu também, aquelas garotinhas de 20 e poucos anos são tão inseguras e carentes. As mulheres da Agência Veronica são cultas e autoconfiantes — concorda Mike, par de Lucy. E então ele ri: — Além do mais, na idade delas, ficam até agradecidas.

— Agradecidas? Aquele verme puxa-saco realmente acabou de usar a palavra "agradecidas"? Ele é que deveria ficar "agradecido". Não consegue arrumar ninguém para dormir com ele a menos que pague por isso. — Sienna se enfurece, descontando a raiva nas teclas do laptop.

Os rapazes do outro lado do espelho não têm ideia de que estão sendo observados com a intensidade de uma Jane Goodall estudando seus chimpanzés. Do mesmo modo que seus antepassados primatas, percebo que eles se tornam mais agressivos depois de alimentados — assim que a reunião vai desacelerando, eles soltam algumas piadas obscenas, batem nos ombros uns dos outros e cutucam-se nas costelas. Bill pede que preencham alguns formulários e, à medida que saem, anota seus pedidos para futuros encontros. Vários minutos depois, carregando o paletó sobre os ombros e cantarolando, Bill troca a luxuosa sala de conferências pela nossa apertada e muito iluminada sala.

— Acho que correu tudo muito bem — comenta ele, inclinando-se para beijar Sienna, que se afasta dele.

— Você acha?

— Sim, olhe aqui — diz, espalhando uma quantidade considerável de questionários já organizados por ele. — Mais de noventa por cento de satisfação dos consumidores. Todos os homens assinaram por pelo menos mais três noites cada e ao menos metade deles diz ter amigos que gostariam de se tornar clientes também. E, exceto por aquele imbecil do Gary, ninguém quer mudar de acompanhante. Estão todos felizes com seu par. Somos um sucesso! — exclama Bill, envolvendo-nos com os braços, sem perceber os sinais de Sienna de que ela não compartilha da alegria dele.

Ela lança um olhar gelado e se afasta de seu abraço.

— Acho que devemos ser um pouco mais seletivos com a clientela — diz, friamente. — Diga ao Gary que, se ele não aprecia nossos serviços, preferimos que escolha outro lugar. E aquele Mike. E aquele idiota do J.D. do encontro que você marcou com a Tru.

— J.T. E vocês podem parar de ficar falando que eu tive um encontro?

— Não seja insensata, Sienna. Isto é negócio. Você acha que o cara da lavanderia adora todo mundo que leva as calças para ele lavar? — pergunta Bill.

— O cara da lavanderia não precisa ir para a cama com os clientes. Nossas mulheres sim.

— Sienna...

— *Bill!* — devolve Sienna, num tom que me diz que ela está disposta a criar confusão.

Como minha melhor amiga pode ser tão equilibrada ao lidar com os meus problemas e ter o pavio tão curto ao lidar com os próprios? Claro, também não fiquei feliz com a reação de Gary, mas dez homens na sala fizeram elogios entusiasmados.

Sienna volta a atenção para o computador e digita vigorosamente mais algumas frases. E então, rodopiando o indicador no ar com o floreio barroco de um maestro regendo uma orquestra sinfônica, mira o teclado e golpeia o botão "Enter".

— Como estão as coisas no trabalho? — pergunta Paige, que pensa que estou gerenciando uma agência de emprego temporário, ao se jogar no sofá da sala de estar.

Mordo uma maçã, produzindo um barulhinho crocante que descreve muito bem meu estado de espírito.

— Bem — respondo, sentando-me ao seu lado, embora esteja um tanto perturbada pelo ataque de Sienna esta tarde.

As coisas estavam caminhando tão bem entre Bill e Sienna — bem até demais, se levarmos em conta suas experiências românticas anteriores — que não posso deixar de pensar que ela esteja fazendo tempestade em copo d'água apenas para sabotar o relacionamento deles. Sem falar do estresse que isso está trazendo para o negócio. Porém, Molly não está falando comigo e Peter está no Havaí, portanto não estou em posição de atirar pedra alguma.

Olho ansiosa para a mesinha da secretária eletrônica. Agora que existem celulares, o outrora essencial telefone fixo está se tornando tão ultrapassado quanto uma barra de sabão na era do alvejante líquido sem cloro. Apesar de não haver qualquer luz piscando, o que já me indica a resposta, não consigo deixar de perguntar, tentando parecer o mais casual possível:

— Seu pai ligou?

— Não, ele não está viajando? Ele entrou no nosso quarto quando ainda estava escuro para dizer que iria viajar com a Tiffany para o Havaí para ela fazer tratamentos estéticos em hóspedes de hotéis bacanas. Que sortudo. Eu não me importaria de ficar estirada numa praia.

— Bem, ele não está de férias — digo, num gracejo. Pelo menos espero que não esteja. Tenho certeza de que Peter está trabalhando o dia todo com uma penca de gente, tentando vender os cremes de Tiffany. E Tiffany provavelmente está mergulhada até a tampa em rímel e hidratantes; eles não podem estar tendo muito tempo juntos.

— Mãe — chama Paige, sacudindo a mão na frente do meu rosto, tentando recuperar minha atenção. — Aconteceu alguma coisa?

— Não. Só estava pensando se seu pai se lembrou de levar um suéter — falo, distraída. — Mesmo no Havaí pode fazer frio à noite. — Pelo menos espero que ele esteja passando frio à noite em seu quarto enorme e solitário, sem a esposa para abraçá-lo.

Coloco meus pés no sofá e me estico para esfregar os dedos. Paige pega o miolo da maçã com um guardanapo e o atira no caixote que está no lugar da mesa de centro. Ela afasta minhas mãos e começa a massagear meus pés cansados.

— Hum, que delícia — digo, fechando os olhos e me rendendo ao relaxamento. Então, a luz se apaga. — Tudo bem, mocinha, o que você quer?

— Mãe, isso é tão, sei lá, clichê. Só porque estou fazendo algo legal por você significa que quero alguma coisa?

— Desculpe, meu bem, você está certa. — Encosto-me contra a almofada enquanto Paige aperta meus dedos com a pressão perfeita. Depois de alguns instantes ela limpa a garganta e diz:

— Mãe, eu sei que você pegou a Molly e o Brandon...

— E você está tranquila com isso? — pergunto, assustada.

— Bem, mais do que você. Pelo menos não fiquei toda estressada quando ela me contou.

— Isso é muito *maduro* da sua parte. — Se alguém me chamar de "madura" eu já fico logo eriçada, mas para uma adolescente tal palavra é motivo de orgulho. Ainda assim, o que realmente quero dizer é: o que diabos está acontecendo? Até a rainha da Inglaterra demonstraria um pouco mais de emoção se a irmã gêmea dela estivesse se agarrando com o menino com quem ela estava saindo. — Achei que você gostasse do Brandon. Por que está levando isso tão na boa?

— Ah, você sabe, existem muitos outros peixes no mar — diz Paige, evasiva, e, antes que eu tenha uma chance de me aprofundar no assunto, Molly entra na sala.

Molly mal emitiu um grunhido esta manhã, apesar de minhas tentativas de conversar antes que ela saísse para o colégio. Mas agora ela baixa os olhos e se senta perto de mim.

— Sei que não devia ter beijado o Brandon. Sei também que nem devia estar saindo com ele — diz ela, olhando para Paige,

204

que está sentada ao meu outro lado. Paige estica o braço na direção de Molly sobre o encosto do sofá, e pego as duas sorrindo. E então elas colocam as mãos em meu colo. — Desculpe, mãe — acrescenta Molly, soando genuinamente arrependida.

— Eu também — concorda Paige. — Nenhuma de nós deveria estar saindo com Brandon, não é, Molly?

— Não, não deveríamos.

— E nós concordamos, nenhuma de nós vai sair com ele de novo, certo? — completa ela.

— Isso mesmo — responde Molly, solenemente.

Estou feliz, estou agradecida, fui pega desprevenida por essa frente unida. Que mãe não gostaria de acreditar que as filhas estariam jogando fora aquele dom-juan traiçoeiro e idiota e finalmente se dando bem de novo? Ainda assim, não nasci ontem.

— Vocês têm certeza? — pergunto, girando a cabeça de uma para a outra. — Sei que estão tramando alguma.

— Certo, Molly — diz Paige, rindo —, hora de abrir o jogo. Mãe, é verdade, queremos uma coisa. Sabemos que Molly está de castigo, mas amanhã é a festa de aniversário da Heather. Por favor, a Molly pode ir? Vai ser tão divertido...

— Estaremos em casa à meia-noite — implora Molly, e, embora ela não precise dizer, sei o que está pensando. É a primeira vez desde o primário em que Paige a convida para sair com as amigas.

— Os pais da Heather vão estar na festa? Vocês vão voltar à meia-noite? Não vão mais brigar pelo Brandon? — disparo, certificando-me de que estamos falando a mesma língua.

— Prometemos. — Paige se inclina para um abraço. — Nem vamos pedir roupas novas. Anda, Molly, vamos procurar no armário. Eu deixo você usar aquela camisa roxa que você adora.

Uma mãe cujo detector de problemas estivesse funcionando provavelmente não compraria a encenação das duas irmãs felizes, mas estou tão pronta e disposta a aceitar que a paz foi restaurada nesta casa que adio qualquer preocupação. Talvez as meninas realmente *estejam* amadurecendo. Eu mesma me sinto décadas mais velha depois dos últimos dois dias.

Dezessete

Morde e assopra

No começo da noite seguinte, meu apartamento parece os bastidores de uma tenda durante a Fashion Week. As meninas estão se arrumando para a festa da Heather, eu estou tentando fazer as malas para o Havaí e Naomi está procurando alguma coisa para usar na reunião das Misses Metrô. Roupas se espalham por toda parte. Contorno uma blusa de organza fúcsia e um vestido de um ombro só preto e branco que estão no chão da sala de estar, mas, quando me sento no sofá, sem querer amasso um par de calças saruel de chiffon verde-limão.

— Bom, acho que ninguém ia querer usar isso mesmo — digo, pegando o tecido amarrotado. — Mas a sensação é gostosa.

Naomi está diante do espelho de corpo inteiro do closet do corredor, aquele que emagrece. Ela puxa o decote do cintilante vestido Bob Mackie vermelho que parece ter saído diretamente de uma turnê da Dolly Parton.

— Sei que está ridículo — admite Naomi, jogando um cardigã por cima dos ombros. — Mas a reunião é na semana que vem e eu ainda não tenho ideia do que vou usar!

— Não se preocupe, vó, nós vamos ajudar você amanhã — diz Molly, assim que ela e Paige se aproximam para dar boa-noite. As duas estão lindas em minissaias e meias-calças estampadas.

— A mãe da Laurie vai trazê-las em casa, certo? — pergunto, fazendo com que as duas abram as bolsas metálicas para checar se estão com os celulares e o dinheiro de emergência para o táxi.

— É, mãe, está tudo certo — diz Paige, balançando a corrente prateada de sua bolsa. — Embora seja um tanto desconcertante ver você desfilando pelo apartamento num biquíni rosa-shocking.

— Não é rosa-shocking, é só rosa. E não é um biquíni, é um maiô de duas peças — digo, puxando o elástico da calcinha até o umbigo. — E, na minha opinião, caiu bem.

— Está bonita, mãe. De verdade — afirma Molly, dando-me um beijo e saindo para a festa.

— Divirtam-se. — E assim que batem a porta, acrescento baixinho: — Mas não muito.

— Você está bonita, meu bem, embora possa usar umas peças mais ousadas — diz Naomi, caminhando em direção ao meu quarto. — Talvez o vestido dos meus sonhos esteja esperando por mim no seu guarda-roupa. Posso dar uma olhada?

Ando até o espelho e analiso meu reflexo. Lembro-me do absoluto terror de comprar roupas de banho nos meus 20 e poucos anos. Ou o aro do sutiã machucava meus seios ou, pior, o maiô não tinha sustentação alguma. E sempre havia aquele momento inevitável em que eu apertava as gordurinhas na cintura e invocava minhas defesas femininas: na certa estaria no período pré-menstrual, durante a menstruação ou me recuperando dela. Agora, na minha idade, seria de se esperar que eu fosse mais crítica a respeito do meu corpo, no entanto, na verdade, estou mais satisfeita. Se não sorrio afetada pelo jeito que me olho de biquíni, pelo menos não faço careta.

Pego o resto da maçã envelhecida que Paige se esqueceu de jogar fora na noite passada e caminho até o quarto para checar o que Naomi está fazendo quando, é claro, o telefone da sala toca. Enquanto corro até o aparelho e vejo o nome de Peter no identificador de chamadas, meus sapatos de camurça champanhe preferidos caem no chão e os restos da maçã mergulham sobre eles.

— Droga, meus sapatos... oi, oi — digo, equilibrando o fone no pescoço, agarrando o aparelho para tentar manter Peter o mais próximo de mim possível.

— Tru... uuu... — Ouço em meio à interferência.

— Peter, meu amor, é você?

— Ha... ha... — diz ele, o que suponho se tratar de "Havaí" e não de que a nossa separação seja motivo de riso. E então, sem mais, a ligação cai.

Ainda estou no meio da sala, acariciando o telefone, quando Naomi aparece carregando uma penca de revistas.

— Era o Peter? — Ela sorri, abaixando-se para pegar meus sapatos sujos de maçã. E então caminha até a cozinha e retorna com um papel-toalha para remover a mancha. Tão distante da Naomi individualista que conheci e que, há alguns meses, derrubou café no tapete da sala e nem sequer reparou.

— Obrigada — digo, largando finalmente o fone para colocá-lo de volta na base. Olho para o meu biquíni e rio. — Ele ligou. Deve ser um bom sinal, não? Se pelo menos eu conseguisse imaginar o que mais levar.

— Resolvido — afirma Naomi, levando-me para o quarto e mostrando a mala ao pé da cama. Ela me entrega as revistas. — Achei que você estaria ocupada demais com Peter para terminar um livro. As revistas são para ler no avião.

— Mãe, obrigada, você pensou em tudo — exclamo, impressionada ao ver que Naomi chegou ao cúmulo de amarrar uma fita dourada na alça da mala para que eu possa identificá-la no mar de bagagens pretas idênticas da esteira. Os vinte pares de sapatos que eu insisto em levar nunca cabem na mala de mão.

— Mais uma coisa — começa ela, quando o telefone toca de novo.

Ouço a voz do outro lado da linha e agarro meu casaco.

— Depois você me diz. As meninas estão na delegacia. Precisamos chegar lá o mais rápido possível.

꧁꧂

"Delegacia" e "as meninas" são palavras que jamais achei que juntaria na mesma frase em minha vida. Sem falar de "briga", "elas começaram" e "a vítima quer prestar queixa".

— Elas vão ficar bem, não é? Quero dizer, é melhor do que estarem no hospital.

— Pelo menos não estão machucadas — concorda minha mãe, embora estejamos nos agarrando às esperanças.

Olho para Naomi e vejo que ela ainda está usando o Bob Mackie vermelho cintilante. Pior, percebo que não tenho nada sob o casaco exceto o biquíni. Na correria para resgatar Paige e Molly, estava apressada demais para me vestir. Cruzo os braços com força, protetoramente. No momento, o esquadrão da moda não é, nem de longe, minha maior preocupação.

Alguns minutos depois, Naomi e eu chegamos à delegacia local. Como parceiras de nado sincronizado que pegam fôlego antes de uma competição importante, respiramos fundo. E então, ingressamos no prédio que ocupa todo um quarteirão para descobrir qual o tamanho do problema em que as meninas se meteram.

Meus olhos disparam pela sala, tentando localizá-las. As paredes da delegacia são feitas de blocos, cobertas por uma camada encardida de tinta cinza esverdeada, a luz fluorescente é suficiente para fazer todos parecerem meliantes, e um grande relógio de parede marca a passagem de minutos preciosos. Oficiais em uniformes azuis e suspeitos algemados usando de tudo, desde camisetas rasgadas a blazers Brioni, passam enfileirados por nós. No entanto, nenhum sinal de Paige ou Molly — onde essas duas se enfiaram?

Naomi aponta para uma mesa de metal onde um policial está sentado diante de uma máquina de escrever antiga — o mesmo modelo IBM que usei na faculdade para escrever meus artigos sobre Botticelli. Na parede ao lado há uma cortiça, mas, em vez de fotos de pessoas queridas, foi decorada com retratos dos criminosos mais procurados de Nova York.

— Droga — exclama ele, ao embolar um maço de papel-carbono, jogando-o no chão, ao lado dos sapatos surrados. — Dá para acreditar que o departamento acabou de gastar milhares de dólares nessas porcarias de máquinas? A polícia de Nova York consegue ler placas de carro do céu, mas não arruma um jeito mais moderno de preencher formulários com cópia — desabafa, antes de um gole de café do copo de papel molengo. — O que posso fazer por vocês? Agressão, roubo, incêndio?

Qual seria o menor dos males?, tenho vontade de perguntar. Mas sei que não estou no *Topa ou Não Topa*. Não posso escolher.

— Minhas netas, Molly e Paige Newman — diz Naomi. — Estamos tentando encontrá-las.

— Pessoas desaparecidas, ah não, você quer dizer as gêmeas da pancada? — responde o oficial, reconhecendo os nomes. Ele aponta um corredor e diz para virar na primeira à esquerda.

Paige está sentada num banco com os braços cruzados desafiadoramente. Do outro lado do banco, vejo Molly, usando a — irônica, dadas as circunstâncias — camisa roxa que sua irmã prometera emprestar para usar na festa da Heather. A festa que permiti que fossem. E onde imagino que a briga tenha acontecido. Brandon Marsh está entre as duas, de cabeça baixa e segurando um saco de gelo contra o lado esquerdo do rosto.

Naomi corre até Molly, e eu abraço Paige.

— Vocês estão bem? — pergunto, alisando seu cabelo.

— Ah, estamos sim, mãe, aliás, nunca estivemos melhor. Quem está mal é o Brandon — responde Paige, despreocupada.

Um segundo atrás eu estava cheia de angústias maternais. No entanto, agora que vejo que as meninas estão bem, resolvo pegar pesado. Solto o ombro de Paige e me levanto para olhá-la de cima.

— Pode parar de rir. O que diabos está acontecendo? O oficial lá fora chamou vocês de gêmeas da pancada. *Gêmeas da pancada*? Você e Molly disseram que estavam indo para uma festa na casa da Heather e que os pais dela estariam lá. Como vocês duas terminaram aqui com... *ele*?

— A gente *estava* numa festa na casa da Heather — diz Paige, desafiadora.

— E os pais dela estavam lá. Embora tenham passado a maior parte do tempo no segundo andar — admite Molly. Ela olha para Brandon e começa a rir. — O que quer que tenha acontecido, mãe, valeu a pena.

— Eu vou dizer a vocês o que vai acontecer. Meu pai vai chegar aqui a qualquer momento — explode Brandon, tirando o saco de gelo do rosto para expor um olho muito roxo. — E vocês, suas imbecis, vão ficar atrás das grades pelo resto da vida.

Os pais da Heather e um bando de adolescentes agitadas invadem a sala acompanhados de uma mulher usando uma calça Levi's passada a ferro e camisa branca de botão. Sempre tentamos dar o melhor de tudo às meninas — ortodontistas, instrutores de tênis, os melhores professores particulares —, mas, francamente, nunca imaginei acrescentar "Denise Rodriguez, assistente social" à lista. Todos começam a falar ao mesmo tempo, mas Denise puxa um cordão vermelho e amarelo do pescoço e assopra num apito longo e prateado.

— Um de cada vez, gente. Vamos lá. Você primeiro — afirma ela, apontando para Paige.

— Bem, Brandon é minha dupla no laboratório e ele gostava de mim, mas aí ele convidou minha irmã para almoçar, e, mesmo não significando nada, a gente começou a disputá-lo loucamente — diz Paige, sem parar para respirar.

— Brandon estava saindo comigo primeiro! — resmunga uma menina num vestidinho prateado.

— Mas ele gostava mais de mim! — reclama outra, que reconheço como a dona da festa, Heather.

— Quando perguntei ao Brandon por que ele estava saindo com mais de uma garota, ele me disse que as outras eram hambúrguer e eu era o filé — acrescenta uma menina com uma bandana cor-de-rosa com estampa de leopardo.

211

Não pude evitar pensar que já faz cinquenta anos que as mulheres queimaram seus sutiãs para lutar por direitos iguais aos homens e, no entanto, alguns rapazes ainda olham as meninas e só enxergam um pedaço de carne.

Paige levanta-se diante de todos e ergue o punho no ar.

— As mulheres não foram colocadas neste mundo para serem brinquedos dos homens! — grita, recebendo uma ovação. E então, ela se vira para mim: — Mãe, naquela mesma noite, logo depois de você pegar Brandon beijando Molly, ele me encontrou no ginásio e me beijou. Só que ele me falou que não estava saindo com mais ninguém, e eu não sabia que era mentira até o dia seguinte.

— É, e nós descobrimos que ele estava saindo com todo mundo aqui — declarou Heather, petulante, batendo com os saltos no tapete grudento da delegacia.

— Bem, nem todo mundo. — A mãe de Heather ri, desconfortável.

— Eu quis dizer todas as me-ni-nas — retruca Heather.

— Não responda assim a sua mãe — diz Denise. — Sra. Hemmings, onde estava quando a agressão aconteceu?

— No banheiro, fazendo uma esfoliação caseira. Tremendo erro — comentou ela, apontando a pele da bochecha, levemente irritada. — Mas Heather disse que não seria legal se ficássemos no primeiro andar.

— Não serem legais é exatamente o que os pais de adolescentes devem ser — diz Denise Rodriguez, escrevendo furiosamente em seu bloco. — Tudo bem, alguém pode resumir a história e me contar como tudo isso aconteceu?

Molly se oferece, erguendo o braço.

— Nós decidimos ensinar uma lição a Brandon. Quando ele chegou à festa, fomos gentis e dissemos para ele nos esperar na sala. Fingimos que ia acontecer alguma coisa sexy. Daí nós entramos e cercamos o filho da mãe, fechando os braços num círculo para ele não fugir. Falamos que descobrimos tudo e que fizemos um pacto de ninguém mais sair com ele. Nunca mais.

— Nós reconquistamos o poder! — exclama a menina do vestido prateado.

— Estava indo tudo bem até o Brandon decidir que não queria ouvir mais nada, e quando não o deixamos sair do círculo ele começou a se jogar contra a gente — diz Paige. — Ele empurrou o ombro de propósito contra o *peito* da Kristin. Foi aí que eu resolvi mandar ver e dei um soco no olho dele.

— Eu também! — guincha Molly.

— Meninas, apoiamos o discurso de vocês, mas não os métodos. Violência nunca é a solução. Vamos continuar esse assunto em casa — digo, com firmeza. — Sra. Rodriguez, pode me explicar como isso veio parar na delegacia? Crianças brigam todos os dias. Não digo que deva ficar por isso mesmo, mas também não acho que precise ganhar tamanhas proporções.

— Meu pai é promotor local — diz o convencido Brandon, pulando do assento. — Eu liguei para o delegado de polícia e mandei ele prender todo mundo. Você não pode sair batendo em alguém da minha família e ficar impune.

Como se alguém tivesse dado a deixa, um homem com frios olhos azuis e maxilar largo adentra a sala. Nunca o tinha ligado a Brandon antes, embora ele seja imediatamente reconhecível pelas frequentes fotos nos jornais.

— Sentado! — ordena Colin Marsh. E, então, abre um sorriso típico de político e faz questão de cumprimentar a todos com um aperto de mão. — Colin Marsh, Colin Marsh, Colin Marsh — repete para que nos lembremos de quem se trata quando as eleições chegarem.

A mãe de Heather se aproxima, adulando Colin Marsh e dizendo que adoraria organizar um evento e levantar fundos para sua campanha. E eu adoraria organizar um soco de esquerda na cara dele — o sujeito é um puxa-saco fingido, e, embora eu nunca vá admitir isso às meninas, dá para entender a satisfação de nocautear o filho dele. Quando recomeçamos a tagarelar, a eficiente Denise Rodriguez afasta Colin Marsh para fazer sua avaliação. Depois de alguns minutos, duas frases reconfortantes ecoam pela sala. "Acho que os pais podem lidar com isso" e "Você não vai querer essa história nos jornais, não em ano de eleição".

Colin Marsh permanece de pé, atrás de sua cria delinquente, e apoia as mãos sobre os ombros do rapaz.

— Peça desculpas, Brandon! Criei você para ser um cavalheiro — ordena ele, um pouco exageradamente, como se estivesse num palanque discursando para as câmeras, e não diante de cinco adultos e um bando de adolescentes.

As gêmeas e suas amigas riem, convencidas. Até eu dizer que elas também precisam se desculpar.

Denise Rodriguez lança um severo aviso para não se meterem em mais problemas:

— Nós temos os seus nomes. Conhecemos vocês. Da próxima vez não vai ser tão fácil! — diz, num tom que deixa claro para todos que está falando sério.

Estou descendo os degraus da delegacia para tirar minha família dali o mais rápido possível quando Colin Marsh, fiscal de distrito, entra na minha frente e me puxa para um canto.

— Se algum dia você soltar qualquer palavra sobre o que aconteceu, sobre como um bando de garotinhas de colégio fez o meu filho parecer uma mulherzinha, vou acabar com você, Sra. Newman — sussurra ele.

— O quê? — pergunto, tentando manter a voz firme. Seja racional, Tru. Não entre em pânico. Colin Marsh está apenas dando uma de valentão. Se um promotor local souber qualquer coisa sobre a Agência Veronica, você vai parar na cadeia.

— Você entendeu muito bem. Deve ter alguma coisa... — se vangloria Colin Marsh. — Todo mundo tem alguma coisa no passado que não quer que as pessoas descubram. E acredite, se eu resolver descobrir, vou descobrir. Estamos entendidos?

— Só mantenha o seu filho longe das minhas meninas! — digo com firmeza, orgulhosa de ter me mantido forte.

E então, antes que minha voz falhe ou que Colin Marsh perceba que estou tremendo, pego Paige e Molly pelos braços e digo a Naomi para chamar um táxi.

O motorista de Heather encosta, assim que nos aproximamos do meio-fio.

— Boa, meninas! — diz Heather, batendo nas mãos das gêmeas. Enquanto segue para entrar na limusine dos pais, Heather se vira para Naomi e dá uma boa olhada, de cima a baixo: — Adorei a roupa, Sra. F!

— Obrigada. — Naomi ri, segurando o tecido vermelho brilhante. — Você devia ver a que minha filha está usando.

 ~~~~~

Assim que entramos em casa, corro para o banheiro. Preciso jogar uma água no rosto. Tirar esse biquíni ridículo. Ligar para Bill e avisá-lo da ameaça agourenta de Colin Marsh.

Desabotoo o casaco com pressa e jogo-o sobre o sofá. Ao passar correndo por Molly, ela solta uma gargalhada.

— Ai meu Deus, mãe. Não vai me dizer que você saiu sem a sua faixa?

Eu me viro para ela e coloco as mãos na cintura.

— A faixa que diz "Mãe das gêmeas da pancada"? Nunca mais, ouviram, mocinhas? — digo, com raiva. Ou pelo menos tento. Paige e Molly desatam a rir. Naomi solta um uivo. E, numa explosão de alívio, começo a gargalhar também.

Coloco meu jeans e um suéter e nos sentamos à mesa da cozinha. Enquanto me vestia, as meninas fizeram sanduíches de atum. Naomi serviu canecas fumegantes de chocolate. Não me lembro de minha mãe preparando sua "canja de galinha assimilada" quando era criança, mas desde a sincera conversa matinal que tivemos sobre Peter e a vovó, e de como a resiliência pode ajudar a superar tudo, o chocolate quente virou a marca registrada de Naomi.

— Eu sabia desde o começo que esse Brandon era um bostinha — diz Naomi, erguendo o dedo. — Vocês sabem, garotos, e até mesmo homens, dizem tudo o que você precisa saber sobre eles na primeira hora. O problema é que nós, mulheres, não ouvimos.

— O que você quer dizer? — pergunta Molly.

215

— Que Brandon disse a vocês que estava saindo com as duas, e vocês sabiam que ele também saía com outras. O que mais ele precisava fazer, botar um aviso na testa?

— Mas, vó, quando Brandon estava de mãos dadas com a gente naquele dia no hospital, você perguntou qual de nós ficaria com ele — relembra Molly.

— Aquela era a velha Naomi; nem sempre ela dava o melhor conselho. Mas esta aqui é a nova Naomi. — Minha mãe ri. — Vocês deviam prestar mais atenção a ela, pois ela é muito inteligente.

— Quando eu conheci o pai de vocês...

— Ah, não — resmunga Paige.

— Zombem o quanto quiserem, mas quando eu conheci o pai de vocês sabia que ele seria bom para mim — digo rapidamente, alto o bastante para que elas ouçam, mesmo que estejam gritando e correndo até o quarto feito duas menininhas de 6 anos.

— Peter tem sido bom para você. Vocês dois têm sido bons um para o outro. Todo casamento tem seus altos e baixos — afirma Naomi. — Amanhã você vai para o Havaí, vai consertar tudo. Mais uma coisa — acrescenta minha mãe, rindo de modo bastante suspeito ao olhar para o envelope que ela me passa. — Eu disse a você que precisávamos de um plano. Quando chegar ao Havaí, ligue para este número. Acho que vai ajudar, e muito.

Assim que Naomi sai, pego o celular para ligar para Bill.

— Colin Marsh não sabe nada sobre nós, garanto. — Ele me acalma. — Ele só estava blefando. Você é que tem algo contra ele. Vá para o Havaí, acerte as coisas com seu marido. E pare de se preocupar, está bem?

— Está bem — digo, e Bill me deseja boa sorte ao desligar o telefone.

Confiro minha bagagem para ter certeza de que meu nome está legível na etiqueta. Pego o envelope de Naomi e o coloco dentro do passaporte e então, cuidadosamente, guardo o passaporte dentro da minha bagagem de mão. Sei que não preciso de passaporte para ir ao Havaí, mas, neste momento, acho que todo cuidado é pouco. Para tudo.

Dezoito

Praia e colares de flores

Depois de sobreviver a uma viagem de 17 horas, duas trocas de avião e uma criança barulhenta de 5 anos que resolveu fazer do meu encosto um saco de pancada durante a última escala de voo, estou feliz de pousar no Havaí, mesmo que nosso piloto tenha parado perigosamente junto ao final da pista.

— *Uau!* — grita o menino, empolgado, assim que o avião freia com um barulho. — A gente pode ir de novo?

Estou branca feito uma folha de papel, e meu cabelo amassado de poltrona de avião precisa de um creme desembaraçador que ainda está para ser inventado. Ainda assim, tragédias maiores foram evitadas — o avião não caiu, não tive uma trombose (levantei tantas vezes para caminhar no corredor que praticamente poderia ter ido a pé para o Havaí) e, apesar de me sentir ocasionalmente homicida em relação ao menino atrás de mim, não o matei. Embora tenha reclamado com a mãe dele.

— Você sabe que com esses modos ele nunca vai entrar em Harvard — digo, empertigada. É claro que, pelo que pude notar, ele tem um chute digno de Michael Phelps.

Agora que já não estamos mais no ar, e não há mais possibilidade de que meu celular de 150 dólares destrua os equipamentos de um avião de 150 milhões, ligo o aparelho novamente para verificar as ligações perdidas. Nada de Peter, mas fico animada com as mensagens de incentivo de Sienna: "Acabe com essa Tiffany!" e de Naomi: "Você é uma Finklestein, pode fazer qualquer coisa que puser na cabeça. E não se esqueça de ligar para Jeff Whitman."

Jeff Whitman — o misterioso homem de Naomi. Pego o envelope com os telefones de contato que ela me passou.

— Apenas ligue para ele — disse Naomi, quando a pressionei por mais detalhes. — Se revelar mais do que isso, vou estragar o plano.

Puxando a mãe pelo braço, o menino de 5 anos passa correndo por mim assim que deixo o avião. Atualmente, tão poucas pessoas despacham a bagagem que encontro a minha rapidamente e saio em busca de um banheiro. Logo encontro o masculino, no entanto, levo um tempo para reparar que algumas letras da placa para o feminino caíram. Giro a maçaneta e rio. O primeiro lugar que visito no Havaí chama-se "Se oras", o que espero que seja um bom sinal divino.

No banheiro, jogo um pouco de água no rosto e pego minha bolsa de maquiagem com o arsenal de potinhos de cem gramas — uma vantagem inesperada gerada pelas regras de segurança que proíbem o uso de potes grandes em aviões é que pude rodar todas as lojas de produtos de beleza pedindo amostras e consegui meus cosméticos preferidos de graça. Loções anti-idade, antirrugas, limpador de poros e corretivos disputam na tentativa de salvar minha pele, e ainda acrescento um pouco de corretivo para olheiras, dois hidratantes e uma quantidade generosa de protetor solar — FPS 30, com proteção UV, em vez dos grandiloquentes FPS 70 e 80, porque qualquer filtro mais alto oferece menos do que um por cento de proteção a mais e precisa ser aplicado com uma frequência dez vezes maior. Enfim, pronta, coloco os óculos de armação de tartaruga e saio na radiante luz solar, onde, exatamente como esperava das imagens que tinha visto, dezenas de havaianos nos aguardam para oferecer colares de flores aos recém-chegados. Fortalecida pela atmosfera festiva, entro na fila atrás de um grupo de turistas.

— Bela fantasia, não é? — digo animada para um careca de uns 60 e poucos anos que já trocou sua camisa por uma com estampa havaiana. Estou tão habituada ao luxo de poder conversar casualmente (com minha família e Sienna, sempre tenho alguém por perto para tagarelar despreocupadamente) que, depois da longa e solitária viagem, estou em crise de abstinência. — Sabia que os havaianos falam "aloha" tanto para "oi" quanto para "tchau"? Igual a "shalom".

Antes que ele possa sequer abrir a boca, uma mulher trajando um vestido havaiano vira-se para mim.

— "Shalom", é? Pode parar de dar em cima do meu Harry!

— Só estava puxando papo. — Aponto minha aliança para assegurar que ela não precisa se preocupar. — Briguei com meu marido e vim para o Havaí para me certificar de que a chefe bonitona não está se jogando em cima dele.

— É, mas não vá achando que pode trocar o seu marido pelo meu — avisa ela, ainda desconfiada.

Harry se inclina e sussurra algo no ouvido dela.

— Ah, Harry! — Ela fica vermelha. E então, vira-se para mim: — Desculpe, querida, é só que uma esposa deve ficar de olho no marido. Não que meu Harry fosse pular a cerca, mas olha só o caso daquele John Edwards. Aquela destruidora de casamentos foi lá e o seduziu, e depois teve um filho dele! Como ela pôde chegar para um homem casado e dizer: "Você é tão gostoso"?

A menos que a "destruidora de casamentos" tenha recitado um feitiço enquanto jogava um anzol dentro da calça de Edwards, acho que ela não merece receber a culpa toda sozinha. Ainda assim, sei bem o que a mulher de Harry quer dizer sobre a isca da tentação. Em especial, uma tentação loura de 1,70m e pele sedosa, motivo pelo qual, no final das contas, estou no Havaí.

— Me chamo Elaine — diz a esposa de Harry. — E shalom para você também. Minha avó judia disse que também significa "paz".

Vinda do Centro-Oeste, Elaine tem uma avó judia? As pessoas sempre podem surpreender, rio comigo mesma. Ou, ao que parece, os seus hábitos.

Harry e Elaine aproximam-se para pegar seus colares, e o havaiano coloca uma bela guirlanda de flores no pescoço de cada um.

— Gostaria daquele com duas filas de orquídeas — digo, apontando para um lindo colar branco e roxo.

— Desculpe, mas não tem nenhuma Tru Newman — declara ele, com um olhar consternado enquanto confere uma lista de nomes.

— Tudo bem, um colar de uma fila só de cravos e conchas é o suficiente — digo, reduzindo minhas expectativas. Mas, ainda assim, não tenho sorte.

Harry abre a carteira e passa um cartão de crédito para o rapaz. As flores, acabo descobrindo, não são de graça. Fico pensando que outras surpresas o Havaí reserva para mim. Agora que estou a uma distância mínima de Peter, cruzo os dedos e rezo para que ele fique tão feliz em me ver quanto eu ficarei ao encontrá-lo. Que marido não ficaria emocionado que a mulher tenha viajado 8 mil quilômetros para fazer uma surpresa? Não quero nem pensar numa resposta como: "Um marido que ainda esteja com raiva."

Elaine sorri e ajeita meu colar para que, ao estilo da ilha, as cheirosas flores fiquem harmoniosas na frente e atrás.

— Bem-vinda ao Havaí — diz minha nova amiga enquanto entro no táxi. — Vá reconquistar seu homem.

∽∾∽∾∽

Só quando estou dentro no táxi, dirigindo-me para o hotel, é que meu estômago começa a revirar. Passamos por uma fila de arranha-céus que até poderia me convencer de que ainda estou em Nova York, não fosse pela idílica faixa de praia e o oceano esmeralda que parecem obras de um criador bem diferente do que fez Coney Island. Picos surpreendentes despontam de uma exuberante encosta, e o taxista aponta para o Diamond Head à distância.

— O vulcão mais famoso do mundo — diz, orgulhoso.

Não, não é, penso, apertando meu estômago que está centrifugando com a intensidade de uma máquina de lavar roupa. Por fim, quando eu já estava considerando seriamente a possibilidade de pedir ao taxista para encostar no meio-fio, chegamos ao hotel. Puxo minha bagagem degraus acima e entro no saguão, onde a primeira coisa em que tropeço é Tiffany Glass. Ou, melhor dizendo, um recorte de papelão de Tiffany Glass em tamanho natural, segurando um pó compacto BUBB numa das mãos e empoando a bochecha com a outra. Ela está de biquíni, e um balão que sai de sua cabeça convida os hóspedes a se cadastrarem para uma consulta grátis.

— Cabeça de balão — digo para mim mesma, passando pela fotografia e dando de cara com um funcionário do hotel.

Minha bagagem desliza pelo saguão, e todo o conteúdo da minha bolsa se esparrama pelo chão. Abaixo-me para pegar o amuleto de olho de tigre e o vidro de antifrizz (que espero que seja capaz de domar meu cabelo na umidade tropical) e sinto meus joelhos bambearem.

— A senhora está bem? — pergunta o funcionário, esticando as mãos para me ajudar.

— Meu nome é Tru Newman, Peter, meu marido, o quarto dele...

O saguão gira ao meu redor. E, de repente, sinto outra pontada no estômago antes de desmaiar e cair por cima da mala.

✺✺✺✺

— Resfriado — diz um homem que torço para ser um médico. Ele está de bermuda, sandálias e uma camisa polo vermelha listrada; no entanto, tem um estetoscópio e parece estar prescrevendo uma receita. — Em 24 horas você vai se sentir nova em folha. Ou, pelo menos, tão bem quanto antes. — Ele ri.

— Ah, graças a Deus, meu bem, estava tão preocupado — exclama Peter, correndo pelo quarto para pegar minha mão. Só que assim que ele se aproxima percebo que o homem alto de cabelos grisalhos e completamente bronzeado não é Peter.

— Quem, o quê...?

— Confusão mental, é perfeitamente normal com a febre — explica o homem de sandália a caminho da porta. — Se precisar de alguma coisa, estarei no campo de golfe.

O segundo estranho agradece que ele tenha vindo e promete que vou descansar e beber bastante líquido.

Faço um esforço para me sentar e entender a cena. O quarto, quatro vezes maior do que o meu, é decorado em tons suaves de creme e azul, e, pelas janelas enormes que vão do chão ao teto, vejo um enorme pátio e uma faixa de oceano cheia de velas brancas. Mas quem é esse homem misterioso, e como cheguei aqui? Uma sequência infinita de cenas de filmes rodopiam diante de meus olhos — filmes em que uma heroína segura uma lata de refrigerante numa festa de faculdade, e, pode ter certeza, antes que você consiga dizer "Pepsi diet", ela é drogada e estuprada. Ainda assim, não acho que esse tipo de heroína esteja recostada numa confortável cama de cerejeira entalhada, nem que seja atendida por um homem gentil que serve Gatorade para ela num copo alto.

— Você precisa descansar — diz o sujeito atraente e parecido com o Harrison Ford, exigindo que eu me deite sobre os travesseiros que ele acabou de afofar. — Aliás, sou Jeff Whitman.

— Jeff Whitman. O Jeff Whitman da Naomi? — pergunto, espantada.

— O próprio.

— Mas como?

— O rapaz do hotel levou você até o quarto do seu marido, mas Peter está viajando até amanhã, trabalhando em outra ilha. Então o rapaz viu o envelope com meus dados na sua bolsa e me ligou. Descanse, Tru — diz Jeff, segurando minha mão. — Amanhã de manhã conversamos mais.

— Tudo bem, Jeff Whitman, acho que preciso mesmo dormir — concordo, obedecendo e me enterrando entre os travesseiros, cansada demais para oferecer resistência. — Aliás, como você conhece minha mãe?

— Ah, Naomi... — Ele suspira nostalgicamente, me cobre e apaga a luz da cabeceira. — Ela foi o meu primeiro amor.

~~~

Na manhã seguinte, acordo com um feixe de sol passando pela janela. Jeff Whitman está dormindo, enrolado em seu 1,80m na poltrona ao pé da cama. O médico estava certo; exceto pela leve sensação de tontura por passar quase 24 horas na cama, me sinto muito melhor. Estou num robe do hotel que me lembro de ter vestido quando estava um tanto sonolenta no meio da noite, mas agora saio da cama para procurar algo mais apropriado. Abro a mala e vejo que está vazia. Imaginando que Jeff ou algum funcionário do hotel tenha prestativamente desfeito minha mala, abro as portas do armário para procurar um vestido de verão ou um short — mas só vejo o tubinho roxo imitação da Versace que usei para ir ao Lincoln Center, meus jeans mais justos, algumas minissaias coloridas e uma blusa transparente com estampa de leopardo que eu nunca tinha visto antes, ainda com a etiqueta. A calça de moletom e o casaco largo que usei no avião não estão em canto algum, e as gavetas estão recheadas de lingeries sensuais e meus menores biquínis. Uma rápida conferida na sapateira e, sim, encontro os vinte pares de sapato requisitados, mas nenhum tênis ou chinelo à vista.

— É nisso que dá deixar minha mãe fazer minhas malas. — Rio pegando um top stretch tamanho infantil e uma minissaia de cor laranja, imaginando como vou conseguir passar pelos próximos dias vestida feito a Charo.

Jeff Whitman suspira, e vejo-o tentando achar uma posição confortável na poltrona que é uns dois tamanhos menor do que ele.

— Jeff — digo, balançando seu braço gentilmente. — Vou tomar um banho. Por que você não passa para a cama? Vai ficar mais confortável.

Um tanto sonolento, ele me agradece e aceita a oferta. Acabo de ligar o chuveiro quando ouço a porta se abrindo e o baque de uma mala batendo no chão de pedra polida.

— Peter! — exclamo, correndo para abraçar meu marido. E então, antes que ele consiga pensar ou reagir ou saber quem o acertou, o arrebato num beijo, como se não houvesse amanhã. — Peter, senti tanta saudade, eu te amo, não ligo que você não tenha me contado sobre o emprego, e espero que você me perdoe por eu não ter dito nada sobre o meu trabalho. Eu quero, eu vou contar tudo. Nada de segredos, exatamente como você falou. Mas não vou deixar os últimos meses destruírem vinte anos — digo determinada, dando um passo para trás e, finalmente, paro para respirar.

Peter se aproxima e desliza as mãos pelo meu corpo como se estivesse relembrando uma paisagem familiar ou apenas querendo ter certeza de que estou aqui, em carne e osso.

— Amo você, Tru — diz ele. — Senti muita saudade. Todas essas brigas. Estou tentando entender tudo isso.

— Talvez seja porque estamos na adolescência de nosso casamento.

Peter me encara, confuso.

— É que andei lendo umas revistas da Naomi no avião. Sobre como na metade de um longo casamento as pessoas pressionam e cutucam umas às outras, provocando, exatamente como um filho adolescente faz com os pais.

— Mas filhos adolescentes fazem isso para se preparar para sair de casa — diz Peter, apertando-me entre os braços. — E eu não vou a lugar algum. Não se você me aceitar de volta.

— Eu aceito e aceito e aceito. — Rio, beijando-o novamente.

Ainda temos muito a dizer, mas já falamos o mais importante. Deixo o roupão escorregar de meus ombros, e Peter me levanta com a ansiedade de um noivo. Nós nos beijamos e ronronamos até que meu lindo marido se aproxima da cama para me deitar e ouvimos um barulho.

— Ai — reclama Jeff Whitman assim que o acerto como um saco de batatas.

Rapidamente me enrolo no lençol para proteger os resquícios de pudor que ainda me restam. Jeff desperta e abre um amplo sorriso. E então, ele se senta confortavelmente ao meu lado na cama, e sinto seu braço envolver meus ombros.

— Pare com isso — digo, batendo em seus dedos levemente.

— O que está acontecendo? Quem é este homem? — pergunta Peter, enquanto seu rosto demonstra expressões de dor, confusão e raiva.

Jeff Whitman, por outro lado, parece apenas se divertir.

— Eu ia fazer exatamente a mesma pergunta, meu bem. Quem é este homem? Ele é *o marido*? — pergunta, num tom que indica que, quem quer que "este homem" seja, não é mais importante em minha vida do que o cobrador do pedágio que encontro de vez em quando; e então ele desliza as pernas para a lateral da cama e encara Peter de frente.

— Peter, meu bem, a explicação é muito simples — digo.

— Isso mesmo — concorda Jeff Whitman, pegando minha mão. — Amo sua esposa.

— Achei que você amava minha mãe! — protesto.

— Isso foi antes, estou falando de agora. Peter, amo sua esposa.

— Que merda é essa? — murmura Peter.

— Jeff, você enlouqueceu? Você está parecendo a Faye Dunaway em *Chinatown*. A mãe, a esposa. Você quer levar um tapa? — pergunto ao lembrar de como Jack Nicholson fez a personagem de Faye Dunaway se decidir. E então desato a rir diante do absurdo da cena.

Peter se aproxima de Jeff, tentando entender a situação. Ele segura o queixo de Jeff e gira seu rosto de um lado para o outro.

— Ele realmente parece um pouco velho para você.

— Não sou novo demais, nem velho demais — exclama Jeff. — Fui apaixonado pela mãe e agora amo a filha. É perfeitamente natural.

— Perfeitamente natural se você for francês — comenta Peter.

— Eu sou meio francês. — Jeff se defende.

— Rapazes, por favor. Isso aqui não é uma questão de herança, mas do meu futuro. Peter, eu te amo. Vim até aqui para fazer as pazes com você, peguei um resfriado, o recepcionista me trouxe até o seu quarto e encontrou um pedaço de papel com o nome e o telefone de Jeff dentro de minha bolsa. Naomi organizou todo este fiasco. Meu palpite é que ela queria deixar você com ciúmes. Me ajude, Jeff. Estou no caminho certo?

— Sim, meu bem, você está absolutamente certa! Meu trabalho era juntar vocês dois de novo, e, pelo que vejo, já consegui — diz Jeff, sem perceber que esse plano meia-boca poderia ter facilmente estragado tudo.

Ele se inclina para dois beijinhos em minhas bochechas, "à moda francesa". E então dá um tapinha nas costas de Peter e pendura a plaquinha de "NÃO PERTURBE" na maçaneta da porta assim que deixa o quarto.

— Ah, *l'amour*. Invejo os dois pombinhos fazendo as pazes. Estão prestes a vivenciar o sexo mais maravilhoso de todos.

⌘

Jeff talvez não tenha tido a melhor ideia sobre como nos ajudar a fazer as pazes, mas estava mais do que certo sobre o sexo de reconciliação. Peter e eu passamos horas na cama, entre beijos e carícias, provocando e satisfazendo um ao outro com uma intensidade que me faz compreender o que as pessoas querem dizer com fazer a terra tremer ou "tive a sensação de que estávamos nos fundindo em uma só pessoa" — clichês vazios... até acontecer com você. Apesar do ar-condicionado e do ventilador de teto barulhento, Peter e eu estamos empapados de um suor mútuo e gostoso que deixa nossos cheiros e corpos indistinguíveis.

— Não consigo me mexer. — Peter ri, enquanto acaricia minha pele salgada.

— Acho que vamos precisar. — Mordo a pontinha do dedo dele. — Estou morrendo de fome.

— Ah, Sra. Newman. — Peter suspira, virando-se para mim e fingindo me alimentar com a mão inteira. — Você fica tão *sexy* quando está com fome.

— E você é tão cafona. — Rio.

— Eu sei, é apenas mais uma de minhas louváveis qualidades. — E Peter para por um instante. — Ainda tenho qualidades louváveis, não é? Fale se estraguei tudo, mas deve significar alguma coisa que você tenha vindo até aqui, não?

Olho para meu marido, olho-o profundamente. Como ele pôde algum dia ter imaginado que eu iria querer estar em outro lugar que não fosse com ele? Se alguém tivesse me perguntado há seis meses qual de nós dois era o mais vulnerável, eu teria dito que sou eu. Ainda assim, mudei nos últimos meses, tive que mudar. A velha Tru não teria coragem de vir até aqui atrás do Peter, ou de abrir a Agência Veronica, mas depois de tudo que aconteceu aprendi que é preciso lutar para manter as coisas que realmente importam. E, verdade seja dita, provavelmente nunca fui a flor de estufa que nós dois acabamos cultivando. Da mesma forma que Peter é mais, muito mais, do que o banqueiro de Wall Street "capaz de tomar conta de tudo". Até Molly percebeu que o pai dela é o tipo de homem com quem uma garota deveria se casar — mesmo que ela tenha sido desviada momentaneamente por aquele mulherengo do Brandon. E tal filha, tal mãe.

— Meu bem, como você ainda tem coragem de perguntar isso? — digo, beijando-o.

— A gente pode morar no SoHo ou comer ervilha enlatada — diz Peter, lembrando o desastroso jantar na Hudson Cafeteria, quando o acusei de não me deixar tomar as decisões. — Quero começar de novo.

— Gosto da nossa casa do jeito que ela é. E fico muito feliz ao saber que vamos poder continuar nela.

— Eu também — responde Peter, aliviado por me ouvir dizer que estou nessa para valer. Casamento, financiamento, erros e (bate na madeira) muitos anos felizes juntos. Ele brinca com as minhas costas e diz: — Tudo bem, vamos almoçar. A menos — completa, no espírito de quem não quer me forçar a fazer nada que eu não queira — que você prefira ficar aqui.

— Não, estou faminta — retruco. — Mas, se vamos começar de novo, tem algo que preciso dizer.

— Sobre seu negócio, o que começou com Sienna e aquela mulher... qual é mesmo o nome dela?

— Georgy.

— Isso — diz Peter, levantando-se para vestir uma bermuda cáqui que juro que ele tem desde a faculdade. E, então, veste uma camisa azul que combina com seus olhos. — Que idiota fui de ficar tão chateado quando você me contou. Mas não se preocupe, meu amor, Paige e Molly me explicaram tudo.

— Explicaram? — pergunto, assustada.

— Elas falaram que vocês abriram uma agência de empregos temporários, mas que não queriam me contar até que tivessem certeza de que seria um sucesso. Foi na manhã em que entrei no quarto delas para me despedir antes de vir com a Tiffany para o Havaí. Merda, Tiffany! — exclama Peter, ecoando exatamente a primeira palavra que vem à minha cabeça quando penso na megera da chefe dele. Ele olha para o relógio e diz, irritado: — Tru, meu bem, me desculpe, Tiffany está me esperando. Eu devia ter ido a uma reunião na praia há meia hora, com o chefe de compras do setor de cosméticos de uma grande cadeia de lojas de departamento do Havaí. Eu vou recompensá-la, eu juro... venha comigo! — diz ele, puxando-me para a porta.

Olho para meu roupão e digo a Peter para ir na frente.

— Desço num minuto. Preciso me vestir. E, na verdade — aproveito, já que ele está correndo para a reunião —, não é uma agência de empregos temporários. Sienna, Bill e eu estamos tocando um serviço de acompanhantes. De cortesãs de alta classe. Todas com mais de 40 anos.

Peter se vira e deixa a mandíbula cair.

— O quê? Por isso que você não queria me contar onde estava se metendo, eu... eu preciso *ir*, é isso que preciso fazer — diz Peter, batendo com o dedo em seu Timex. — Além do mais, não tenho a menor ideia do que dizer a você agora.

Vinte minutos mais tarde, já reuni a coragem necessária para me enfiar em uma das roupas minúsculas que Naomi me reservou — e de encarar Peter. Como se não tivéssemos loucuras o suficiente acontecendo neste momento, quando avisou que a reunião era na praia, ele se esqueceu de dizer que não estaríamos sentados em torno de uma mesa, mas sim *deitados* em uma. Quem mais além de Tiffany Glass faria negócios com um cliente importante durante uma sessão de massagem?

— Uau, Tru, que bom encontrar você. Peter disse que você estava aqui. A esposa veio dar uma conferidinha no marido? — guincha Tiffany, rolando em sua mesa de massagem, alinhada com outras três.

O céu azul não tem uma nuvem sequer, hibiscos amarelos em forma de trompete demarcam a parte privativa da praia, e a areia rosada sob meus pés é tão fina que parece açúcar de confeiteiro. O único item que destoa na paisagem são as tochas tiki — parecem turísticas demais e, francamente, me lembram muito de *Survivor*. Só espero não ser votada para sair da ilha.

Enrolado numa toalha, Peter sai de uma cabana com cobertura de palha. Ele me olha com intensidade. Não sei dizer se está apenas surpreso e confuso ou se está com raiva de verdade. Ele segura minha mão com força e me leva para junto de Tiffany.

— Tru e eu vamos dar uma caminhada pela praia. Voltamos em dez minutos — avisa.

Caminhando a passos curtos, passamos por turistas lânguidos tomando banho de sol e um grupo de crianças construindo castelos de areia com a seriedade de futuros engenheiros.

— Elas me lembram Paige e Molly — digo, trazendo à tona lembranças de épocas mais calmas.

Peter concorda com a cabeça. E, então, chuta um pouco de areia.

— Estou tentando entender, Tru. De verdade. Mas, já que vamos falar de Paige e Molly... Isso que você está fazendo não é ilegal? Você não poderia arrumar um problema sério?

— Bill abriu a empresa de forma que ninguém saiba o que estamos fazendo. Estamos registrados como uma agência de empregos temporários e até pagamos impostos — digo, repetindo as mesmas frases que falo para mim mesma toda vez que penso que estamos fazendo algo de errado. Só rezo para que Bill esteja certo e que aquele promotor local filho da mãe não esteja atrás da gente. Ainda assim, neste momento, tenho preocupações mais urgentes. — Você me odeia? — pergunto, preocupada.

— Nunca poderia odiar você. É só que... uma agência de acompanhantes? — Peter para. — Na noite em que encontrei você no Lincoln Center, quando você disse que estava saindo com uma pessoa...

— Ah, não. Não! Eu *gerencio* a agência. Aquela noite? O amigo do Bill só precisava de alguém para levar à festa, para impressionar o chefe. Sem sexo, mão boba, nada, nadica de nada, nenhum contato físico. E foi só aquela noite, normalmente eu não encontro os caras.

— Os caras? — repete Peter.

— Os clientes. Homens muito educados, amigos do Bill, para quem arrumamos as mulheres. E eu ganhei 5 mil dólares só para ser gentil — digo, com uma ponta de orgulho. — Quero dizer, teria ganhado se tivesse ficado até o fim da noite.

Peter permanece em silêncio pelo que parece uma eternidade.

— Eu devia ter contado — admito, pegando a mão dele.

— Preciso pensar ainda sobre o que acho disso — diz Peter, apertando meus dedos e, então, soltando minha mão.

Um homem forte que reconheço como um dos massagistas do hotel chega por trás e coloca as mãos sobre nossos ombros.

— Chega de papo, gente. Hora de Lomi Lomi.

Peter parece aliviado pela interrupção.

— A gente se fala mais tarde — diz, apressado, caminhando na minha frente.

E, então, sem mais comentários, o massagista nos dirige de volta à área de massagem e eu entro na cabana coberta de palha para tirar a roupa.

∿∿∿∿

Alguns minutos depois, subo na mesa de massagem sentindo-me vulnerável, e não apenas por estar nua sob uma toalha insignificante. Quando me estico para tocar Peter, ele se vira. A mesa dele está entre a minha e a de Tiffany. E vejo, com um susto, que o importante cliente ocupou a mesa do outro lado de Tiffany. O importante cliente, "o chefe de compras do setor de cosméticos de uma grande cadeia de lojas de departamento do Havaí" — não é ninguém senão o capcioso Jeff Whitman.

— Ah, os Newman, que beleza de casal — diz ele a Tiffany. — Encontrei os dois hoje mais cedo e passamos uma delícia de tempo juntos. Me sinto como se já fizesse parte da família.

— É isso mesmo? Ou é mais um dos esquemas malucos da Naomi? — sussurro para Peter.

— Não sei. Não sei mais em que acreditar — responde ele.

O massagista principal se aproxima e bate uma marreta de latão contra um gongo de metal, produzindo um *bum* retumbante que se parece com o barulho das ondas batendo contra a costa.

— Meu nome é Kawikani, o Forte. Começamos agora — diz ele.

— E eu sou Alana — apresenta-se meu massagista. — Que em havaiano quer dizer "despertar". Ou Alan.

Alana coloca a mão na curva de minhas costas. Kawikani ergue os braços para uma oração.

— Renovar, reviver, revitalizar — diz ele, parecendo um porta-voz da Lancôme.

Tiffany começa a rir, mas Alana balança a cabeça.

— Isso é sério. A Lomi Lomi não é só uma cura para a dor física. É uma cura para o coração, para trazer resolução mental e espiritual. O que quer que esteja preso, solte, coloque para fora, sinta o ritmo.

Alana chama Kawikani, e os dois passam alguns minutos cochichando.

— Certo, para este grupo, vamos oferecer o chá também — concorda Kawikani, voltando com uma bandeja e quatro xícaras fumegantes.

Obedientes, damos um gole. Volto para a mesa acolchoada e fecho os olhos.

Alana canta baixinho, me dizendo:

— Respire fundo e aproveite as sensações rítmicas.

Dadas as tensões entre mim e Peter, vai ser preciso um pouco mais do que uma massagem havaiana maluca para me fazer relaxar; no entanto, obedeço e fecho os olhos. As mãos de Alana movem-se como ondas suaves, e uma pequena sensação de energia cruza meu corpo. Sinto-me profundamente relaxada e energizada ao mesmo tempo. Os músculos das minhas costas estão mil vezes mais soltos. E, estranhamente, minha língua também. Não me sinto tão desinibida para falar desde que meu dentista me deu uma dose de tiopental — e não sou a única.

— Alana, suas mãos são tão fortes e poderosas! — guincho, numa admiração fluida e consciente.

— Adoro homens com mãos fortes. Peter tem mãos fortes — murmura Tiffany.

— Eu tenho, não tenho? — comenta Peter, esticando os dedos, abrindo e fechando o punho.

— Hum — diz Tiffany. — Suas mãos são grandes, mas as de Kawikani são maiores. Jeff, que tipo de mãos você tem, mãos enormes?

— Naomi costumava dizer que elas eram tão grandes que eu poderia pegar o mundo.

— Naomi tem dedos longos, perfeitos. Ela chegou a posar para uma propaganda uma vez — digo, relembrando um vago momento de glória de minha mãe. — A unha do indicador dela estava pintada de vermelho-escuro. E ela apontava para um assento de vaso sanitário na revista *Ladies' Home.*

— É por isso que eu amo a Naomi — diz Jeff, sonhador.

— Tru cresceu com uma mãe que tinha mais prazer em apontar para vasos sanitários do que em criar a filha. Mas isso não impediu meu amor de se tornar uma excelente esposa e uma grande mãe — diz Peter. — É por isso que eu amo a Tru.

— Você ama?

— A-ham — responde Peter, que abriu a mão e agora está encarando a própria palma.

— Ele me ama. — Eu rio. — Porque sou esposa e mãe.

— E uma mulher de negócios. Uma mulher de negócios com um cartel de prostitutas de 40 anos. — Peter ri, apertando os dedos contra o rosto, como se estivesse procurando o nariz.

— Prostitutas. — Tiffany dá uma risadinha. — Sempre quis aprender a fazer um boquete. Elas fazem boquete? Elas usam BUBB?

— BUBB de BUBB-BUBB — canta Peter. — Eu não sabia de nadica de nada, mas sou casado com uma cafetina.

— E está se sentindo bem com isso? — pergunto.

— Eu estou bem, você está bem, a gente está bem. — Ele continua cantarolando. — Beeem!

Por um instante, me pergunto se Peter está falando assim por causa do chá. Ou da massagem. Ou se é de coração. Então, ele enrola a toalha no corpo — um corpo bronzeado feito um morango, já que faz alguns dias que ele tem tomado banho de sol — e se senta ao meu lado, na beirada de minha mesa de massagem.

— Não estou tão chapado quanto pareço. Bem, *quase* não tão chapado quanto pareço. Acho que sua escolha de ramo é... incomum, meu bem. E estou tendo certa dificuldade em imaginá-la, você sabe — diz ele, fazendo uma pausa dramática —, gerenciando um *serviço de garotas de programa*.

— Eu diria o mesmo. Mas não é muito diferente de gerenciar um comitê de arrecadação de fundos. É preciso ser organizado e disciplinado. E você precisa tomar cuidado para ficar sempre no azul.

— No azul? — Peter ri.

— Com as contas em dia, com o saldo positivo. Embora, francamente, eu prefira pensar em ficar no rosa. Rosa é uma cor muito mais alegre e vitoriosa.

— Você está é doida — diz Peter, debruçando-se para me beijar. — Eu te amo, Tru. Não posso negar que eu iria preferir se você tivesse aberto um serviço de bufê...

— Fora de cogitação. Você não me conhece? Sou a esposa que não sabe a diferença entre uma tesoura de trinchar e uma faquinha de cortar brócolis.

— Bem lembrado. E se gerenciar uma agência de acompanhantes deixa você feliz, então eu dou a maior força. Deus sabe o que você suportou esses anos todos com meus horários loucos e tudo o mais que meu trabalho exige — diz Peter, apontando Tiffany.

— Você, mocinho, é muito, muito legal — comento, passando os braços ao redor de seu pescoço e pressionando meus lábios contra os dele.

— Legal, quem é legal? — pergunta Tiffany, apoiando-se no cotovelo. — Jeff é legal.

— Sim. — Dou uma risada. — Jeff é legal.

Jeff me olha e dá uma piscadela.

— Tiffany, o que você acha de procurarmos um lugar mais tranquilo para conversar? Você pode me contar tudo sobre a sua linha de maquiagem e eu mostro a ilha para você. Vocês dois, fora. — Jeff abana a mão em nossa direção (a mão forte, grande, com a qual "ele pode pegar o mundo" e na qual ele colocou Tiffany para comer).

— Isso mesmo, vocês dois, fora — diz Tiffany. — Peter, você pode voltar para Nova York. Vejo você na semana que vem quando eu voltar. Vou ficar no Havaí para conhecer o Jeff melhor. Sempre tive uma quedinha pelo Harrison Ford, e, Jeff, você é a cara do Indiana Jones.

E assim, de uma hora para outra, Tiffany transfere seu foco de afeição de Peter para o ex-namorado de minha mãe, que é velho o suficiente para ser seu pai.

— Quem iria imaginar que a Srta. Glass era tão volúvel? — Eu rio, enquanto desço da mesa de massagem, e Peter enrola a toalha ao nosso redor, formando uma espécie de ninho.

— Tiffany tem a cabeça no lugar; ela sabe quando está diante de uma causa perdida.

— Você não é uma causa perdida — brinco com ele.

— Sou uma causa perdida quando se trata de Tiffany. Sempre fui. Você sabe disso, não sabe, meu bem?

Concordo com a cabeça.

— Mas não acho que ela vá ter muito mais sucesso com Jeff. Se ele for um comprador de cosméticos, eu sou Mahatma Gandhi.

— Você tem grandes habilidades de pacificadora — diz Peter, me dando um beijo.

Caminhamos debaixo de nossa toga compartilhada e nos sentimos tão jovens e despreocupados quanto um casal de crianças gargalhando debaixo de uma barraca.

— Kawikani, Alana, obrigada. Não estava muito certa quanto a essa Lomi Lomi, mas vocês fizeram de mim sua mais nova adepta.

Depois de nos despedirmos, caminhamos pela praia ao sol poente em direção a uma mulher de saia de palha que está oferecendo uma demonstração de hula.

— Sim, Lomi Lomi é muito bom, tradição havaiana antiga — diz Alana, enquanto guarda o equipamento. — Mas, para a massagem funcionar melhor — completa ele, enquanto me viro para acenar mais uma vez —, sempre beba o chá. — Ele ri, erguendo a xícara até os lábios.

Dezenove

Um dia de cão

Apesar de Tiffany ter dito que Peter podia voltar para Nova York, permanecemos no Havaí por mais três dias, numa espécie de miniférias. Antigamente, se eu ligasse para avisar às meninas que ainda não voltaríamos para casa, eu teria que prometer algum presente, mas, pelo tom das suas vozes agora, elas me parecem dispostas a nos subornar para que fiquemos mais tempo fora.

— Está tudo correndo perfeitamente bem. — Naomi me acalma.

Quando já estou prestes a me despedir, porém, Molly pega o telefone:

— Temos uma surpresa para você, mãe — diz ela, misteriosa.

— Não conte! — exclama Paige, tomando o aparelho da irmã, e ouço um tumulto no fundo até que as duas encerram a ligação apressadas.

Durante os dois dias seguintes, Peter e eu tentamos adivinhar o que elas estão tramando — e concordamos que provavelmente não deve ser nada tão chocante quanto o fato de elas terem colocado piercings ou Paige ter arrumado o lado dela no quarto. E nos divertimos explorando a ilha — caminhamos em trilhas tortuosas até Diamond Head, fizemos snorkel na mesma praia em que Elvis Presley filmou *Feitiço havaiano* e nadamos com golfinhos que, segundo nos disse o guia, descamam nove vezes mais rapidamente que os homens.

— Devem economizar uma fortuna em esfoliantes — brinco.

Tendo gastado todo o tempo com turismo — ou enfurnados no quarto, fazendo amor —, só esbarramos em Tiffany e Jeff uma vez, quando passamos por eles em nosso carrinho de golfe e trocamos acenos apressados.

— Jeff aparenta estar um pouco cansado — digo, reparando que seu bronzeado (ou a paciência) parecia estar esmaecendo.

Tiffany envolve o braço de Jeff em sua cintura, e ele tenta se afastar.

— Devemos nossa gratidão a este homem, e uma caixa de charutos.

— Charutos cubanos. — Por seus serviços prestados, desviando a atenção de Tiffany, Jeff merece o que há de melhor.

Em nossa última noite, durante uma caminhada com meus amigos do desembarque, Harry e Elaine, somos convidados a participar da cerimônia de casamento de um jovem casal, à beira-mar. A noiva está simplesmente linda, num sarongue em tons de azul-turquesa e azul-marinho, com uma orquídea lilás prendendo o cabelo na altura da nuca, e o noivo tem um sorriso tão largo quanto o oceano Pacífico, diante do qual eles estão. No jantar, um luau com porco assado em folhas de bananeira, improvisamos um coro espontâneo de "Lá vem a noiva". Quando o casal caminha até o mar para as fotos, vejo que a sola da sandália deles deixa uma pegada repleta de esperanças na areia: *Recém-casados*.

Peter me puxa para perto, e eu encaixo a cabeça em seu braço.

— Parece que estou cercada pelo passado e pelo futuro do casamento — digo, apontando os recém-casados sorridentes e nossos amigos Harry e Elaine, que, depois de terem superado todas as inevitáveis diferenças que surgem numa união duradoura, parecem felizes e tranquilos.

— Nós também seremos um casal de velhinhos — diz Peter, abraçando meu ombro.

— Isso seremos — repito, e olho em seus olhos azuis, para fazer uma promessa: — Sempre vou amar você. E juro que, nem em vinte anos, nem que a gente volte ao Havaí, eu nunca vou usar algo tão chamativo como um *muumuu*.

❧❧❧

Do lado de fora do nosso apartamento, Peter me dá um último beijo de férias. Do outro lado da porta, ouço uma música alta, e o alvoroço me diz que as meninas estão em casa. Peter pega as malas e entramos.

— Chegamos — cantarolo, quando, de súbito, uma bola de pelos marrom e branca passa por entre as nossas pernas e sai pela porta.

— Brandon, volte já aqui! — gritam Molly e Paige, desviando de onde estamos para alcançar o cãozinho no hall de entrada. O cãozinho proibido que, obviamente, é a nossa surpresa de boas-vindas.

— Molly e Paige, voltem já aqui! — grito, correndo atrás delas.

A porta do elevador se abre e minha vizinha de 96 anos, Sra. Pinchot — que sobreviveu à Grande Depressão, à Segunda Guerra Mundial e à falência da Alexander's, sua loja de departamentos preferida —, aparece e examina a cena. Ela se empertiga toda e usa o ainda firme corpo para bloquear a passagem do cachorro até o elevador e, quem sabe, para fora do prédio.

— Deixe ele ir — imploro. — Ele parece inteligente. Vai achar outro lar rapidinho.

Mas a Sra. Pinchot pega o cãozinho e o entrega às meninas.

— Ter um bichinho de estimação ensina às crianças a ter responsabilidade — afirma, quando me recuso a manter o cão ao qual sempre fui terminantemente contra. — Você vai ver, meu bem, em breve, não vai conseguir lembrar de como era a vida antes de o Brandon fazer parte da família.

Peter revira os olhos, mas sei que ele está quase tão ávido quanto as meninas para manter o filhote.

Naomi aparece, trazendo uma tigela de água para Brandon e colocando-a sobre o tapete oriental.

— As meninas sentiram tanto a sua falta que tive que comprar um cachorrinho.

Paige lança mão do último argumento:

— Mãe, olhe só para você. Você está de jeans brancos. Você acha que cuidar de um cachorro dá mais trabalho?

E, como se um sexto sentido o avisasse de que sou a única pessoa que ele precisa convencer, o cachorrinho se senta aos meus pés e balança o rabo avidamente. Eu me abaixo e faço um carinho, sabendo que vou ter de dar o braço a torcer.

— Mas vocês tinham que chamá-lo de Brandon?

— Claro! — diz Molly, arremessando uma bola de borracha.

— Afinal de contas, Brandon é um cachorro. Obrigada, mãe, você é o máximo — exclama ela, sem nem ao menos esperar minha resposta oficial, e Brandon e as meninas disparam para a biblioteca, onde o filhote já está se sentindo em casa.

Naomi se senta ao meu lado no sofá.

— Eu não devia ter deixado as meninas trazerem o cachorro sem sua permissão. Não vai acontecer de novo — diz ela, com um brilho evidente nos olhos, já que ambas sabemos que ela está apenas prometendo não transformar minha casa num canil, e não que nunca mais vai fazer algo contra minha vontade.

Ainda assim, esperar que Naomi não se meta seria como pedir à Barbra Streisand para não exagerar ao articular as palavras. Além do mais, a essa altura, se minha mãe não se intrometesse, na certa, minha vida seria muito mais sem graça.

As seis horas de diferença entre Nova York e o Havaí começam a me afetar. Peter se oferece para fazer um café e alguns minutos mais tarde ele aparece com um bule fumegante. Ele se junta a nós e joga alguns jornais e revistas no chão para poder descansar os pés sobre a mesa de centro nova que Naomi comprou em nossa ausência.

— Um presentinho — diz ela, com indiferença —, para agradecer por tudo que você tem feito.

— Ah, que gentil. Eu até gostei. — Tomo um gole de café e apoio a xícara no joelho. — Então, mãe, me conte sobre esse tal Jeff Whitman.

Naomi fica vermelha e começa a arrumar os pacotes de adoçante em formato de losango.

— Mãe? — insisto, colocando a mão sobre a dela para acalmá-la.

— Tínhamos 16 anos e a família dele se mudou para o apartamento ao lado do meu. Fui o primeiro amor da vida dele.

— Quer dizer que vocês foram o primeiro amor um do outro?

— Bem, na verdade, nós nunca saímos juntos. — Naomi limpa a garganta. — Sua avó me proibiu. Ela dizia que Jeff era um *treif*.

— Um *treif*? Como um crustáceo ou carne de porco? — pergunta Peter, traduzindo a palavra em iídiche para comida proibida.

— Jeff não era judeu. Ele era o ápice em termos de comida proibida.

— Mãe! — Coloco minha xícara na mesa e bato as mãos uma na outra. — Isso é tão *Romeu e Julieta*! O fato de a vovó ter proibido não aumentou sua vontade de sair com ele?

— Não era como hoje, eram outros tempos. — Naomi suspira. — Mas o Jeff... Ele me escrevia cartas lindas. E esperava por mim na esquina durante horas só para dizer oi. Mandou uns quinhentos votos para mim no concurso de Miss Metrô. E andou a cidade inteira para enviar as cartas pelo correio de agências diferentes, para que os juízes não suspeitassem de nada. Não é um doce? Ele foi até Staten Island.

— De balsa? — pergunto, e Naomi assente com a cabeça. — Isso é que é amor.

— Talvez eu também estivesse apaixonada por ele — diz Naomi, pensativa. — Que garota não ficaria, um rapaz tão bonito e que a amava tão intensamente. Mas eu juro, nunca sequer o beijei.

— E você manteve contato esse tempo todo?

— Durante anos jamais soube o que aconteceu com ele. Mas quando seu pai morreu, ele viu uma notícia no jornal...

— E entrou em contato com você! — exclamo.

— Naquela época, Jeff tinha se tornado um grande investidor imobiliário. Estava divorciado e morando no Havaí. Ele quis vir a Nova York para me ver, mas eu não deixei.

— Por que não? — pergunta Peter, tão intrigado com a história romântica de minha mãe quanto eu.

— Quero que Jeff se lembre de mim como quando eu tinha 16 anos — diz Naomi, com as mãos sobre os joelhos.

— Ah, mãe, não! Tudo bem, você não é perfeita. Grande coisa! Ainda é bonita. E provavelmente também não era perfeita naquela época. Que adolescente não tem uma crise de espinhas de vez em quando?

Naomi finge me ignorar. Ela se levanta e começa a limpar os farelos de nosso lanche de cima da mesa nova.

— Mãe, você precisa deixá-lo vir. Jeff ainda idolatra você. Você devia ver o olhar dele quando fala de você...

— Ótimo! Quero que ele mantenha esse olhar, que me imagine exatamente como eu era. Chega de Jeff Whitman — diz Naomi, declarando a conversa por encerrada. — Me conte da sua viagem.

Não acredito que minha tão convencida, autoconfiante e "dona do mundo" mãe esteja com medo de encontrar um antigo namorado, em especial um que a adora. Mas sei que discutir com ela agora não vai ajudar em nada.

— A viagem foi ótima, vimos tartarugas, aprendi a dançar hula e comemos tanto abacaxi que tão cedo não vou poder nem ouvir falar a respeito.

— Que bom, meu bem — comenta Naomi, abaixando-se para nos beijar na testa. Ela pega a bandeja e caminha em direção à cozinha, e então fala para Peter: — Você sempre foi meu genro preferido.

— Seu único genro, hoje e sempre — diz Peter, com uma risada.

— É tão triste essa história do Jeff — digo, bocejando. — Acho que preciso ir para o quarto, dormir um pouco.

— Vou com você — afirma Peter.

Em vez de levantar, porém, deito a cabeça no ombro dele e ficamos embolados no sofá, cansados e confortáveis demais para nos mexer.

Estou começando a cochilar quando ouço Paige berrando "volte aqui!" para Brandon pelo apartamento. Abro os olhos a tempo de ver o cachorro correndo pelo carpete para debaixo do sofá e saindo do outro lado, onde estamos sentados. Antes que a gente consiga segurá-lo, Brandon encontra a pilha de jornais que Peter jogou no chão, se agacha e faz cocô.

Molly e Paige se apressam em se desculpar.

— Pelo menos ele é treinado a fazer no jornal — justifica Paige.

— Tirem esse cachorro daqui agora! — ordena Peter. — Antes que ele se acostume a fazer cocô dentro de casa.

— Mal posso esperar para ver a próxima arte que nosso novo cachorrinho vai aprontar. — Rio, balançando a cabeça. — Isso é só o começo dos nossos problemas.

Peter se abaixa para dobrar o jornal sujo com cuidado, mas antes de levá-lo até a cozinha para colocar dentro de um saco plástico ele avista a notícia.

— Merda! O que foi que você disse sobre o início dos nossos problemas? Olhe isto! — exclama ele, despejando o cocô de cima da primeira página do *New York Post*.

Ele segura o jornal na minha frente, e, incrédula, leio a manchete de cinco centímetros.

MADAME XXX

Veja na página 6 para descobrir:

Quem está gerenciando a mais nova agência de
garotas de programa de Nova York?

Graças a Deus a matéria do *Post* é só uma fofoca, e o colunista ainda não sabe quem está por trás do negócio. Mas ele está investigando e promete revelar ainda esta semana, e já tem uma quantidade alarmante de detalhes: "Uma antiga personalidade da TV... Mulheres de 40 anos... Uma das prostitutas colocou um dos clientes na dieta..."

Frenéticos, Peter e eu entramos num táxi e corremos para o escritório da Agência Veronica. Que, para surpresa dele, fica no mesmo prédio do depósito da BUBB.

— Como você pode gerenciar uma empresa de acompanhantes de luxo no mesmo prédio do nosso depósito? E como eu nunca encontrei você? — pergunta Peter.

Entramos no saguão e chamo o elevador — que chega rapidamente, agora que os pedreiros do Peter não estão mais tomando conta dele.

— Quase esbarramos um no outro. Lembra da vez em que você estava conferindo o andamento da obra e passou um bilhete por debaixo da porta para um dos vizinhos que reclamou do barulho?

— Era você?

Estremeço ao me lembrar daquela noite horrível. De ter encontrado Georgy. E da briga terrível na Hudson Cafeteria.

— Escolhemos o prédio porque é discreto. Todo cuidado é pouco.

— Você devia ter dito isto a Sienna — diz Peter, quando saímos do elevador para entrar no escritório.

— Sou uma *jornalista*; era perfeitamente natural que eu escrevesse um blog. Além do mais, agora já era. Dá para parar de me dizer que eu estraguei tudo e me ajudar a arrumar um jeito de resolver as coisas? — dispara Sienna.

— Oi — tento dizer.

— Como você pôde? O que você tinha na cabeça? Você estava tentando sabotar tudo de propósito? — pergunta Bill, num tom de voz tenso e controlado.

— Hum, oi? — Tento de novo.

Sienna se acomoda em sua cadeira e cruza os braços impetuosamente.

— *Droga!* — grito para tentar conseguir chamar a atenção deles, já que nenhum dos meus sócios para de discutir para perceber que eu e Peter estamos na sala.

Sienna olha para Bill e então se vira para nós.

— Que bom que vocês estão juntos de novo. Vocês pegaram uma cor.

Peter caminha até seu advogado tributarista e solta o verbo:

— Como você foi capaz de envolver as meninas numa coisa dessas? — grita ele.

— E por falar em machismo... — murmura Sienna.

— A Agência Veronica foi ideia minha. Fui eu que inventei isso, eu sou a pessoa para quem ela mais importa e sou eu quem vai arrumar um plano para tirar a gente dessa situação — digo, numa presunção que beira o ridículo. Porque, de fato, não tenho ideia de como a gente vai resolver o caso.

— Desculpe, meu amor, e me desculpe também, Bill — diz Peter, enfiando as mãos no bolso. — Só estou nervoso.

— E quem não está? — pergunta Bill. — Estamos com um baita pepino.

— Estamos com um *pepino*? — diz Sienna.

— Tá bom, estamos na merda. Você prefere assim?

— Bill — começa Sienna em tom formal —, sinto muito que você ache que eu tenha colocado a empresa em risco. Essa nunca foi minha intenção.

O normalmente despreocupado Bill que eu conheço teria aceitado o relutante pedido de desculpas de Sienna, mas não agora. Dessa vez, Sienna foi longe demais.

— As pessoas julgam você por suas ações, não por suas intenções. E você foi muito descuidada — diz ele friamente.

Sienna caminha pela sala, abre e fecha a porta da geladeira, Peter passa as mãos pelo cabelo, e Bill anda em círculos. Eu,

244

bem, eu permaneço colocando e tirando os cotovelos dos braços da minha cadeira — uma coisa é certa, ao menos a calamidade está nos proporcionando nossa dose diária de exercício.

Tento me convencer de que a situação não é tão ruim quanto parece — afinal, Sienna disse um milhão de vezes que ninguém mais lê jornais impressos. Ainda assim, desde que a história estourou esta manhã, o *Madame XXX* está tão congestionado que já caiu duas vezes. (O que, para um site, é o equivalente a pessoas se pisoteando até a morte na liquidação de uma loja de departamento. Por um lado, um desastre. Por outro, prova definitiva de que o público quer o que você vende.) Olho ansiosa para os telefones piscando feito um caça-níqueis de Las Vegas.

— Talvez devêssemos ouvir algumas mensagens — digo, apertando o botão.

A primeira é de Lucy, que quer saber se deve ficar na dela ou se deve ir trabalhar hoje. Georgy — sem perceber que Sienna modificou alguns detalhes para publicar no blog — quer esclarecer as coisas: ela colocou Gary na dieta do Atkins, e não na de Jenny Craig. Ela jamais recomendaria que alguém comesse comida pronta. Vários clientes/amigos de Bill dizem que deixaram mensagens no celular dele e não receberam retorno. Matt, o negociante que levou Patricia ao evento da Literacy Partners, está com medo de que alguém o associe à agência. Gary, o garanhão que queria uma potranca mais nova, escolheu Clive Owen para o papel dele no filme.

— Que tal o Flicka? — murmuro, apertando o botão de apagar.

Dezenas de mensagens depois, minha cabeça está girando, e eu afundo exausta na cadeira. Peter se aproxima para massagear meus ombros. Do outro lado da sala, vejo Bill em seu Palm Pilot, retornando ligações, e Sienna está digitando em seu computador — talvez mais um pouco da mesma porcaria, imagino.

— Puta merda, o que você está fazendo agora? — pergunta Bill, baixando o telefone no meio de uma frase e correndo até ela.

245

Assim que me levanto para ver por mim mesma, o telefone da sala solta um último e estrondoso apito:

— Me liguem assim que possível — exaspera-se Patricia, a gerente financeira e antiga ex-garota de programa universitária. — Acabei de ter uma reunião com o jornalista do *New York Post*.

Ligo para Patricia e combino de encontrá-la num café na rua do escritório. Peter quer vir comigo, mas digo que não.

— Paige tem um jogo de futebol; melhor você ir até lá. Além do mais, já sou bem grandinha. Preciso lidar com isso sozinha.

— Tudo bem — responde ele, relutante. — Mas prometa que vai me ligar se precisar de alguma coisa. E me avise das novidades.

— Você também, quero saber de todas as vezes em que Paige marcar um gol. Mande mensagens, tá legal?

Fico feliz de não ser mais apenas uma mãe que comparece aos jogos dos filhos, no entanto, fico triste de ser uma mãe que não tem tempo para ir ao jogo da filha. Especialmente hoje. Sienna concorda em se esconder nos fundos da sala e destruir qualquer evidência incriminadora. E Bill deixa o escritório para encontrar um amigo que é advogado criminalista.

— Só por segurança. — Ele nos tranquiliza.

∾⟋⟍⟋⟍∾

Quando volto ao escritório uma hora mais tarde, Sienna está empacotando as coisas. Ela passa uma fita adesiva ao longo de uma grande caixa de papelão. E então fica de pé e limpa a testa com a mão.

— Como foi? — pergunta ela, ansiosa.

— Bem, o cara do *Post* sabia tudo sobre como Patricia pagou por uma faculdade cara da Ivy League. E sobre como, mesmo tendo se tornado gerente financeira, ela ainda gostava de dar o seu jeitinho. Ele ameaçou revelar tudo a menos que ela contasse quem estava por trás do blog.

— Ela não fez isso, fez?

— Não, não fez. Em vez disso, dormiu com ele. E me pediu 10 mil dólares. Considerando tudo, acho que nos safamos fácil.

— Pego a ficha de um cliente para enfiar no picador de papéis.

— Então quem esse jornalistazinho filho da mãe vai dizer que é a madame?

— Essa é a parte engraçada. Depois que Patricia foi para a cama com ele, o cara do *Post* admitiu ter recebido ligações de meia dúzia de pessoas. *Pedindo* para serem indicadas como responsáveis pelo blog! Uma das mulheres do programa *The Real Housewives of New Jersey* chegou até a oferecer suborno. Ela disse que se os telespectadores achassem que ela era a madame XXX, a Bravo poderia dar um programa exclusivo para ela.

— Parece que a gente escapou por pouco — diz Sienna, aliviada.

— Acho que sim. Mas a gente estava só começando — suspiro, passando a mão pela minha mesa, já sentindo saudade da empresa.

Sienna me lança um olhar devastador. Ela corta um pedaço de plástico-bolha e começa a enrolar o busto do Mozart, trazido ao escritório para dar um ar de sofisticação.

— A gente chegou muito perto de se meter num problema sério — diz, como se a culpada por tudo isso fosse eu.

— Isso porque você tinha que escrever sobre a gente, senhorita "Eu sou uma jornalista e não ligo para o que pode acontecer a meus sócios". Se não fosse por você, talvez a gente tivesse produzido algo realmente *grande*!

— Uma agência de garotas de programa? — rosna Sienna, apertando os dedos em torno do pescoço de Mozart.

— Não tivemos problema algum com garotas de programa. Além do mais, nossas mulheres eram "cortesãs".

— Prostitutas, garotas de programa, cortesãs... É isso que você quer para Paige ou Molly? — Sienna arremessa o Mozart com tanta força sobre a mesa que, apesar do plástico, ele quica, cai no chão e quebra ao meio.

Troco o peso de uma perna para outra e tento controlar a raiva. Voltei com boas notícias, o *New York Post* não vai denunciar a gente, e, ainda assim, aqui estamos, brigando — toda a minha frustração por causa do blog de Sienna e o ressentimento dela pelo papel coadjuvante que desempenhou na empresa são como faíscas alimentando o fogo. E a pergunta de Sienna toca meu ponto fraco. Não que eu já não tenha pensado nisso antes. Por mais desesperada que eu estivesse para arrumar dinheiro — e por mais divertido que tenha sido gerenciar a empresa — tudo se resume a uma única e simples pergunta: Eu teria escolhido essa vida para minhas filhas?

— Se ser uma garota de programa é uma escolha que a mulher faz por conta própria, então não tenho objeções morais — digo, cheia de razão. — É um bom jeito de ganhar dinheiro, e Patricia e Lucy parecem gostar do trabalho. E tremo só de pensar no que estaríamos usando se Coco Chanel não tivesse tido seus clientes. Dá para imaginar a vida sem o pretinho básico?

— Não, não dá. Mas estou falando de Paige e Molly. É essa a vida que você quer para suas filhas? — pergunta Sienna de novo.

Chuto uma caixa de papelão com a pontinha do sapato e evito olhar Sienna nos olhos.

— Sempre imaginei que Molly seria uma ótima professora ou que iria para algum país subdesenvolvido, salvar o mundo. E com aquela língua afiada, Paige seria perfeita como relações-públicas.

— Ou em telemarketing. Aquela ali seria capaz de vender painéis solares para uma indústria de carvão — diz Sienna, ficando de pé ao meu lado.

— Ou apresentadora de um talk show ou recepcionista de restaurante ou mãe que fica em casa ou mãe que trabalha ou... — Minha voz treme e eu respiro fundo. — Quero que as meninas sejam felizes. Mas... não. Desejo que elas escolham um caminho diferente deste.

— Eu também. — Sienna aperta minha mão.

— Não quero que elas saiam com alguém por dinheiro. Quero que conheçam a emoção que é ter possibilidades. Você se lembra do comercial de pastilhas que passava quando a gente era criança?

— Certs? — Sienna ri. — Aquele em que a menina coloca uma pastilha na boca, vira a esquina e dá de cara com um garoto lindo?

— Quero que Paige e Molly se sintam como se a vida pudesse ser um comercial de Certs. Quando elas saírem com alguém, quero que pensem que poderiam estar encontrando o amor da vida delas.

Sinto meus olhos se encherem de lágrimas. Sienna me envolve com os braços e, quando ela aperta o plástico-bolha que ainda tem nas mãos contra as minhas costas, ouvimos um pequeno estalo.

— Adoro esse barulhinho! — diz ela.

— Aqui, me dá um pouquinho — peço, pegando um pedaço do plástico e apertando as bolhas. Sienna tem razão, o barulho é muito bom. — Não me arrependo de ter começado a empresa. Sei que aprendi muito. E nunca mais vou comprar alcachofras.

— Nem eu. — Sienna ri. — Mas eu também descobri que não sou boa para trabalhar em equipe. Preciso me desculpar, Tru. Eu realmente achei que conseguiria manter o blog anônimo, mas nunca devia ter feito algo tão irresponsável.

— Tudo bem, está desculpada — digo, apertando uma última bolha e dizendo a Sienna para tirar do rosto aquela expressão aflita. — A gente provavelmente teve sorte de sair disso agora. E o que houve entre mim e aquele promotor local foi muito hostil. Não tive sossego desde que Colin Marsh fez aquela ameaça. Mas, acima de tudo, descobri que gosto de trabalhar.

— Isso é que é reviravolta.

— Fico feliz de poder ter ficado em casa quando as meninas eram pequenas. Mas, agora, preciso começar o segundo ato. Embora não tenha ideia do que fazer.

— Você vai pensar em alguma coisa — diz Sienna.

— E você?

— Não sei ainda. Recebi um e-mail de um agente pelo site hoje de manhã. Ele acha que posso transformar o blog num livro. Nada certo. Mas talvez a madame XXX me traga mais sorte nos negócios do que no amor, já que parece ter destruído meu relacionamento com Bill. Ah, bem... — diz Sienna, pegando uma caixa e empilhando junto às outras do outro lado da sala. — *Que será, será.*

— Que será, será? Isso é tudo o que você tem a dizer sobre o único homem por quem vi você apaixonada?

— Bill é muito novo. Além do mais, está furioso comigo.

— Esqueça esse negócio de idade. Arrume um jeito de não deixá-lo furioso. Nos dias de hoje, um cara como ele é tão raro quanto um rinoceronte-de-java. Só existem uns cinquenta no mundo todo. Não acredito que você não vá lutar por ele.

— Eu pedi desculpas e ele se recusou a aceitar — diz Sienna rispidamente.

— Isso foi no calor do momento... Sem falar que foi um pedido de desculpas bem fraquinho. Tenho certeza de que Bill vai perdoá-la se você tentar de novo.

— Aqui — fala Sienna, balançando a cabeça e mudando de assunto, enquanto me passa uma caneta pilot. — Antes de começar a sonhar com sua próxima empreitada e sobre como você vai ser tornar uma rainha do mundo dos negócios, acho que pode fazer um pouquinho de trabalho braçal para mim.

Assim que eu abro a caneta e começo a rotular as caixas, meu celular apita.

— Paige acaba de marcar um gol! — comemoro.

Vinte

O mundo segundo Cher

Molly tira um guarda-chuva grande com listras azuis e brancas de dentro de uma bolsa enorme e abre sobre a avó.

— Você não tem uma arca aí? — resmunga Naomi. — Está caindo um dilúvio.

— Fique calma, vó, estou cobrindo você. — Molly sorri.

Paige, que está de pé sob o toldo, ao lado da irmã, enquanto esperamos que a chuva passe para que possamos atravessar a rua sem nos afogar, revira a bolsa de Molly para ver que outros itens de emergência a irmã carrega. Ela pega uma pinça, um modelador de cachos e uma fita dupla-face da mesma marca que a Jennifer Lopez usou para manter o vestido no lugar durante o Oscar — aquele com um decote em V até o umbigo.

— Impressionante. Parece que Molly pensou em tudo — assovia Paige, tirando um pedaço da fita, abrindo a capa de chuva e prendendo a minissaia no alto da coxa.

— O que é isso? O preço da roupa era por metro e você não tinha dinheiro para comprar nada mais comprido? — reclama Naomi, e então, aperta a mão de Paige: — Me desculpe, *bubale*, estou nervosa com esses encontros... quero dizer, com o encontro das Misses Metrô — corrige ela, rapidamente.

E então Naomi pega a própria bolsa — uma carteira de contas no formato de uma antiga ficha de metrô que as meninas compraram na Target para comemorar a ocasião — e puxa uma linda fivela incrustada de pérolas para colocar no cabelo, ao lado do coque. Mas, logo em seguida, tira a fivela novamente.

— Você está linda, mãe — digo.

— Obrigada, vocês também. — Naomi suspira e enfia a fivela de volta na bolsa, impaciente com o fecho. — Desculpe ter dado tanto trabalho. Talvez a gente devesse ir para casa agora.

— Logo agora que arrumei um lugar para estacionar o carro.

— Peter ri, enfiando-se debaixo do toldo. Feito um labrador que acabou de escapar da banheira, ele sacode a cabeça e joga água para todo lado.

— Ei! — reclama Paige. Ela pega a *Town & Country* que Peter está segurando sobre a cabeça e faz um rolinho para bater nele, mas eu tomo a revista antes.

— Deixe eu dar uma olhada nisso — digo, reconhecendo a foto de Georgy, minha antiga funcionária, na coluna social.

Ela está linda, com um colar de jade e um vestido lilás de chiffon. Fico feliz de ver que ainda está trabalhando, embora espero que tenha cobrado uma fortuna desse cliente em particular — ela está de braço dado com aquele sórdido do Colin Marsh, o promotor local que abusa do poder e que ameaçou vasculhar todos os meus podres se eu abrisse a boca a respeito de seu filho duas caras e com medo de compromisso. Rá, vamos ver o que ele pode fazer comigo agora que sei que está saindo com uma garota de programa!

— Molly — digo com gentileza —, você sabe aquele trabalho que precisa escrever para a aula de inglês chamado "O ato mais corajoso que já pratiquei"? Foi tolice minha dizer para você não escrever sobre Brandon. Na verdade, por que você não se inscreve na competição nacional?

— Obrigada, mãe. Vou pensar. Mas agora é a vovó que precisa de coragem. Vamos, vó, mostre a elas do que as Finklestein são feitas!

E então, antes que Naomi possa reclamar, Molly a puxa pela mão até o local do encontro.

∿∿∿∿∿

Quando Naomi me contou sobre o encontro das misses pela primeira vez, eu não tinha entendido por que ele seria realizado numa lanchonete — mesmo que fosse na Broadway, numa lanchonete da moda, decorada no estilo anos 1950 — até ela me explicar que a própria dona do Ellen's Stardust foi uma das Misses Metrô. Dentro do saguão de entrada, os convidados tiram os casacos e fecham os guarda-chuvas. Alguns se equilibram num pé só para trocar as botas de chuva por sapatos mais elegantes.

— Parecem um monte de flamingos numa liquidação de sapatos de marca. — Molly ri.

Aproximadamente cinquenta ex-Misses Metrô irão comparecer ao evento, e, embora as idades variem desde a faixa dos 50 até uma senhora de 90 anos que ganhou o prêmio em 1941, uma rápida conferida pelo salão revela que o único cabelo grisalho é, na verdade, de uma pele de raposa original. Nesse mar de louras, morenas e ruivas, graças à luz amena, ao botox e à determinação obstinada, é difícil reconhecer as septuagenárias de suas crias. A lanchonete tem uma decoração alegre, com uma tela de cinema de drive-in e um trenzinho que circula apitando pelo mezanino. As paredes estão repletas de pôsteres emoldurados das ex-misses. Dou um empurrãozinho em Naomi e, com Peter e as meninas, seguimos até o centro do salão. Em segundos, ela é cercada por um grupo de mulheres.

— Naomi Finklestein, que bom ver você! — exclama uma loura de cabelo volumoso. Ela abraça minha mãe e desliza a mão pela cintura do vestido de gola redonda que as meninas escolheram para Naomi. — Sem cinta — anuncia a loura em aprovação.

— Juro pela minha vida, você está fantástica!

— Ah, e espero que você viva muito ainda... todas nós devemos viver por mais uns cem anos! Ou pelo menos uns cinquenta! — brinca uma ruiva.

Com satisfação evidente, as mulheres conversam sobre suas conquistas — relembram os sujeitos apaixonados que ofereceram orquídeas, anéis de diamantes, e o rapaz que mandou um pedido de casamento escondido dentro de uma torta de limão de 1 metro de diâmetro.

— Dá para imaginar quanto peso a menina que casou com ele acabou ganhando?! — A loura de cabelos volumosos soluça.

Naomi está rindo e, apesar de todas as suas preocupações — sobre aceitar ou não o convite, o que usar e até a medida de sua pélvis —, é evidente que, em questão de minutos, ela está completamente à vontade entre o grupo de ex-beldades.

Enquanto ouço suas histórias, percebo que, embora nenhuma tenha se tornado a nova Doris Day, Naomi tinha razão. Trata-se de um grupo de mulheres bem-sucedidas, incluindo uma juíza da Suprema Corte, uma antiga agente do FBI, uma mulher que trabalhou com a Cruz Vermelha depois do 11 de Setembro e, claro, Ellen Hart Strum, a proprietária da lanchonete repleta de elementos retrô. Uma morena esguia, antiga dançarina do Nets, quer saber de Naomi o que ela tem feito, e eu prendo a respiração. Afinal de contas, esta é a pergunta que ela mais teme. Ainda assim, sem hesitação, minha mãe aponta para mim e as meninas:

— Estas são minhas maiores conquistas — diz Naomi, abrindo um sorriso tão natural e contagiante (o mesmo que, durante tantos anos, foi tão difícil conseguir arrancar dela) que tenho certeza de que está sendo sincera.

Molly me conduz pela parede de pôsteres.

— Diz aqui que três décadas antes de Vanessa Williams ser coroada Miss Estados Unidos houve uma Miss Metrô negra. Ei, olha aqui, é a vovó! "A bela Naomi Finklestein já atuou em peças infantis e planeja seguir carreira como modelo. Ela também se dedica às crianças e quer transformar o mundo num lugar mais meigo e gentil". — Lê Molly em voz alta.

Sempre achei a última parte uma encheção de linguiça. Mas agora a frase tem um certo ar de verdade.

— Olhe isso — diz Paige, observando a foto das Keehler, as únicas gêmeas a serem coroadas juntas. — Aqui diz que elas eram "tão idênticas quanto dois cigarros num maço". Ninguém nunca vai poder dizer isso da gente — diz minha filha loura de cabelos lisos, apontando os cachos ondulados e castanhos da irmã.

— Ainda bem — brinca Molly. — Eu não gostaria de crescer em Nova York igual a uma californiana.

— E eu não gostaria de me tornar uma dependente de cremes para pentear.

— E eu não mudaria nenhuma de vocês por nada no mundo — declaro, puxando as duas para um abraço.

— Tá bom, mãe — diz Paige, afastando-se de minhas garras.

— A gente sabe, devemos "celebrar nossas diferenças"! Credo, você repetiu isso tantas vezes quando a gente estava crescendo que eu achava que era um lema do Estado.

— É um lema da família. — Peter ri, me trazendo uma Perrier.

— Seja o que for, de aparência, de personalidade ou... — diz ele com uma piscadela — de carreiras profissionais.

— Ai meu Deus, vocês são tão esquisitos — comenta Paige.

— Mas, falando em profissão, você nunca explicou por que você e Sienna fecharam a empresa. Deu errado?

— Não exatamente. Vamos dizer que foi um aprendizado. Uma chance de colocar meus pés na água, enquanto procuro uma oportunidade para mergulhar até os dentes.

— Mãe, dá para usar mais clichês? — pergunta Molly, minha escritora principiante.

— Tudo bem. Um dia a gente descobre — acrescenta Paige. Embora eu tenha certeza de que nunca conseguirão.

Tomo um gole de água e a devolvo para Peter. Esses copos cheios de gelo que eles servem em festas são sempre muito frios para ficar segurando, embora Peter fique feliz em fazer o serviço para mim — mais um motivo dentre os milhares pelo qual sou grata a meu marido.

Um garçom passa por nós carregando uma fonte de chocolate de 1,50 metro de altura, e Molly quase engasga:

— Deve ser a Montanha Mágica. Acho que vi uma vez num filme da Disney.

Paige pega a irmã pelo braço, e as duas caminham em transe na direção das camadas de líquido aveludado em cascata.

— Tragam um morango coberto de chocolate para mim — grita Sienna para as meninas, juntando-se a mim e a Peter.

— Não, não, não, não, não! Sei que você não está mais na TV, mas nunca se sabe, alguém pode contratar você para ser apresentadora de novo. Por via das dúvidas, é melhor ficar em forma — pia Tiffany, que seguiu Sienna até nosso grupinho.

Tiffany está num dos vestidos colantes que são sua marca registrada e de braços dados com seu novo par, que Naomi disse que ela poderia levar para a festa. É o par que eu prestativamente apresentei a ela — um antigo cliente da Agência Veronica, Gary, o garanhão machista.

— Acabei de assinar um contrato para escrever um livro. Minha forma pode ir para o espaço, já que ninguém liga para a aparência de um escritor. — Sienna ri.

Tiffany despacha Gary para buscar uma bebida. E então segura minhas mãos com avidez.

— Tru, obrigada de novo pelo Gary. Preciso admitir, depois do fiasco com Peter e Jeff Whitman, eu já estava imaginando se algum dia iria conseguir fisgar, digo, *conquistar* um homem de novo. Mas o Gary diz que eu sou um tesouro.

— Ele também a chama de econômica — sussurra Sienna, assim que Tiffany sai para dar os parabéns a Naomi. — Gary ainda deve estar tentando acreditar que uma mulher possa querer dormir com ele sem que ele tenha que pagar por isso.

— Tiffany não é tão má assim.

Embora o que eu provavelmente esteja querendo dizer é que enfim estou segura o suficiente a respeito de Peter — e de mim mesma — para não vê-la como uma ameaça. Ainda mais agora que Tiffany nomeou Peter como chefe nacional de operações. *E* ela está se mudando para Hong Kong para investir no mercado asiático.

As luzes piscam e, pelas caixas de som, uma voz sonora convoca as misses.

— Meninas, hora de colocar as tiaras. Por favor, dirijam-se aos bastidores para vestir as faixas e retocar cabelo e maquiagem.

Naomi passa por nós em seu vestido cintilante, e Sienna pergunta se ela precisa de ajuda.

— Eu sou muito boa com a chapinha. — Minha melhor amiga se oferece.

— Não, fique aqui! — digo, puxando Sienna para o meu lado. — Deixe Paige e Molly irem com a avó. É importante que elas vejam quanto trabalho é preciso para ser uma rainha da beleza.

— Para que desistam de ser Miss Estados Unidos e decidam ir para a faculdade para se tornarem neurocirurgiãs?

— Por aí — digo. — E porque Bill vai chegar a qualquer momento e quero que vocês dois façam as pazes.

— Uau — diz Paige, que finalmente voltou com os morangos cobertos de chocolate. — Boa, mãe. A gente pode ficar para ver o que acontece?

Ergo uma sobrancelha e, relutantes, as meninas seguem para os bastidores.

— Acho que se o Bill finalmente decidiu pedir desculpas, posso ouvir o que ele tem a dizer. — E ela dá uma fungada, alisando o corpete do vestido pregueado. — Depois que ele rastejar.

— Bill não sabe que você vai estar aqui — admito. — Ele acha que vai encontrar comigo na lanchonete para tomar um café e para repassarmos o acordo de encerramento da Agência Veronica. Vocês são tão teimosos. Achei que o único jeito de juntar os dois de novo seria armando uma dessas.

— Minha esposa, uma verdadeira casamenteira. — Peter ri.

— Sua esposa, uma verdadeira louca! Escute aqui. Estou disposta a gastar meu dinheiro em perfumes caros, me equilibrar em saltos de 12 centímetros e congelar nesse ar-condicionado dentro de um vestido decotado nas costas. Mas tenho meus limites, não vou permitir qualquer armação para fazer Bill, nem homem nenhum, se apaixonar por mim.

— Ele já está apaixonado — diz Peter.

— E você também. Mas um dos dois precisa dar o primeiro passo. — Olho para a frente e vejo que Bill está na entrada da lanchonete. — Seja gentil quando encontrá-lo. Lembre-se do rinoceronte-de-java.

— De quem? — pergunta Peter.

— Tru acha que você e Bill são os dois últimos homens decentes do planeta.

— Dois dos últimos cinquenta — corrijo.

— É melhor do que um em um milhão? — pergunta Peter.

— Encontre comigo na cama daqui a algumas horas e a gente faz as contas — digo com uma piscadela.

Minutos depois, já expliquei a situação para Bill e literalmente tive que arrastá-lo para dentro do salão. Ele se põe rígido diante de Sienna e finge olhar para além dela.

— Quero deixar registrado que não tinha ideia de que você estaria aqui.

— Pode acreditar, eu também não teria vindo se soubesse que você estaria aqui — revida Sienna. Ela aperta os olhos, e Bill imita sua postura de *Matar ou morrer*.

— Bom. O importante é deixar o diálogo fluir — digo, animada.

E então, antes que eu consiga arrancar uma palavra sequer de qualquer um dos dois, um burburinho se espalha pelo salão feito uma onda de eletricidade. Olho ao redor para ver quem está causando tanto frisson.

— Ouvi dizer que a loura que faz a mãe em *Gossip Girl* deve aparecer aqui — diz uma mulher logo adiante.

A moça ao lado dela fica na ponta do pé para ver melhor.

— Não, essa daí tem cabelo escuro. Muito cabelo... Ai, meu Deus, é a Cher!

— Cher? Tem certeza?

— Absoluta — responde ela, pulando. — Ela está numa calça de couro justa e com uma jaqueta de couro maravilhosa que devia ser proibida de ficar tão bem nela!

258

— Achei que depois dos 40 a gente devia parar de se vestir igual às filhas — reclama uma outra.

— Fala sério, se você fosse a Cher, poderia se vestir como se estivesse indo para o jardim de infância! — exclama a primeira.

As pessoas repetem o nome da estrela, e um coro percorre o salão: "Cher, Cher, Cher!" A orquestra toca "I Got You Babe" e todo mundo puxa o celular para tirar fotos. Cher sorri e, gentilmente, dá alguns autógrafos. Ela atravessa a multidão e, antes de subir na plataforma instalada na parte da frente do restaurante, hesita um pouco.

— Quase não consegui escalar isso aqui nessas botas! — exclama, dando um tapinha no cano longo, até a coxa, dos seus sapatos de saltos. — Mas, senhoras e senhores, esta noite não é minha. Estou aqui para, como todos vocês, celebrar um tesouro nacional. As fabulosas Misses Metrô! E agora, todos juntos, vamos dar as boas-vindas a elas! — Cher ergue o punho no ar, e a multidão urra.

Enquanto ela caminha para deixar o palco, um homem aparece das sombras e estende o braço para ajudá-la a descer.

— Jeff Whitman! — exclama Peter, me puxando para um abraço. — Meu bem, tenho que admitir. Primeiro você faz Bill aparecer aqui. Agora o antigo namorado de Naomi. E com ninguém menos do que a Cher! Como você conseguiu?

— Não tenho nada a ver com isso.

Sienna me olha, cética.

— O quê? Você acha que eu não iria querer assumir o crédito por isso se pudesse? Estou tão perdida quanto vocês.

Assim que começo a abrir caminho entre a multidão na direção de Jeff Whitman para descobrir o que está acontecendo, as luzes se apagam — ficamos na mais completa escuridão. Um holofote acende e acompanha um homem elegante de fraque e cartola até o palco, e um clamor surge depois que os garçons e as garçonetes — atores e atrizes aspirantes — abandonam as bandejas para se juntar ao mestre de cerimônias. A plateia permanece imóvel quando o condutor da orquestra ergue a batuta.

A banda começa a tocar, e os cantores entoam o refrão de "The Most Beautiful Girl in the World" — acrescentando um plural à palavra girl, para que mulher alguma se sinta excluída. Com um holofote guiando o caminho, as rainhas da beleza, de tiara e faixa de cetim azul, desfilam graciosamente pelo restaurante. Amigos e parentes comemoram entusiasmados.

Molly, que está devorando mais um morango com chocolate, se aproxima de mim.

— Olhe, elas estão fazendo o aceno de miss! Você sabe, quando só balançam o pulso para a frente e para trás, num movimento único, para não cansar o cotovelo.

— Amei as tiaras — diz Paige, batendo palmas. — Tomara que a vovó me empreste para eu usar com as *ma-ra-vi-lho-sas* calças saruel dela.

Quando Naomi se pavoneia por nós, encosto no ombro dela levemente e digo:

— Estou muito orgulhosa de você, mãe.

— Eu também — diz um homem aproximando-se por trás dela.

Apesar do barulho da música, dos aplausos e do ruído causado pelo estado geral de agitação, sei que minha mãe ouviu aquela voz de barítono. Sei porque percebo que ela se encolhe, aproxima-se da glamorosa mulher que está na sua frente e tenta continuar andando.

— Mãe, é o Jeff — digo, tentando guiá-la gentilmente para fora da passarela. — Jeff Whitman, o homem que se apaixonou por você quando vocês ainda eram adolescentes. O homem a quem você pediu que me ajudasse no Havaí. O homem que está esperando para ouvir sua voz novamente há cinco décadas.

— Eu sei quem é, droga! Não estou caduca. — Ela me interrompe.

— Essa é a Naomi de quem me lembro! — Jeff ri. — O tom meigo de voz, o rosto maravilhoso! Estava olhando você pelo salão, meu bem. Continua linda como sempre.

— E você, sempre tão sedutor! Como vai? — pergunta Peter, batendo nas costas de Jeff

— Bem, vou bem. E, pessoal, esta é a Cher — diz Jeff, como se a celebridade vencedora do Oscar, do Grammy e de todos os outros prêmios que você possa imaginar (e que está envolvendo Jeff pelos braços) precisasse de qualquer apresentação.

— Que bom vê-la novamente — diz Naomi educadamente para Cher.

— Mãe, você *conhece* a Cher?

— Claro, quem não conhece a Cher? Gostei muito de *Feitiço da lua*, excelente trabalho. E adorei quando você jogou um feitiço em Jack Nicholson em *As bruxas de Eastwick.*

De todo um conjunto de obras que inclui dezenas de papéis de mulheres independentes e obstinadas, minha mãe consegue escolher os únicos filmes em que ela precisa de mágica para conseguir o que quer. Acho que tenho motivo para minhas superstições.

— Obrigada. Aquele filme foi divertido, mas não acredito nessa baboseira de magia. Nós criamos a nossa própria sorte — murmura Cher, lançando um olhar lascivo para Jeff, enquanto passa o dedo pelo colarinho dele. — E ouvi dizer que você e Jeff eram... amigos de infância?

— Sim, algo do tipo — responde minha mãe, evasiva.

— Mãe, preciso dar o braço a torcer. — Molly se inclina em minha direção e sussurra: — Conseguir trazer o ex-namorado da vovó *e* uma celebridade. Uau!

— Mas eu já avisei, não tenho nada a ver com isso!

— Tru tem razão. Eu convidei Jeff — diz Naomi, ajeitando a faixa. — Mas acabo de mudar de ideia. Sinto muito que você tenha pegado todo aquele trânsito do aeroporto e do túnel no centro da cidade. Mas fico feliz de que tenha outra amiga para lhe fazer companhia — diz Naomi, como se o ícone pop fosse apenas "outra amiga" e como se ela não tivesse mais nada em mente do que um "oi" de três minutos quando convidou Jeff para vir do Havaí.

— Naomi? — implora Jeff.

— O homem viajou oito mil quilômetros, mãe. Pelo menos dê um oi civilizado.

— Um oi civilizado. — Naomi me copia.

— Mãe, volte.

— Não — grita ela.

Ela ajeita os ombros e se vira. E então segue a luz dos holofotes pelo salão escuro como se fosse sua estrela guia e volta para a fila de misses.

— Me desculpe, Jeff. Você sabe como minha mãe pode ser teimosa.

— A mim também, Jeff. Você acha que peguei pesado? — pergunta Cher. E então se vira para nós: — Jeff foi meu empresário há muito tempo. Foi ele que me convenceu a gravar *Believe*. Eu faria *qualquer* coisa por ele! Mas avisei desde o início que não achava que esse era um plano muito bom. Mande uma Ferrari para a mulher e diga que a ama. Sempre funcionou comigo.

— Jeff, você precisa parar de tentar fazer com que as pessoas fiquem com ciúme! — Peter ri.

— Mas funcionou com você e a Tru. Olhe só como vocês estão felizes! E eu gostaria de pensar que tem um dedinho meu na reconciliação de vocês.

E eu gostaria de pensar que tem um dedinho meu na paz mundial. E acho até que posso, já que Peter e eu paramos de brigar. Embora nossa trégua tenha ocorrido apesar de Jeff, e não por causa dele.

— Isso não tem a ver com deixar a vovó com ciúme — diz Paige, esticando a cabeça para ver a avó na fila e, quando as Misses Metrô passam novamente por nós, ela puxa Naomi da passarela. Pela segunda vez em praticamente dois minutos.

— Qual é o problema de vocês? — grita Naomi.

— Desculpe, vovó. Vó-glamour. É só que isso tudo é tão romântico. — Paige tenta unir a mão de Naomi à de Jeff, mas Naomi consegue se soltar.

— Paige, pare com isso, todos vocês parem com isso! O homem é um estranho, não sei por que achei que podia dizer a ele para vir aqui! Não o vejo há uns cem anos. Não sei nada sobre ele!

E Paige abre um sorriso de gato de Alice como se ela fosse a mais velha e a mais sábia da família, e não Naomi.

— Mas, vó, você sabe *tudo* sobre ele. Você disse que os homens dizem às mulheres tudo o que elas precisam saber durante a primeira hora. Nós só precisamos escutar — diz Paige, convencida. — Escute seu coração, vó. Não aja como um Newland Archer.

— Newland Archer? — pergunto, esbarrando em Peter e quase cuspindo minha bebida.

— Por que o susto, mãe? Também vejo filmes antigos. Newland Archer, de *A época da inocência*? Ele foi apaixonado pela Michelle Pfeiffer a vida toda. Mas quando ele ficou velho e teve a chance de reencontrá-la, ele não foi. Ficou com medo de que a realidade não fosse tão boa quanto as lembranças dele. Não tenha medo, vó.

— Você tem uma neta esperta — comenta Jeff.

— Você é uma lasquinha do bloco principal, *bubale* — diz Naomi e sorri, inclinando-se para abraçar Paige. E então ela chama Molly e eu para nos juntarmos a elas. — Tenho duas netas lindas e inteligentes. E uma filha linda e inteligente — diz, apertando meus ombros. E então minha mãe dá um passo à frente e beija Jeff Whitman na bochecha. — As Finklestein não têm nada a temer! — exclama, orgulhosa. — Agora, vocês se importam que eu aproveite meus próximos minutos de desfile nessa porcaria de restaurante?

Jeff dá um tapinha no local do beijo que ele tem esperado há cinquenta anos.

— Então, Naomi, isso significa...

— Significa que vamos conversar, mas não prometo nada — responde ela com um sorriso. Um sorriso que, apesar das palavras, parece *repleto* de promessas.

— Sua mãe é um foguete. — Jeff ri. — E continua linda.

— Isso ela é — concordo.

Mas ela é muito mais do que isso. Muito, não apenas da vida de Naomi mas também da minha, foi moldado pelo fato de que ela é bonita. É irônico pensar que, numa idade em que a sua beleza natural esteja esmaecendo, sua beleza interior esteja brotando. Talvez a ioga Bikram esteja exorcizando seus demônios. Ou talvez o infarto tenha sido responsável pela mudança em seu coração — se uma coisa dessas não puder espantar as decepções do passado e fazer você aproveitar o máximo possível dos anos futuros, o que mais pode? E, pelo andar da carruagem, Naomi vai aproveitar bastante os anos futuros.

Peter se aproxima por trás de mim e coloca a mão sobre meu ombro. Ele aponta com o queixo na direção de Bill e Sienna. Bill, desconfortavelmente de pé e com as mãos nos bolsos, olha de vez em quando para Sienna. E ela, mexendo no decote do vestido tomara que caia, olha para trás. Eles nem sequer cruzam olhares.

— Uma já foi, faltam dois. Você acha que pode jogar algum pó mágico sobre eles? — pergunta meu marido.

Determinada, caminho até eles.

— Muito bem, e vocês, hein? — Dou-lhes uma bronca. — Sei que nenhum dos dois teve um relacionamento longo, então são muito incompetentes para saber o que precisam fazer para reatar esse namoro. Mas vamos tentar alguma coisa! — digo, em tom de quem está assumindo o controle. Uma das coisas que aprendi na nossa empresa é que você é capaz de realizar muito mais se disser às pessoas exatamente o que elas devem fazer. — Vou contar até três. Um, dois, três...

Meus esforços só produzem silêncio.

— De novo! — exclamo, de forma ainda mais forçada. — Um, dois, três...

— Desculpe — diz Sienna tão baixinho que praticamente preciso ler seus lábios para ter certeza da palavra.

— Desculpe — diz Bill para os sapatos.

— Parabéns, gente! — comenta Molly.

— Bill — declaro, encarando meu antigo sócio —, Sienna ama você, ela quer você, ela precisa de você. E eu sei que você também a quer. Ela é teimosa e explosiva, e sei que às vezes é difícil conviver com isso. Mas talvez seja exatamente por isso que é tão difícil viver sem ela.

Sienna chega mais perto de Bill.

— Mais impossível do que viver comigo é viver sem mim. Que dilema, não?

Bill balança a cabeça.

— Nada mau — diz ele, pegando a mão dela e beijando gentilmente a ponta de seus dedos. — Pelo menos nunca queremos matar um ao outro.

— Bem, às vezes eu quero matar você, quando você joga o casaco na poltrona da sala ou...

— *Shh* — fala Bill, envolvendo-a com os braços.

— E quando você diz "Shh" — recomeça Sienna, e solta uma gargalhada. — Bill, eu te amo.

— Eu também te amo, Sienna. Nunca falei isso para mulher alguma.

— E eu nunca falei para homem algum que quero passar o resto da vida com ele. Nunca quis dividir o meu coração com ninguém...

— Ou o seu banheiro — acrescento.

— Hum, o banheiro... — Sienna ri. — Por que a gente não começa deixando o Bill largar um prato na pia de vez em quando e depois vemos onde isso vai dar.

Bill aperta Sienna em seus braços e lhe dá um beijo.

— Sienna, você é o meu... você é o meu tudo! — declara Bill, incapaz de encontrar outra palavra grande ou importante o suficiente para expressar o que está sentindo.

— E você é o meu rinoceronte-de-java. — Sienna ri.

— Mas tarde ela explica. — Peter aproxima-se de Bill para sussurrar em seu ouvido. — Acredite, é uma coisa boa.

∿∿∿

— Você é muito boa nesse negócio de reatar namoros — diz Peter, envolvendo-me nos braços.

— Eu sou, não sou? — respondo satisfeita, apoiando-me contra Peter. E então, agitada, viro a cabeça. — Não diga que é uma loucura, só ouça minha ideia até o fim... E se eu abrisse uma empresa que ajudasse as pessoas a encontrarem namorados? Uma empresa de relacionamentos de verdade, que ajudasse as pessoas a descobrirem o *amor* — digo, realçando bastante a diferença entre essa nova ideia e o meu último empreendimento.

— Você sabe que não precisa mais trabalhar; a BUBB está começando a render bastante e... — Ele para e balança a cabeça. — Acho que é uma ideia fantástica, meu bem. E acho que você é muito boa nisso. Tenho até um nome perfeito, Tru Love! Já que a gente não pode abrir uma lanchonete apenas para chamá-la de Drive Tru, essa é a nossa segunda melhor opção.

— Tru Love — digo, brincando com as palavras nos lábios. — É o meu destino! Finalmente entendo por que o universo deixou que Naomi me chamasse de Truman.

— Você e o papai estão fazendo trocadilhos com seu nome de novo? — pergunta Molly, assim que ela e Paige se aproximam e pescam o final de nossa conversa. — Achei que você ia criar um perfume e chamar de "Tru Romance".

— Ah não, esse era só um sonho impossível. — Eu rio. — Mas acho que posso fazer melhor. Não posso distribuir amor engarrafado, mas posso apresentar as pessoas ao amor da vida delas.

— Ai ai ai, mãe. Só prometa que não vai ter um departamento de adolescentes, tá bom? — brinca Paige.

— Prometo. — Dou uma risada. — Além do mais, seu pai e eu não estamos planejando deixar vocês namorarem de novo até completarem 36 anos.

— Que tal 32? — Molly sorri.

— Depois a gente conversa.

— Tru, essa ideia é perfeita! — grita Sienna. E então, percebendo o que acabou de dizer, ela volta atrás. — Quero dizer, é muito, muito boa.

Cher ergue uma sobrancelha.

— Minha mãe tem essa ideia de que a gente não deve desafiar o destino. Se você disser que uma coisa é perfeita, na certa vai dar merda — explica Paige. — Quero dizer, vai dar errado.

— Perfeito. Muito, muito bom. Gente, acabei de dizer a vocês, nós criamos a nossa própria sorte! Sou a prova viva disso! — Cher dá uma gargalhada. — Minha carreira teve tantos altos e baixos quanto o peso da Kirstie Alley. Mas, no final das contas, vendi mais de 100 milhões de discos. Sou a única artista da minha idade a ter um álbum na parada dos cem maiores sucessos. E nunca estive mais feliz. Se você realmente quer alguma coisa, você é capaz de realizá-la. E, ops... — diz Cher, olhando para o relógio e distribuindo beijinhos. — O que preciso fazer agora é pegar meu avião. — Ela abraça Jeff. — Diga a Naomi que eu canto no casamento de vocês. E por que não? Também canto no seu — acrescenta ela, acenando para Sienna.

Jeff a ajuda a abrir caminho entre os fãs e, então, encontra Naomi. A poucos metros de distância, reparo o olhar que ele lança para minha mãe, um olhar bobo, típico de um homem que se pergunta o que fez para ter tanta sorte.

— Se Naomi algum dia se preocupar sobre manter-se jovem, só o que precisa fazer é ver seu reflexo nos olhos de Jeff — digo.

Peter sorri e vira meu rosto para o dele.

— Você poderia dizer o mesmo. Não nos conhecemos aos 16 anos, mas você também foi meu primeiro amor — murmura ele. — Parece um final feliz.

— Mas é apenas o começo, para todo mundo — digo, inclinando-me sobre o corpo de Peter e enlaçando os dedos nos seus. — Fico feliz por eles terem uma segunda chance.

— Fico feliz por nós termos uma segunda chance — completa Peter, beijando-me e movendo os lábios discretamente para meus ombros nus.

Um arrepio cruza meu corpo, um arrepio conhecido, mas, ainda assim, novo, e que me transmite prazer, conforto e ainda me surpreende depois de tantos anos.

— Ei, mocinho, quando chegarmos em casa, preciso lhe mostrar uma coisa — digo, lembrando do vibrador musical que comprei durante a excursão de compras com as meninas da Agência Veronica. — Acha que consegue arrumar uma cópia da "Abertura" de *Guilherme Tell*?

Do outro lado do salão, num canto, Bill e Sienna não conseguem tirar os olhos — e as mãos — um do outro. Perto da fonte de chocolate, Paige está tentando convencer o garçom a lhe dar mais um morango. E Molly parece flertar com um menino bonito, que imagino ser o neto de alguém. Quando as Misses Metrô fazem seu agradecimento final, mais uma rodada de gritos e palmas cruza o restaurante. E então, exatamente quando a orquestra atinge o clímax, ouço um inconfundível barulho de trovão.

— Chuva é sinal de sorte, pelo menos em casamentos — declaro, olhando Peter. — A última vez que tentei me convencer de que tempo ruim era um bom sinal foi na noite do evento contra o aquecimento global. E a gente sabe bem como ela terminou.

— Nada mal — diz Peter, me envolvendo em seus braços.

— Se você realmente quer uma coisa, é capaz de realizá-la. — Eu rio, repetindo as palavras de Cher, que prometi a mim mesma transformar em meu novo lema.

Nós fazemos nossas próprias escolhas. Somos responsáveis por nosso percurso. Decidimos nosso destino. E então, exatamente quando Peter está prestes a me beijar, seguro o colar com o pingente turquesa em formato de escaravelho que Sienna me deu na noite daquela fatídica festa. Afinal, eu teria que ser muito idiota para não perceber que neste instante, neste exato momento, sou a mulher mais sortuda do mundo.

Agradecimentos

Sou muito grata à mais inteligente, adorável e leal agente, Jane Gelfman, cujas palavras de encorajamento me mantêm seguindo em frente. Sobre o esperto e atento Jill Schwartzman só posso dizer que um autor não poderia querer editor melhor — Jill ajudou na concepção de *O plano infalível* em todos os detalhes da publicação. Caitlin Alexander contribuiu continuamente ao longo do projeto com graça, grandes ideias e entusiasmo. Muito obrigada à editora Libby McGuire e ao editor associado Kim Hovey pela energia infindável e o apoio diligente. E a todos na Ballantine, que ajudaram a transformar estas páginas repletas de palavras em um livro: à editora assistente Rebecca Shapiro, à designer de capa Lynn Andreozzi, à designer de miolo Mary Wirth, à editora de produção Crystal Velasquez e ao copidesque Michael D. Aisner. Obrigada também às publicitárias Katie Rudkin e Lisa Barnes; e a Quinn Rogers e Kristin Fassler, do departamento de marketing — graças a vocês, os leitores chegaram a estas páginas.

Obrigada a Eliot Spitzer por inadvertidamente criar um escândalo, que me supriu de um milhão de detalhes sobre o mundo das garotas de programa a partir das notícias diárias. A releitura do espirituoso e capcioso *Mayflower Madam*, de Sidney Biddle Barrow, também me forneceu informações e entendimento. Os dados menos controversos sobre o mundo das profissões mais perigosas e sobre calçados vieram de *The General Book of Ignorance*. Muito obrigada a minha amiga e médica Pamela Arsove, pelas informações a respeito de infartos (e por seus bolos deliciosos). A Rosanne Kang, pelas sugestões para o visual do livro e por ser Rosanne. Ao refúgio que é a Writers Room, onde a maior parte deste livro foi redigida. O casamento de minha querida sobrinha Lori Edelman com o maravilhoso Dejay Clayton foi a inspiração para a cena do casamento havaiano. O Dr. Fredric Brandt é um dermatologista de verdade e me considero uma pessoa de sorte por ser paciente dele — como o "Dr. B" do livro, ele é um personagem de ficção, mas tudo o mais que digo a respeito dele é verdade.

Minha mãe, Marian Edelman (que não se parece em nada com Naomi, a mãe da minha protagonista), é, todavia, uma inspiração. Ela, minha mãe honorária Julia Levy e minha "tia Marcia" Kirshner são minhas principais torcedoras.

Os amigos, numerosos demais para serem citados pelos nomes, sabem quem são. Agradeço o amor, o apoio e a paciência — obrigada a todos por me aguentar.

Este livro foi composto na tipologia
Warnock Pro, em corpo 10,5/14,4 e impresso
em papel off-white no Sistema Cameron
da Divisão Gráfica da Distribuidora Record.